古典詩歌研究彙刊

第十四輯

龔鵬程 主編

第 6 冊

趙蕃研究（下）

施 常 州 著

國家圖書館出版品預行編目資料

趙蕃研究（下）／施常州 著 — 初版 — 新北市：花木蘭文化
出版社，2013〔民102〕
目 6+226 面；17×24 公分
（古典詩歌研究彙刊 第十四輯；第6冊）
ISBN 978-986-322-449-5（精裝）
1. 宋詩 2. 詩評

820.91   102014975

ISBN-978-986-322-449-5

9 789863 224495

古典詩歌研究彙刊
第十四輯　第六冊　　　　　　　　ISBN：978-986-322-449-5

趙蕃研究（下）

作　　者　施常州
主　　編　龔鵬程
總 編 輯　杜潔祥
出　　版　花木蘭文化出版社
發 行 所　花木蘭文化出版社
發 行 人　高小娟
聯絡地址　235 新北市中和區中安街七二號十三樓
　　　　　電話：02-2923-1455／傳眞：02-2923-1452
網　　址　http://www.huamulan.tw 信箱 sut81518@gmail.com
印　　刷　普羅文化出版廣告事業
初　　版　2013 年 9 月
定　　價　第十四輯 17 冊（精裝）新台幣 24,000 元

趙蕃研究(下)

施常州 著

目

次

第六章　趙蕃詩歌的主題

　　趙蕃的詩歌，不但數量很多，而且內涵深厚，它忠實地記錄了南宋中期社會政治、經濟和文化生活的各個方面，反映了上自朝中統治階級內部爭權奪利的鬥爭、下至黎民百姓苦苦掙扎的生活情形，可以說是一部用詩歌寫成的南宋中期社會的鮮活歷史，一幅由南宋中下層官吏描繪的社會歷史與風情畫卷。不過，從總體風貌看，這幅畫呈現出凄風苦雨般的色彩與氛圍，流露出蒼涼沉鬱的感情基調，正如朱熹評價趙蕃其人其詩所說的那樣：「清苦寒瘦，如其爲人」〔註1〕。朱熹此論，客觀地揭示了趙蕃詩歌憂世與憂生並存的主題特徵。

　　作爲深受儒家文化和理學思想薰陶的詩人，心懷民胞物與的情懷，目覩耳聞的，卻是國家危機四伏的形勢和現實社會慘不忍覩的殘酷狀況：當時的南宋小朝廷內憂外患，國家淪爲半壁河山，北方故土難復，異族「腥膻尙京洛」〔註2〕，還懷著虎狼之心，意欲入侵、吞併南宋領土；國內江南和兩湖等地的農民起義風起雲湧。這些，對於畢生憂國憂民的趙蕃來說，始終難以釋懷。因此，趙蕃詩歌的憂世主題，主要表現在客觀地描繪了南宋社會內憂外患的形勢，抒寫了對南

〔註1〕　〔宋〕朱熹《晦庵先生朱文公文集》卷64《答鞏仲至》，朱傑人、嚴佐之、劉永翔主編《朱子全書》（第23冊），上海古籍出版社、安徽教育出版社，2002年，第3103頁。
〔註2〕　《題三徑圖》，《全宋詩》第49冊，第30568頁。

宋僅存半壁河山、恢復中原無望，以及時刻面臨異族入侵等外患的深沉憂慮，尤其是對國內農民起義烽火不斷、民生異常艱難等內患的描寫，精警動人。這在前文《趙蕃的政治思想》和《趙蕃的田園詩》等部分已有詳細論述，此處不再贅述。

從總體來看，雖然趙蕃的憂國憂民之心昭然可見，但是他詩中憂生主題的詩歌數量佔據絕大部分，遠遠超過憂世主題的詩歌數量。

趙蕃詩歌的憂生主題，主要表現在忠實地記錄了詩人奉儒守家、安於貧賤的生活際遇，表現出清峻寒苦的情感色調：「吁嗟古詩人，達少窮則多。」〔註3〕他一生基本上處於貧困潦倒的狀態，甚至經常貧病交加，所以啼饑號寒的詩歌比比皆是。對他來說，做官也沒有多少快樂可言，他一生中為生計所迫，勉強做了九年州、縣的屬吏。在官場也是度日如年，念念不忘歸隱的快樂，終究選擇了辭官家居。其後，任憑朝廷多次徵召，堅辭不受。「祠官祿不多，一貧其奈何」〔註4〕，那微薄的俸祿，根本無法滿足詩人和家庭的開支。於是，他又陷入了生活的困苦與窮愁中，經常在貧病交加中煎熬。即使是曾經貴為朝廷高官的楊萬里、陸游、范成大、辛棄疾等人，也個個難免壯志難酬、鬱鬱而亡的命運，何況是性格狷介耿直的趙蕃。范仲淹曾說：「詩家者流，厥情非一，失誌之人其辭苦，得意之人其辭逸……如孟東野之清苦，薛許昌之英逸。」〔註5〕從趙蕃在辰州司理參軍任上寫給當朝高官兼好友王藺（字謙仲）、周必大（字子充）的《寄王謙仲、周子充丈》詩中，可以發現趙蕃詩歌憂世與憂生並存的豐富內涵：

> 吳蜀三分地，沅湘合水流。魚蝦今島嶼，蘭茝舊汀洲。
> 踰月雨連晝，莫春風送秋。濕桑蠶餓死，壞種穀漂浮。

〔註3〕《秋懷十首》之六，《全宋詩》第49冊，第30854頁。

〔註4〕〔宋〕戴復古《寄章泉先生趙昌父》，吳茂雲校注《戴復古全集校注》，中國文史出版社，2008年，第750頁。

〔註5〕〔宋〕范仲淹《唐異詩序》，曾棗莊、劉琳主編《全宋文》（第9冊），巴蜀書社，1990年，第750～751頁。

弊屋無干處，吁嗟幾日休。事多徵放逐，文欲號窮愁。
懼禍初求免，茲行重失謀。官曹待符檄，食事指衣裘。
淹速空占服，行藏漫倚樓。生涯縱草草，行路勝悠悠。
草草懷天末，夢魂棲浪頭。何當得散號，從此具歸舟。
特達非無仗，迍邅自過憂。禁庭敦宿契，樞府記鄉州。
幾遇長安使，頻蒙禮翰投。雖孤懸釜煮，且益破囊收。
夏禹思由溺，阿衡任內溝。豈伊僑子弟，而俾墮拘囚。
宵漢瞻歸鴈，波濤羨沒鷗。懷哉上南斗，去矣事西疇。

〔註6〕

詩中既涵蓋了「踰月雨連晝」的嚴重雨潦災情，以及給百姓帶來的「濕桑蠶餓死，壞種穀漂浮」等巨大損失，也凸顯了詩人「弊屋無干處」和懸釜待炊的窮愁潦倒，還有「生涯縱草草」、「夢魂棲浪頭」的人生感慨，「波濤羨沒鷗」、「去矣事西疇」的人生理想與歸宿，「懼禍初求免」、「官曹待符檄」的請求奉祠舉動，「文欲號窮愁」、「且益破囊收」的詩歌創作活動，「幾遇長安使，頻蒙禮翰投」的詩文酬贈，以及「禁庭敦宿契，樞府記鄉州」、「夏禹思由溺」等友情相契的感慨。概括地說，我們從中既可以清楚地看到詩人那顆被貧病交加的生活折磨得支離破碎的心，也可發現詩人憂國憂民、民胞物與的情懷。南宋文學家劉克莊曾說：「秦漢以來，士有抱奇懷能，留落不遇，往往燥心污筆，有怨悱憤悁沉抑之思」〔註7〕，對於趙蕃這樣「視榮利如土梗，以文達志」、「固窮一節」〔註8〕的高士來說，他樂於堅守儒家貧賤不移的人生境界，其詩中抒發留落不遇感慨的詩歌並不多，而憂戚國計民生與慨歎窮愁潦倒的詩歌卻很多。比之唐代詩人盧仝「低頭雖有地，仰面輒無天」〔註9〕的怨懟憤悁，他更欽慕司

〔註6〕《寄王謙仲、周子充丈》，《全宋詩》第49冊，第30662～30663頁。
〔註7〕〔宋〕劉克莊《江西詩派小序·晁叔用》，丁福保編《歷代詩話續編》，中華書局，1983年，第482頁。
〔註8〕葉適《徐斯遠文集序》，〔清〕陳夢雷編纂《古今圖書集成》第60冊《理學匯編·經籍典》，中華書局、巴蜀書社，2008年，第72998頁。
〔註9〕〔唐〕盧仝《自詠三首》之一，《全唐詩》第25冊，中華書局，1960

馬相如「身自著犢鼻褌，與庸保雜作，滌器於市中」﹝註 10﹞的飄逸瀟灑，他曾豪邁地說道：「滌器寧同長卿逸，閉門不學玉川慵」﹝註 11﹞。但是，他的部分詩作，還是不免流露出怨悱憤悵的傾向，不過容易理解的是，他怨恨的是官場的黑暗和讒佞小人卑鄙的害人伎倆，「斷斷自讒匿，皓皓本光昭」﹝註 12﹞，幾乎沒有不遇於時、仕途困頓等「燥心污筆」的不平之鳴。

　　與趙蕃詩歌憂世與憂生並存的主題相關聯，也與當時內憂外患的政治形勢和日趨衰落的社會風氣密切關聯，作為南宋中期重要的詩人兼理學名士，趙蕃對儒家的道德倫理規範堅守不渝，其詩中對隱逸與節操的大力稱讚，代表了南宋中下層士人重要的價值取向；他對親情與友情頻繁的淺吟低唱，反映了南宋中下層士人身處危在旦夕的政治情勢和窮愁潦倒的生活境遇中，對情感慰藉的強烈需求。

第一節　貧與病：南宋中下層寒士的生活實錄

　　從總體風貌看，趙蕃的詩歌忠實地記錄了他奉儒守家、安於貧賤的生活際遇，他詩中對平生遭遇的貧困潦倒與疾病纏身境況的描述，細膩深刻，精警動人，表現出清峻寒苦的情感色調。

　　趙蕃長期隱居山村，生活中的酸、甜、苦、辣各種滋味，他都有深刻的體驗。其詩中，啼饑號寒之作比比皆是，從其詩歌所抒寫的貧困生活的具體內容來看，涉及衣、食、住、行等各個方面，有的抒寫缺糧無食的飢餓之苦，有的抒寫缺少衣服、被褥的寒冷之苦，有的抒寫貧病交加的淒涼，有的抒寫精神頹唐、窮愁潦倒的悲戚。他的《書事》組詩，共計十首，其中八首敘述了詩人或山民飢寒交迫的生活：如種植、澆灌蔬菜，或者採摘柿、栗果實，或者到集市上賣木炭、買

　　　　年，第 4369 頁。
〔註 10〕〔漢〕班固《漢書·司馬相如傳》，中華書局，1983 年，第 2531 頁。
〔註 11〕《貴溪簡李商叟、方元直》，《全宋詩》第 56 冊，第 30709 頁。
〔註 12〕《問候周子充丈》，《全宋詩》第 49 冊，第 30667 頁。

糧食等辛勞，還有官府差役擾民，甚至物價上漲給山民生活帶來的影響。

「少年意與春競，老去全將病供。」〔註13〕詩人的一生，不但始終處於貧困潦倒的狀態，而且經常貧病交加，如《病中寄呈王信州老謝丈》在敘述瘧疾的痛苦折磨後，進一步渲染說：「屬時秋已季，更值雨相續。臥聞掃空階，起步驚隕木。蛩號故亡賴，蚊豹成暗逐。未資卒歲計，頗病嚴霜促。幸遭賢使君，立政匡今俗。教微下黃堂，惠已周白屋。論情素有託，謁見慚末卜。詎應四壁立，久作窮途哭」，「病倦不成書，書成況難讀」〔註14〕。長期的病痛折磨，久治不愈的苦惱，秋末的霏霏淫雨，蛩號蚊咬的肆虐，以及家徒四壁的貧苦，使他神思恍惚，冥冥中感到自己好像已經到了人生的末路，只能上與古人為友，遙想魏晉時代「時率意獨駕，不由徑路，車跡所窮，輒慟哭而反」〔註15〕的阮籍，以及唐代「食薺腸亦苦，強歌聲不歡」〔註16〕的孟郊等落魄之士，強作安慰。

在隱居生活中，雖然無衣卒歲，趙蕃仍能固守窮困，苦中尋樂。他說：「萬錢固無相，三韭聊自詭。抱甕豈忘勤，移家嫌近市」〔註17〕，他所希冀的生活，就是遠離塵俗、忘卻機心、安於淳樸拙陋的生活。

趙蕃貧病交加的生活，是南宋中期廣大中下層知識分子困頓生活的縮影，是南宋中期社會現實的真實記錄。他詩中抒寫的愁苦，是詩人對當時冷酷的社會現實生活的真實感受，即使在今天看來，對於我們正確認識那個時代，仍具有一定的歷史價值。

〔註13〕《三月十一日》，《全宋詩》第 49 冊，第 30762 頁。
〔註14〕《病中寄呈王信州老謝丈》，《全宋詩》第 49 冊，第 30448 頁。
〔註15〕〔唐〕房玄齡等撰《晉書‧阮籍傳》，中華書局，1982 年，第 1361 頁。
〔註16〕〔唐〕孟郊《贈崔純亮》，《孟東野詩集》卷六，人民文學出版社，1984 年，第 101 頁。
〔註17〕《書事》之四，《全宋詩》第 49 冊，第 30443 頁。

一、「兒啼宵不飽，女訴夏無衣」〔註18〕：抒寫飢寒交迫的艱難

趙蕃非常滿足於清貧的生活，隱居山村時，所種植、食用的菜蔬，都是維持生活最簡單的食物。其《書事》其四說：「久旱始足雨，畦圃新料理。秋茄尚入饌，晚菘能敗齒」，但在生活中，詩人經常連秋茄、晚菘這些簡單的菜蔬也吃不上。其詩中描述的艱難生活處境，與他畢生仰慕的陶淵明和蘇軾一樣，首先是缺衣少食的窮困，他描述自己遠行歸來，目覩家中孩子不堪飢餓、嗷嗷待哺，妻子臥病在床的困窘情形說：「嬌兒失乳索飯啼，病妻服藥思鹿脯。關心藥裏詩自廢，無復吟哦繼朝暮」〔註19〕，此情此景，令人歎息不已。其《離家》敘述詩人飢餓難耐之下，想出門尋找一些生活的辦法。可是詩人整理好行裝，臨出門前又停住了，原來是幼小的女兒挽住了他的衣角，問他何時回來：「饑來驅我去何之？束擔垂行卻住時。幼女亦知離別感，挽衣端欲問歸期。」〔註20〕這一幕「其境皆眞境，其情皆眞情」〔註21〕，可能連詩人自己都不知道此次出門能有什麼收穫，更不知何時能夠回家。面對家徒四壁、無柴沒米的困境，有時詩人只有滿臉愧疚地向鄰里借貸，其《即事二首》之一描述：「問薪薪已無，問米米已空。假貸愧鄰里，奔走愁僕童。」〔註22〕更有甚者，連孩子換季的衣服也沒有：「兒啼宵不飽，女訴夏無衣。幾載宦遊倦，素來生事微。」〔註23〕多年的仕宦生涯，家裏的經濟情況卻沒有絲毫的改善，無奈之下，詩人只得要求孩子「紉補莫多違」，還是把破衣服縫綴後繼續穿吧。

詩人一家，除了時常忍饑挨餓、沒有換季的衣服，有時窮困得

〔註18〕《書事》之八，《全宋詩》第 49 冊，第 30444 頁。

〔註19〕《到家寄季承二首》之二，《全宋詩》第 49 冊，第 30498 頁。

〔註20〕《離家》，《全宋詩》第 49 冊，第 30408 頁。

〔註21〕〔清〕盧文弨《後山詩注跋》，《抱經堂文集》卷十三，商務印書館，1937 年，第 188 頁。

〔註22〕《即事二首》之一，《全宋詩》第 49 冊，第 30445 頁。

〔註23〕《書事》之八，《全宋詩》第 49 冊，第 30444 頁。

連禦寒的被子也沒有：「衾裯欠宵具，薪炭乏預積」〔註24〕，遇到氣候突然變冷，甚至於只能買紙做的被子來救急。其《初寒無衾，買紙被以紓急，作四絕》，記述全家以紙被禦寒的情形，由於夜裏太冷，紙被也抵禦不了寒冷，無法入睡的詩人被凍得蜷縮成一團，無奈只有擁著紙被，斜坐著挨到天明：「瑟縮從渠體尚生，不妨欹擁度天明。書生活計能消底，太息牛衣王仲卿」〔註25〕，此情此景，不禁讓詩人想到了漢朝那個「牛衣對泣」的王章。王章，字仲卿，在出仕前家裏很窮，沒有被子蓋，生大病時也只能臥在給牛禦寒的草衣中，《漢書·王章傳》說：「章疾病，無被，臥牛衣中。」〔註26〕趙蕃爲王仲卿的窮困而歎息，是因爲自己的境遇跟他很相似。不過，令詩人稍感安慰的是，儘管「度夕陰風吹屢屢，布衾如鐵念嬌兒」〔註27〕，冷風直往門縫裏勁吹，布被也像鐵塊一樣冷冰冰的，但是紙被還是給孩子的身體增加了些許熱量，所以孩子睡到天亮才醒來，「但覺安眠曉不知」〔註28〕。看來，能夠擁有一個完整的睡眠也很奢侈啊。這長夜難眠的情景，在楊萬里詩中也有描寫：「擁裯起坐何人伴？只有殘燈半暈青」〔註29〕，趙蕃擁著紙被、斜坐著挨到天明是因爲寒冷，楊萬里看來因爲心事茫茫，也許是因爲國家山河殘破的局勢，或者遠在異鄉的孤獨。他們的共同點在於，都面臨著無法令人忍受的困境，這也反映了南宋中期士人共同的境遇。

　　趙蕃的隱居生活窮困潦倒，雪上加霜的是，竊賊竟然也來光顧他家，讓他的生活更加不堪。其《竹隱新籬》一詩，就記述了秋收時節，

〔註24〕《晚立有作》，《全宋詩》第 49 冊，第 30443 頁。

〔註25〕《初寒無衾，買紙被以紓急，作四絕》之二，《全宋詩》第 49 冊，第 30928 頁。

〔註26〕〔漢〕班固《漢書》，中州古籍出版社，1996 年，第 948 頁。

〔註27〕《初寒無衾，買紙被以紓急，作四絕》之三，《全宋詩》第 49 冊，第 30928 頁。

〔註28〕同上。

〔註29〕〔宋〕楊萬里《霜夜無睡，聞畫角孤雁》，《楊萬里詩文集》上冊，江西人民出版社，2006 年，第 181 頁。

他家中不幸遇盜，被逼無奈之下，他在住宅的周圍修築了一道堅固的
竹籬柵欄：「地迴闞虎落，秋來逢鼠偷。貧居乏給使，力作費營謀。
鄰近俱相集，謹言卒未休。濁醪澆渴肺，香飯飽饑喉。密筱分新翠，
深林失故稠。斬除才就束，委積動成丘。經布潛依塹，蛇行曲過溝。
周遭類屏障，森列勝戈矛。黃耳斯逃責，青氈好在不？〔註30〕」鄰居
們聽說他家被竊，紛紛聚集到他家，眾人議論不休，出謀劃策，最後
決定修築竹籬護家。他們砍伐了很多竹子，捆紮後堆積如山。隨後，
大家開始修築藩籬，沿著溝塹的走勢，彎彎曲曲地越過深溝，建成了
一道壁壘森嚴的屏障，竹籬向上的頂端，被削割得有如尖銳的戈矛。
從趙蕃的敘述中，我們不但可以瞭解詩人窘迫的生活狀況，還可以從
修築竹籬時一家有難、全村支持的行動中，看到山民淳樸善良的品質。

　　從趙蕃詩歌藉以表情達意的意象來看，其詩中描述詩人啼饑號
寒生活的意象很多，如「雨」、「雪」、「寒風」等悲苦意象，俯拾即
是。在趙蕃詩中，自然意象中「雨」共計出現 1000 餘次，除了憫
農題材的 32 首，還有 94 首詩歌描寫大雨或淫雨導致的艱難困苦，
或者因雨引發淒風苦雨的愁苦，如《連雨有作》、《苦雨感歎而作》、
《二月十日雨》、《十一月大雷雨》、《正月二十四日雨雹交作》、《連
雨獨飲偶書四首》、《連日雨作，頓有秋意，懷感之餘得詩七首，書
呈教授知縣》等。從季節來看，這些令人鬱悶的雨，春、夏、秋、
冬，一年四季都有發生：他描寫春、夏、秋三個季節降雨的詩歌很
多，也描寫了冬雨，而且大多與詩人窮愁淒苦的生活密切聯繫。他
描寫為官他鄉不期而至的冷雨：「淫霖更值七八月，涼冷不待秋冬
交」〔註31〕，也描寫了冬雨的寒冷與淒涼：「窮冬固多悲，凍雨仍
並作。真成晝連夜，直欲寐無覺」〔註32〕。從地點來看，雨遍佈他
居家或行役的途中，如《寓舍遭雨漏甚》、《舟中雨作》，這些不應
時的苦雨，與寒冷的氣候、悲哀的鳴蟲渾融一體，勾畫出詩人「人

〔註30〕　《竹隱新籬》，《全宋詩》第 49 冊，第 30402～30403 頁。
〔註31〕　《連雨即事》，《全宋詩》第 49 冊，第 30515 頁。
〔註32〕　《寒雨感懷呈斯遠三首》之一，《全宋詩》第 49 冊，第 30452 頁。

無送酒錢，官無種秫田」〔註33〕的窮困潦倒的生活境況，抒發了詩人浮生如夢與身世漂泊之感。

雪是酷寒氣候的象徵，趙蕃詩中也經常描寫冷色調的雪，藉以表現詩人困窘的生活處境。雪在趙蕃詩中使用頻繁，共計出現了 302 次，在趙蕃 59 首詠歎雪的詩歌中，有 23 首詩描寫了大雪帶來的酷寒天氣與艱難生活。其《大雪》描寫道：「長年南雪不到地，瘴癘慘毒愁北人」〔註34〕，《連雪偶書》記述了詩人為官辰州時期，遭遇連續降雪後的心理活動與生活境況：

> 初雪爲歡謠，再雪猶喜視。三雪已恐多，四雪翻爲異。
> 坐棲漏明屋，臥擁如鐵被。蕭條市無行，寂寞門半閉。
> 官居且云然，野處當何似。凶年略無儲，度日唯旋計。
> 糟粕有十百，糠粃匪一二。葛根藉長鑱，蓼草同滯穗。
> 哀哉當此時，已矣良不易。仰頭叩皇天，俯首蹋厚地。
> 天地豈不仁，冰雪行且霽。〔註35〕

從詩中可知，雖然詩人當時身在官曹，仍然難免飢寒的困擾，在寒風瑟瑟的深夜，他「坐棲漏明屋，臥擁如鐵被」，冷得長夜難眠。而且，家中「糟粕有十百，糠粃匪一二」，竟至無糧而斷炊的地步，只能用長鑱挖食葛根、蓼草等植物爲生。在飢寒交迫的凶年，詩人「仰頭叩皇天，俯首蹋厚地」，哀號「天地豈不仁」，祈求上天能憐憫眾生。詩人爲官時遭遇的飢寒如此凄慘，在羈旅行役中就更可想而知了，在前文述及的《九月十一日雪二首》中，詩人已有生動詳細的描述。再如，其《晨起雪作》也描述了詩人羈旅中擁衣枯坐、等待天明的情景：「苦寒不成眠，哀哉何時旦？擁衣聽雞鳴，有類巢木鸛。窗明若彷彿，自起尋宿炭。殘爐星銷盡，束縕分鄰爨。頻年慣羈旅，未省今日歎。爲生乃至是，可復一笑粲。陰風忽悲吼，出戶雪欲亂。」可見，雪和雨一樣，也涵蓋了趙蕃對窮苦生活與艱難人

〔註33〕《連雨獨飲偶書四首》之三，《全宋詩》第 49 冊，第 30452 頁。
〔註34〕《大雪》，《全宋詩》第 49 冊，第 30862 頁。
〔註35〕《全宋詩》第 49 冊，第 30856 頁。

生的體悟。

在詩人描寫困苦生活的意象中，與大雪相伴出現的，還有酷烈的寒風，如《晨起雪作》中「陰風忽悲吼」，而《書事》其九所描繪的北風凜冽的寒冷景象，令人尤為震撼：「北風卷湖水，萬里雪欲狂。乘勢不自止，雲開日垂光。風伯益振厲，行子立欲僵。青女探其機，變作明日霜。湖水凍成圻，層冰傲朝陽。松柏愁悴死，寧雲草蒼蒼。哀哉羈棲人，破褐無幾長。塞向亦壎戶，退憐無地藏。緬思六月中，誓言望清商。及今玄冬時，慄栗反莫當」〔註36〕，詩人飽蘸濃墨，渲染了狂風帶來的寒冷氣氛，淩厲的北風差點卷走了湖水，灰濛濛的天空似乎在醞釀著一場暴雪，還有幾乎要被狂風撲倒在地的行人，憂傷憔悴的松柏，湖面上被凍裂的冰層等。該詩雖然名為「書事」，卻以形象生動的寫景為主，只在結尾部分畫龍點睛，推出羈棲他鄉的詩人衣衫襤褸的形貌、以及塞向壎戶仍然無處藏身的特寫，並輔以詩人沉思默想著難以熬過嚴冬的心理描寫，令人讀後感到淒惻纏綿。

二、「比年多病苦羸劣，暇日關心惟裏藥」〔註37〕：抒寫疾病纏身的苦悶

在趙蕃詩中，與飢餓和寒冷緊密相伴的另一個詞是疾病。

人生在世，生病在所難免，更何況作為一位憂國憂民的寒士，趙蕃在國家長期內憂外患的形勢下，不但精神上抑鬱寡歡，而且個人生活又長期處在飢寒交迫的狀態，就更難免身體或精神上的各種疾病了。在趙蕃詩中，「病」字共計出現了 339 次，大部分「病」字的出現，是訴說身體上罹患的疾病，也有少部分「病」字，是反映詩人心理上的愁悶。

從詩歌的題目上看，趙蕃以「病」為題的詩歌數量較多，如《元日病中》、《病中即事》、《病中即事十五首》、《六月二十二日病

〔註36〕《全宋詩》第 49 冊，第 30444 頁。
〔註37〕《全宋詩》第 49 冊，第 30522 頁。

中得雨，頓覺沉痾去體，欣然起飲，遂成一絕》、《病中》、《十二月
七日病題四首》、《舟中病思三首》、《病中寄呈王信州、老謝丈》、
《九日病中無酒無菊寄王信州、老謝丈》、《餘干放舟後作，時以病
不飲故見之詩》、《得晴欲過江訪梅，已忽病作，天亦復陰，悵然有
賦》等。

　　在趙蕃詩中，貧與病像一對孿生兄弟，他經常描寫自己貧病交加
的情形說：「孰與還仍往，惟餘病與貧」〔註38〕、「貧病成驅役，幽憂
復放歌」〔註39〕。他還對年齡相仿、同病相憐的好友陳明叔說：「年
齡故爾似，貧病亦應同」〔註40〕，有時候，詩人遭受貧、病的同時，
寒冷的氣候也一併襲來，難怪他長聲悲歎道：「飢寒兼抱病，造物此
何情」〔註41〕？疾病給詩人帶來的痛苦很多，連他喜歡的酒也不再接
觸了：「病來不喜飲，一再瀉濁清」〔註42〕、「近來多病不飲酒，少日
興酣那計觴」〔註43〕；他患病時身體無力，精神衰頹：「我病且復衰」
〔註44〕、「病來筋力費扶持」〔註45〕，對寒冷的氣候也心存畏懼：「病
骨怯秋凜，羸驂疲路長」〔註46〕；他生病時深居簡出，無心關注自然
與世情的變化：「病夫不知春，但覺所感多」〔註47〕、「病夫慵出長蓬
蒿，但見芻薪價益高」〔註48〕；在服食大量的藥劑後，他感覺自己形

〔註38〕《遠父往富沙兼簡馬莊父二首》之一，《全宋詩》第49冊，第30561
　　　　頁。
〔註39〕《舟中病思三首》之二，《全宋詩》第49冊，第30572頁。
〔註40〕《初六日呈明叔》，《全宋詩》第49冊，第30561頁。
〔註41〕《病中即事十五首》之一，《全宋詩》第49冊，第30643頁。
〔註42〕《與成父弟自嚴罍同入城，晚宿黃岩》，《全宋詩》第49冊，第30485
　　　　頁。
〔註43〕《歸計未成，不勝家山之思，用元明山谷唱酬韻寄成父》，《全宋詩》
　　　　第49冊，第30860頁。
〔註44〕《李大椿伯壽見示寶劍歌答之》，《全宋詩》第49冊，第30519頁。
〔註45〕《晚秋郊居八首》之六，《全宋詩》第49冊，第30442頁。
〔註46〕《午飯資福寺》，《全宋詩》第49冊，第30613頁。
〔註47〕《晦日用陶靖節蠟日韻》，《全宋詩》第49冊，第30442頁。
〔註48〕《晚秋郊居八首》之一，同上頁。

容枯瘦：「比年多病苦羸劣，暇日關心惟裏藥」〔註 49〕。可見，疾病對於趙蕃來說，不但給他造成肉體上的痛苦，還使他精神衰弱消沉。

那麼，趙蕃究竟患過哪種病呢？在《韋南雄惠酒六尊以詩謝之》中，他說自己「經秋未愈文園病，晚歲更餘揚子貧」〔註 50〕；在《與李潭州椿壽翁五首》之五中，他告訴朋友說：「詩方學蠻語，病昔似文園」〔註 51〕；在他給友人施進之的詩裏，他說「以我病若渴」〔註 52〕，可知他曾經患過消渴疾的重病，經過較長時間的調養才痊愈。

他還得過瘧疾，病情也同樣嚴重，他對前來探望他的契友徐審知、王彥博說：「秋來瘧鬼不銷亡，令我兼旬病在床。治藥頻成問良苦，易衣終日屢炎涼」、「多謝故人來問疾，幾回宵度石爲梁」〔註 53〕。從趙蕃隨後寫作的《病中寄呈王信州、老謝丈》詩中「屬時秋已季」等句，也可知他這次瘧疾發生於秋末。由於瘧疾患者怕寒懼風，所以他說：「窮鄉怕逢節，病骨怯臨風」〔註 54〕，又說「病骨怯秋凜」〔註 55〕。這次的瘧疾持續了很長時間，已經讓他臥床二十多天。他還說：「如何且踰月，此物猶肆毒」，可知此病不但時間長達一個多月，而且病情比較嚴重：「豈惟搜脂髓，直覺憎面目」、「莫知所生理，眞恐邃鬼錄」，甚至差點奪去了他的生命。病後，他胃口很差：「味嫌東野薺，餒厭平原粥」，醫生還讓他禁食山果，他臥病在床，痛苦萬分，加之秋雨連綿，更增愁緒，詩人不禁痛苦地呼喊道：「詎應四壁立？久作窮途哭。」〔註 56〕可見疾病對他的

〔註 49〕《全宋詩》第 49 冊，第 30522 頁

〔註 50〕《全宋詩》第 49 冊，第 30706 頁。

〔註 51〕《全宋詩》第 49 冊，第 30540 頁。

〔註 52〕《寄施進之》，《全宋詩》第 49 冊，第 30424～30425 頁。

〔註 53〕《王彥博、徐審知頻來問疾，口占示之》，《全宋詩》第 49 冊，第 30691 頁。

〔註 54〕《九日懷周仲材》，《全宋詩》第 49 冊，第 30894 頁。

〔註 55〕《午飯資福寺》，《全宋詩》第 49 冊，第 30613 頁。

〔註 56〕《病中寄呈王信州、老謝丈》，《全宋詩》第 49 冊，第 30448 頁。

折磨有多重，他內心的痛苦有多深。

　　趙蕃詩中對個人疾病與當時精神狀態的紛紜描寫，既是他個人生活的真實記錄，也是南宋中後期廣大寒士困頓生活與精神狀態的縮影。換句話說，就是「病」與時代有關，正如趙蕃在《病中即事》中所言：「病態與時關，炎涼僅覆翻。秋風已吹鬢，疹氣尚留根」〔註57〕，疾病固然與時節、氣候的變化有關，但是，也與那個衰落的時代和社會風氣給廣大士人造成的傷害有關，朱熹、趙汝愚、蔡元定等人遭遇迫害並相繼離世就是例證。范仲淹曾說：「詩家者流，厥情非一，失誌之人其辭苦，得意之人其辭逸……如孟東野之清苦，薛許昌之英逸。」〔註58〕趙蕃雖然無意仕途，不屬於「失誌之人」，但是，從其生活潦倒困窘與精神上遭受的痛苦來說，也算是另一種意義上的失誌之人，所以，他的詩歌才飽含淒苦的傾訴。

第二節　隱逸與節操：南宋中下層士人的價值取向

　　宋代士人具有豐富的人格結構與精神世界，他們「立朝為官則剛正切直、義正詞嚴，退而還家則溫文爾雅、瀟灑風流」〔註59〕，尤其自「范仲淹之後，重名節、重人格，自我約束，自我提昇漸漸成為一種普遍的精神風尚」〔註60〕。趙蕃平生對范仲淹、胡銓等人的人格魅力高度欽賞，他一生中的絕大部分光陰生活在村野之中，他敝屣功名，無意仕宦的顯達，追求人格與精神境界的超脫不俗，正可謂宋代士人追求獨立人格與精神世界的真實寫照。

　　從趙蕃為官時期寫作的大量詩歌來看，其中僅有為數不多的幾首山水、田園詩表達了對湘西風情的熱愛，其絕大部分詩歌表達了對官

〔註57〕《全宋詩》第 49 冊，第 30643 頁。
〔註58〕〔宋〕范仲淹《唐異詩序》，陶秋英編選《宋金元文論選》，人民文學出版社，1984 年，第 45 頁。
〔註59〕李春青《宋學與宋代文學觀念》，北京師範大學出版社，2001 年，第 30 頁。
〔註60〕同上，第 20 頁。

場生活的不適或厭倦，其《寄秋懷》之十形象地描述自己在辰州司理參軍任上的生活是：「蝦行仍蛭渡，猶豫復狐疑」〔註61〕、「悵儂三徑歸來引，翻作五溪行路難」《溧陽邂逅胡安豐赴官送以二詩》，可見他對官場之難的鮮明態度（請參見本書《趙蕃詩歌的題材內容》部分的《趙蕃的感懷詩》）。

趙蕃嚮往「潯陽開三徑，鏡湖賜一曲」〔註62〕的田園生活，發出了「不同淵明田下撰，即效龜蒙耕甫里」〔註63〕的錚錚誓言，寫作了大量抒發濃郁的隱逸情結的詩歌。他對隱逸生活的陶醉，貫穿於他人生從青年到老年的各個時期，即使在爲官期間，他也廣泛交結當地的隱逸之士，與他們密切交遊，頻繁唱酬，陶醉於吟風弄月的瀟灑風流中。因此，在詩中，他不但描寫了自己對隱居生活的沉醉，還盛讚與其同時代的拔俗隱逸之士，並經常在詩中吟詠古代節行卓異的高人隱士，藉以抒發隱逸情懷。其詩中讚頌的古代高人隱士很多，貫穿了先秦、兩漢、魏晉、唐朝直到北宋的各個朝代。與唐代李德裕寫作的隱逸詩有所不同的是，李德裕詩中出現最多的隱士是范蠡，而趙蕃詩中出現最多的是陶淵明、嚴光和徐稚，這也是作爲普通儒士的趙蕃和作爲政治家的李德裕的區別所在。

趙蕃尤其對陶淵明稱賞不已。他對陶淵明的人格與詩文非常崇敬：「吾生後淵明，此心兩悠然」〔註64〕，並在詩中頻繁吟詠陶淵明的生平與詩文，尤其是「淵明」、「三徑」、「陶令」和「靖節」等詞句引用最多，此外，他還寫作了十一首和陶詩。

趙蕃對古代與當代高人隱士的風尚節操讚賞有加，他對風節內涵的理解，既有「士窮見節義」〔註65〕、「不曳王門裾」〔註66〕的寒士

〔註61〕《全宋詩》第49冊，第30884頁。
〔註62〕《寄主管舅二首》之一，《全宋詩》第49冊，第30420頁。
〔註63〕《成父來自玉山審知有送行詩且以見及次韻》，《全宋詩》第49冊，第30495頁。
〔註64〕《獨過知津閣二首》之一，《全宋詩》第49冊，第30480頁。
〔註65〕《招明叔》，《全宋詩》第49冊，第30453頁。

氣節，也即儒家「不戚戚於貧賤，不汲汲於富貴」的生活境界，也有「人誰不慕直言名」〔註67〕的守正不阿與正直敢言，還有「所願深持後凋節」〔註68〕的矢志不渝。

　　趙蕃詩歌對隱逸與節操的大力稱讚，代表了南宋中下層士人的價值取向。

一、「下上嚴婺路，往來苕雪舟」〔註69〕：抒寫對隱逸生活的沉醉

　　首先看看趙蕃對隱逸生活的描寫與沉醉。其《雨陰未解成長句》云：「一日舒晴十日陰，春來時節更蕭森。徐行索句茅簷靜，孤坐焚香書屋深。少日飢寒眞累己，莫年勳業已無心。先賢遺傳時披讀，頗怪山王在竹林。」〔註70〕他甘於寂寞與孤獨，無意於建功立業之類的宏圖大志，時常忘情地閱覽先賢遺逸的生平紀傳。「徐行索句茅簷靜，孤坐焚香書屋深」，生動地刻畫了一位終日以讀書和作詩爲伴的隱逸詩人的典型形象。這是詩人家居生活的寫照，但是，這並非他隱居生活的全部，詩人也經常出門遊覽奇麗的山光水色，尋覓古代高人隱士留下的痕跡，遍訪當時那些志同道合的山林之士。他不僅與隱居時期的朱熹、辛棄疾等這樣的大文豪頻繁往來，更有許多聲名不顯但志趣相合的詩友雅士。其《夜賦二首》之二描寫道：「下上嚴婺路，往來苕雪舟。何勝百篇詠，不啻十年遊。志願終漁釣，經蹊熟鷺鷗。清風慕唐漢，高友得孫劉。」〔註71〕嚴州（今屬浙江）富春江畔有東漢高士嚴光的釣臺，還有唐代高士方干的故里，婺州

〔註66〕《呈嚴黎二師並寄韓季蕭》，《全宋詩》第 49 冊，第 30430 頁。
〔註67〕《全宋詩》第 49 冊，第 30403 頁。按，周必大作有《予乾道中嘗除延平守闓憲，皆當赴而改，晚得富沙，趨行甚峻，亦不果赴。今郡人吳岷寫真求贊，因以遺之》詩。
〔註68〕《簡賈新之》，《全宋詩》第 49 冊，第 30710 頁。
〔註69〕《全宋詩》第 49 冊，第 30548 頁。
〔註70〕《全宋詩》第 49 冊，第 30684 頁。
〔註71〕《全宋詩》第 49 冊，第 30548 頁。

（今屬浙江）有南宋理學大家「金華學派」呂祖謙的故里；霅溪與
苕溪並稱苕霅，位於浙江省湖州市，是唐代詩人張志和隱居的地方。
趙蕃往來其間，與鷗鷺為伴，陶醉於漢唐名士留下的清風操尚，不
禁心馳神往，渴望能像嚴子陵、方干那樣隱居於此，漁釣為生。同
時，趙蕃往來其間，還結識了劉遠齋、孫子進等好友。〔註72〕

　　對隱逸生活的神往和稱頌，貫穿在趙蕃人生道路的各個時期，
即使在他為官期間，也表現得非常明顯，有時甚至非常強烈。在任
職太和主簿時，他與當地的著名隱逸詩人曾豐（字幼度）、楊願（字
謹仲，人稱壽岡先生）、陳明叔、曾季狸（字裘父，號艇齋）以及黎
道華、惠嚴等僧、道之士交遊唱酬密切，陶醉於吟風弄月的瀟灑風
流中，其《坐間呈曾幼度兼屬陳明叔》記述云：

> 三年幾度江天閣，我爾相看兩牢落。
> 江山好處欲題詩，下筆逡巡愧吾弱。
> 詩中最愛曾贛丞，恨渠不來俱此登。
> 今晨驅車叩吾門，寒溫未了先覓君。
> 乃知吾人同臭味，識面聞風總相契。
> 一杯聊爾勞江山，向來鬱鬱今開顏。〔註73〕

《呈壽岡》云：

> 夏雨淒淒曾過公，只今端復是秋風。
> 青青但保庭前竹，渺渺不悲江上楓。
> 每憶誦詩頭且白，可期頻見煩猶紅。
> 陶家九日明朝事，問訊菊籬開幾叢？〔註74〕

這兩首詩記述他們經常歡聚一堂，其中，曾多次會聚於陳明叔家的江
天閣。他們「識面聞風總相契」，彼此志趣相投，一起同遊共賞壯麗
的江天風光，一起飲酒作詩。「陶家九日明朝事，問訊菊籬開幾叢」
道出了他們共同關注的事物，除了詩文創作，還有竹子、菊花、梅花

〔註72〕按，該詩後趙蕃自注云：「謂子陵、玄英及遠齋、子進父子兄弟。」
〔註73〕《全宋詩》第49冊，第30506頁。
〔註74〕《全宋詩》第49冊，第30686頁。

等植物的長勢。因爲，這些植物是他們高潔超逸品格的象徵，正如趙蕃在《呈壽岡》一詩中自注說：「蕃兒時已誦公詩，今且老矣，則公後凋之操可想而知。」〔註75〕這也正是趙蕃所謂「吾人同臭味」的內涵。

同樣，在辰州爲官時期，趙蕃對隱居田園的生活也心嚮往之。其《寄秋懷》之十云：「兩載沅湘役，雖勞何所爲。蝦行仍蛭渡，猶豫復狐疑。孰念鋤犁把，殊勝手板持。山南與山北，捨子更從誰」〔註76〕，《贈孫從之》云：「我雖落蠻夷，歸來豈無日。儻逐樂耕耘，於焉吾事畢」〔註77〕，可見，趙蕃時刻難忘躬耕田園的理想生活。詩人在對自己前半生的回憶中說：「居官早自縛，半世幾沒身。青衫類枯葉，兩鬢如爛銀。人知趨走苦，已重疾病湮。歸微三徑貧，尚竊太倉陳」〔註78〕，他自幼即傾慕隱逸之士的高潔操尚，因此，他把爲期不足十年的爲官生涯，形象地比喻爲作繭自縛；對於奉祠家居仍然要耗費官倉的糧食，沒有能像陶淵明那樣實現自給自足，他也感到很慚愧。

辭官歸來後，他隱居田園的願望終於實現了。就像陶淵明辭去彭澤縣令歸來時那樣，趙蕃也欣然寫作了許多歌頌隱逸生活的詩歌，其《雨中不出呈斯遠兼示成父四首》〔註79〕就描寫了他此時愉快的生活與心情，其二、三、四分別云：

歲事今無幾，來歸略未安。若爲佳抱發，賴有好詩看。
剩欲江村訪，卻遭天氣寒。雪猶思剡曲，雨亦過蘇端。

湖外頻年客，江東邇日歸。欲知年事迫，看取鬢毛非。
寄意雖梅柳，關心在蕨薇。令余倒芒屨，顰子叩柴扉。

兄髮久已白，弟顏那得紅。從今喜朝夕，不復恨西東。

〔註75〕同上。
〔註76〕《全宋詩》第 49 冊，第 30884 頁。
〔註77〕《全宋詩》第 49 冊，第 30427 頁。
〔註78〕《寒雨感懷呈斯遠三首》之二，《全宋詩》第 49 冊，第 30452 頁。
〔註79〕《全宋詩》第 49 冊，第 30632 頁。

　　　　耕稼眞吾事，詩書是祖風。扶犁有餘暇，把卷不妨同。

從湖南遠道歸來，詩人感慨「從今喜朝夕，不復恨西東」，終於可以
享受扶著犁耕種田園以及勞動之餘手把詩書的愜意。在他看來，寄
意梅柳、關心蕨薇的隱逸生活，才是他最高的人生境界，也是最終
的歸宿。其《二十七日既浴於乾明庵，負暄久之詩示住庵》一詩，
描述了他隱居生活中自得其樂的趣事：「吾家縛屋依山址，晏齋之前
僅盈咫」、「有時攜書喚兒曹，坐來和氣生髮毛」﹝註 80﹞等句，可見
趙蕃雖然居家狹隘簡陋，卻有詩書與兒女相伴，因此頗能和樂處之。
有趣的是，他還到附近的乾明庵找尋快樂，洗澡、曬太陽、吃飯，
與僧人聊天：「人間萬事固絕望，天賜一暖誰相要。茲晨歸悶忽念浴，
試覓僧廬渡喬木。道人見客如昔遊，爲煮清泉注萬斛。須臾一洗垢
且空，漸覺表裏俱沖融。清虛日來滓穢去，吾貌可瘠神當豐。起尋
冠服風動腋，卻向茅簷親野日。恍然墮我晏齋前，鳥語不聞山四寂。
道人領客殊忘倦，茗碗熏爐共閒燕。爲言炙背頗樂否，此味可須天
子獻？」﹝註 81﹞詩人沐浴著萬斛清泉、身上污垢盡去，頓時感覺表
裏沖融、神清氣爽。在暖洋洋的太陽下，詩人衣袂飄動，頗有浴沂
詠歸的悠然自得。

二、「少讀隱逸傳，雅意煙霞人」﹝註 82﹞：對古代高士的 稱頌與嚮往

　　趙蕃不但寫作了許多直接描寫隱逸生活的詩歌，還經常在詩中
吟詠古代的高人隱士，藉以抒發隱逸情懷。自然，這些隱士一般也
是節行卓異的拔俗之士，所以，趙蕃在表達隱逸情致的同時，也自
然流露出對高士們不同流俗的高潔操守的欽敬之情。

﹝註 80﹞《二十七日既浴於乾明庵，負暄久，別之詩示住庵》，《全宋詩》第
　　　　49 冊，第 30525 頁。
﹝註 81﹞同上。
﹝註 82﹞《寒雨感懷呈斯遠三首》之二，《全宋詩》第 49 冊，第 30452 頁。

在詩中，趙蕃對這些古代隱退之士的稱呼，有時稱為「隱逸人」，如「少慕隱逸人，開口談四皓」〔註83〕；有時稱為煙霞人，如「少讀隱逸傳，雅意煙霞人」〔註84〕。逸民是節行超逸的人，趙蕃有時也稱他們為「古逸民」，如「夷齊古逸民，食粟猶恥周」。〔註85〕。這些高人隱士，有的出現在趙蕃抒發隱逸情懷的隱逸詩中，如《遠齋和示疏字韻四詩復用韻並呈子肅》之三：「春風吹雨密還疏，門掩荒山數畝居。換米但須居士廥，入都寧倚子公書。安貧自足容高枕，處事時應念覆車。所恨卜鄰非二仲，枉教三徑草頻除。」〔註86〕詩中引用漢代羊仲、裘仲清廉逃名，以及唐代朱桃椎隱居山中、不受人饋贈的故事，抒發詩人對隱逸生活的稱賞，同時也表達詩人對漢代陳湯（字子公）接受陳咸財物、邦助陳咸「得入帝城」為官之事的鄙棄。自然，這部分詩歌也包括趙蕃的和陶詩，如《和陶淵明乞食詩歌》、《東坡在惠州窘於衣食，以重九近有樽俎蕭然之歎，和淵明貧士七詩。今去重九三日爾，僕以新穀未升方絕糧是憂至於樽俎又未暇計也。因誦靖節貧士詩及坡翁所和者輒復用韻》等。不過，趙蕃讚揚的古代高人隱士，也常常出現在他與友人平時的酬贈和答類詩中。

趙蕃詩中所仰慕的古代高人隱士很多，貫穿了先秦、兩漢、魏晉、唐朝直到北宋的各個朝代，其中尤以兩漢時期最多，其次是魏晉和唐代。從其所引用人物出現的頻率看，以東晉陶淵明、東漢的嚴光最多。

從趙蕃詩歌所吟誦的隱士所處的時代看，有商代著名的廉退逃名者伯夷、叔齊，如「景公千駟何足云，伯夷垂名端不朽」〔註87〕；有

〔註83〕《旅中雜興五首》之五，《全宋詩》第49冊，第30446頁。

〔註84〕《寒雨感懷呈斯遠三首》之二，《全宋詩》第49冊，第30452頁。

〔註85〕《東坡在惠州窘於衣食，以重九近有樽俎蕭然之歎，和淵明貧士七詩。今去重九三日爾，僕以新穀未升方絕糧是憂至於樽俎又未暇計也。因誦靖節貧士詩及坡翁所和者輒復用韻》之四，《全宋詩》第49冊，第30389頁。

〔註86〕《全宋詩》第49冊，第30746頁。

〔註87〕《全宋詩》第49冊，第30859頁。

春秋時期的長沮、桀溺，如「不然靖節翁，那與沮溺儔」〔註88〕，讚揚他們垂名不朽；秦末漢初的商山四皓，也是趙蕃念念不忘的高士：「四皓逃南山，下視衣褐婁」〔註89〕、「故侯住瓜田，四皓臥芝嶺」〔註90〕。商山四皓也稱「商山四翁」，指東園公、綺里季、夏黃公、甪里先生，他們因避秦末亂世，隱居於商山之中，年皆八十餘，鬚眉皓白，因此被時人稱作「商山四皓」。漢高祖召他們出仕，他們沒有答應。後來漢高祖欲廢太子，呂后採用張良的計策，成功地迎來四皓輔佐太子，使得劉邦停止了廢除太子的想法。雖皇帝召而不見，可見商山四皓鄙棄功名利祿的高節，趙蕃贊其「下視衣褐婁」，稱賞他們輕視物質享受、安於貧賤的人生境界。

　　兩漢時期，高度重視品評人物的操尚，也是高人隱士輩出的朝代，許多卓異不凡的歷史人物，在趙蕃詩中都有述及。除了前文提到的「二仲」，還有東漢的嚴光（字子陵）、徐稚、李膺、陳蕃、郭泰（字林宗）、黃憲（字叔度）、張仲蔚、龐德公等。趙蕃讚揚郭林宗、黃叔度：「曾因下座識元龍，深覬歸途得款從。顧我殊非黃叔度，多君不愧郭林宗。」〔註91〕在兩漢高士中，尤以徐稚、嚴光被趙蕃吟誦的次數最多。趙蕃對嚴光拒絕漢光武帝劉秀的封賞、隱居富春江畔垂釣為生的舉動讚不絕口，經常在詩中讚揚他的至德高節：「往來桐江船，必拜嚴子祠」、「桐江但有一漁簑」〔註92〕，他多次描述嚴子陵身穿羊裘、垂釣富春江畔的身影：「坐釣有羊裘」〔註93〕、「是誰曾此被羊裘」〔註94〕。趙蕃還把嚴子陵與另一位高

〔註88〕《東坡在惠州窘於衣食，以重九近有樽俎蕭然之歎，和淵明貧士七詩。今去重九三日爾，僕以新穀未升方絕糧是憂至於樽俎又未暇計也。因誦靖節貧士詩及坡翁所和者輒復用韻》之四，《全宋詩》第49冊，第30389頁。

〔註89〕同上。

〔註90〕《對菊有作》，《全宋詩》第49冊，第30434頁。

〔註91〕《寄劉凝遠巒四首》之二，《全宋詩》第49冊，第30836頁。

〔註92〕《拜嚴方範祠》，《全宋詩》第49冊，第30474頁。

〔註93〕《寒雨感懷呈斯遠三首》之一，《全宋詩》第49冊，第30452頁。

〔註94〕《過生米市，艤舟求浴。望山巔有屋歸然，至石岸數步宛轉荒級，

士黃憲並稱，讚譽他們德行超逸：「早悟君王物色求，子陵應已棄羊裘。絕知至德終難掩，女子亦稱韓伯休」〔註95〕。出於對嚴子陵的敬仰，每當經過嚴陵釣臺時，趙蕃都要「俯誦宛陵句，仰觀文正碑」，可以想像，當趙蕃站在釣臺上，放聲朗誦梅堯臣和范仲淹撰寫的稱頌嚴光的詩文，他對嚴子陵的高風亮節多麼的沉醉。

　　在趙蕃詩中，還有一位他同樣經常提及的東漢隱士徐稚。徐稚字孺子，豫章南昌（今屬江西）人，世人稱「南州高士」。他曾赴江夏（今湖北雲夢）拜著名學者黃瓊爲師，後來黃當了大官，徐就與之斷交，並多次拒絕黃邀請他去當官。黃瓊死後，徐稚身背乾糧從南昌徒步數日趕到江夏哭祭，後人非常敬佩他邀官不肯出門、奔喪不遠千里的義舉。東漢著名的氣節之士陳蕃到豫章做太守，一到當地就急著找徐稚請教天下大事，並專門爲他準備了一張可活動的床，徐稚來時放下，走後掛起，因此，王勃在《滕王閣序》中說：「人傑地靈，徐孺下陳蕃之榻」，把徐稚作爲江西人傑地靈的代表。趙蕃讚賞徐稚身處東漢「忠邪爭憤嫉，基業竟陵遲」〔註96〕的亂世之中，感到「東都已顛不可救，莽篡未露猶枝梧」〔註97〕，表現出清醒的政治識見，因此堅辭不仕。趙蕃非常欽佩徐稚的瀟灑氣度與風節，曾經到南昌晉謁孺子祠，並作有《謁孺子祠》等詩，讚揚「孺子乃復辭聘車」〔註98〕的曠放高潔，以及「潛德固宜祀，高文寧可埋」〔註99〕的卓越文行。對陳蕃與徐稚之間的彼此相知，趙蕃也非

<hr>

榜曰：釣磯。入門，古壇；對江上則有獨柏，餘屋，悉具體問之，云：「施肩吾嘗垂綸於此。」柏則唐胡天師所植，他無碑記，惟華邦直則留題一詩有石刻。因用其韻題釣磯，又復用小閣壁間韻留題胡柏，並書柱間。浴罷，理棹而去。時淳熙戊戌七夕前一日也》，《全宋詩》第 49 冊，第 30809 頁。

〔註95〕《漁父詩四首》之四，《全宋詩》第 49 冊，第 30789 頁。
〔註96〕《謁孺子祠》之一，《全宋詩》第 49 冊，第 30594 頁。
〔註97〕《謁孺子祠後由南昌還艤舟之地》，《全宋詩》第 49 冊，第 30491 頁。
〔註98〕同上。
〔註99〕《謁孺子祠》之二，《全宋詩》第 49 冊，第 30594 頁。

常羨慕，神往於「稚乃懸榻太守居」〔註100〕，正是出於對徐稚的敬重，趙蕃經常借用「徐稚」、「孺子」或「徐孺子」之名，稱賞自己品格超逸的徐姓友人，比如，他稱呼好友徐仁是「東都孺子孫」〔註101〕，稱讚好友徐季益的清真脫俗說：「君不減徐稚，豫章仍主人。結交非勢利，此客況清真」〔註102〕，並讚賞徐季益超逸高妙的詩文創作：「孺子家何在，溪邊百尺臺。句追唐甫白，詞鄙漢鄒枚」〔註103〕，可見趙蕃對南州高士徐稚的深情追慕。

趙蕃詩中經常稱賞的高士還有不少，像魏晉時的謝鯤和竹林七賢中的阮籍、嵇康、阮咸，唐代的王貞白、方干、張志和，北宋的潘大臨等。阮籍、嵇康、阮咸、王貞白和北宋的潘大臨等，因前文已有述及，故此處不多贅述，對於趙蕃詩中的另外幾位高士，略述一二。如謝鯤（字幼輿），趙蕃把他與淵明並提，說「淵明念田園，幼輿志丘壑」〔註104〕，讚揚謝鯤優遊田園的瀟灑自在；唐代詩人方干（死後時人私諡為玄英先生），也是趙蕃經常稱賞好友的代名詞，如趙蕃稱友人方伯謨是「今代玄英更姓方」。〔註105〕

三、「吾生後淵明，此心兩悠然」〔註106〕：傾訴對陶淵明的深情追慕

趙蕃對陶淵明的追慕可謂一往情深，他說：「古之逸民，捨陶而誰」〔註107〕，把陶淵明抒發隱逸之志的《歸去來辭》奉為師表，

〔註100〕 《謁孺子祠後由南昌還艤舟之地》，《全宋詩》第 49 冊，第 30491 頁。
〔註101〕 《報謁徐大雅仁因以題贈三首》之一，《全宋詩》第 49 冊，第 30828 頁。
〔註102〕 《寄徐季益四首》之二，《全宋詩》第 49 冊，第 30614 頁。
〔註103〕 《寄公擇兼問訊季益二首》之二，《全宋詩》第 49 冊，第 30615 頁。
〔註104〕 《寒雨感懷呈斯遠三首》之一，《全宋詩》第 49 冊，第 30452 頁。
〔註105〕 《題方士縣伯謨五丈所居三首》之二，《全宋詩》第 49 冊，第 30820 頁。
〔註106〕 《獨過知津閣二首》之一，《全宋詩》第 49 冊，第 30480 頁。
〔註107〕 《三月十三日夜五更聞杜鵑，時成父欲入浙，因賦六章章四句以送

認爲「歸去來兮，斯言可師」〔註108〕。他對陶淵明的生平故事和詩文創作可謂爛熟於心，如「淵明飲酒詩，乃至二十首」〔註109〕；其《獨過知津閣二首》之一云：「憶昔正月五，淵明遊斜川。我亦屏百事，來茲並欄干。雖無與俱人，鷗鷺翻以翩。吾生後淵明，此心兩悠然。」〔註110〕其詩中對陶淵明的稱呼，幾乎囊括了陶淵明全部的名、字、號，甚至陶淵明詩文中「五柳」、「歸去來」、「三徑」等有關抒寫隱逸情懷的詞句，諸如陶潛、陶公、元亮、淵明（或陶淵明）、靖節（含陶靖節或靖節先生）、五柳（或五柳先生）和陶令等：陶潛如「素羸同李賀，止酒效陶潛」〔註111〕，淵明如「登樓念王粲，促席想淵明」〔註112〕，靖節如「靖節甘忤俗，子雲空解嘲」〔註113〕，五斗如「五斗雖爲累，千篇政不慳」〔註114〕。還有上面所述兩種意象的組合，如陶公與五柳的組合：「賈傅長沙國，陶公五柳廬」〔註115〕，淵明與五柳的組合：「重湖岳陽樓，五柳淵明里」〔註116〕；靖節與三徑的組合：「歸來靖節荒三徑」〔註117〕；五斗與三徑的組合：「萬言何有一杯直，三徑寧須五斗爲」〔註118〕。其中，尤以淵明、三徑和陶令出現次數較多，有七首詩提到陶令、

〔註108〕 《三月十三日夜五更聞杜鵑，時成父欲入淅，因賦六章章四句以送之》之二，同上頁。

　　　　　之》之四，《全宋詩》第 49 冊，第 30410 頁。

〔註108〕 《三月十三日夜五更聞杜鵑，時成父欲入淅，因賦六章章四句以送之》之二，同上頁。

〔註109〕 《連雨獨飲偶書四首》之四，《全宋詩》第 49 冊，第 30452 頁。

〔註110〕 《獨過知津閣二首》之一，《全宋詩》第 49 冊，第 30480 頁。

〔註111〕 《餘干放舟後作，時以病不飲故見之詩》，《全宋詩》第 49 冊，第 30572 頁。

〔註112〕 《與伯玉元衡大聲兄弟飲》，《全宋詩》第 49 冊，第 30564 頁。

〔註113〕 《別近呈明叔》，《全宋詩》第 49 冊，第 30559 頁。

〔註114〕 《二十五日呈明叔》，《全宋詩》第 49 冊，第 30561 頁。

〔註115〕 《初夏山居有懷長沙從遊四首》之一，《全宋詩》第 49 冊，第 30655 頁。

〔註116〕 《以坡公「君如大江日千里，我如此水千山底」爲韻作小詩十四首重送在伯，蓋深有感於斯句云》之七，《全宋詩》第 49 冊，第 30405 頁。

〔註117〕 《寄愚卿兄弟兼屬伯威》，《全宋詩》第 49 冊，第 30735 頁。

〔註118〕 《寄曾季永》，《全宋詩》第 49 冊，第 30735 頁。

陶令廬或陶令篇，如「白衣不但覓陶令，春草因之感惠連」〔註119〕、「難貪太常酒，顧歸陶令廬」〔註120〕、「公就專城養，我安陶令廬」〔註121〕、「清靜子雲宅，扶疏陶令篇」〔註122〕；有三十九首詩述及淵明或陶淵明，如「既已愧淵明，又應慚季路」〔註123〕、「敢希陶淵明，自謂張仲蔚」〔註124〕等。三徑的典故源於漢代蔣詡與二仲（羊仲、裘仲）的故事：「蔣詡字符卿，舍中三徑，唯羊仲、裘仲從之遊。二仲皆推廉逃名」（《初學記》卷十八引漢趙岐《三輔決錄》），此後，三徑用來指代廉潔隱退的士人。但是，三徑的內涵在文學史上被真正發揚光大，還是在陶淵明的身上，是《歸去來辭》中那句表明他心跡的名言：「三徑就荒，松竹猶存。」在趙蕃詩中，共有四十四首詩稱賞三徑，如「難兄竟沒荒三徑」〔註125〕、「百年今半過，三徑豈遲心」〔註126〕、「鄰父疑為三徑孫，一生辛苦在田園」〔註127〕、「別酒尚遲三徑菊，歸鞍好待一枝梅」〔註128〕，等等，顯然，這些詩句以及其中的「荒三徑」、「三徑菊」等詞，明確表達了趙蕃對陶淵明的敬仰與追慕之切。

趙蕃還作有十一首和陶詩，以此抒發對陶淵明的崇敬之情，如《九日用靖節己酉歲韻》、《和陶淵明己酉歲九日詩一首》、《和陶淵明乞食詩一首》，還有一組次韻陶詩的和陶詩：《東坡在惠州窘於衣食，以重九近有樽俎蕭然之歎，和淵明貧士七詩。今去重九三日爾，

〔註119〕 《寄南安李使君三章》之一，《全宋詩》第 49 冊，第 30733 頁。
〔註120〕 《次韻斯遠二十七日道中見懷二首》之二，《全宋詩》第 49 冊，第 30431 頁。
〔註121〕 《挽趙路分善應三首》之三，《全宋詩》第 49 冊，第 30658 頁。
〔註122〕 《別楊謹仲》，《全宋詩》第 49 冊，第 30819 頁。
〔註123〕 《久不作詩，詩思甚涸，春物日盛，漫興三章，用常德棐心筆書，本不工重複加弱，似亦與詩相稱云》，《全宋詩》第 49 冊，第 30445 頁。
〔註124〕 《連雨獨飲偶書四首》之一，《全宋詩》第 49 冊，第 30452 頁。
〔註125〕 《寄贈侯宿彥明》，《全宋詩》第 49 冊，第 30736 頁。
〔註126〕 《雨餘》，《全宋詩》第 49 冊，第 30631 頁。
〔註127〕 《晚秋郊居八首》之八，《全宋詩》第 49 冊，第 30442 頁。
〔註128〕 《送王汝之江西二首》之二，《全宋詩》第 49 冊，第 30910 頁。

僕以新穀未升方絕糧是憂至於樽俎又未暇計也。因誦靖節貧士詩及坡翁所和者輒復用韻》（七首），其一云：「淵明生亂世，何意爭鶴軒。念軒非一日，寓說因田園。不嗟瓶儲空，寧歎竈絕煙。聲名向千載，誰得加磨研。孟軻論尚友，我亦佩此言。古人未易誣，今代無茲賢」〔註 129〕，認爲陶淵明生逢亂世，無意於功名利祿，表達了對陶淵明節操的傾慕，感慨在近千年的時間裏，其聲名竟無人能消磨絲毫。「今代無茲賢」，強烈表達了詩人以陶淵明爲楷模的堅定信念，以及希望上與淵明爲友的願望。

　　值得注意的是，唐代的李德裕也曾寫過大量發抒隱逸之情的詩歌，其詩中也提及很多古代的廉退之士，主要有商代的伯夷、叔齊，春秋時期的長沮、桀溺、范蠡，秦末的商山四皓，西漢的疏廣、疏受，東漢的嚴光、張仲蔚、向子平，漢末龐德公，這與趙蕃的詩歌很相近。但是，李德裕詩中出現最多的隱士是范蠡，而趙蕃抒寫隱逸思想的詩中出現最多的古代高人隱士是陶淵明、嚴光和徐稚。究其原因，可能與趙蕃和李德裕生活在不同的朝代有關，更與二人迥然不同的生活遭際有關。李德裕雖然身處黨爭的漩渦，一生備感煎熬，但是作爲一代名相，他渴望建功立業後再選擇退隱，所以他傾慕曾輔佐越王句踐復興越國、功成名就後瀟灑退隱的范蠡；而趙蕃身處南宋動蕩衰微的時代，他根本沒有建功立業的雄心壯志，所以他傾慕無意於功名利祿的陶淵明、嚴光和徐稚。可見，這是作爲政治家的李德裕與作爲普通儒士的趙蕃的區別所在。

四、「士窮見節義，不以富貴卜」〔註 130〕：趙蕃詩歌 風骨節操的內涵

　　與趙蕃對古往今來隱逸之士的追慕，以及他對田園生活的沉醉緊密關聯，趙蕃在詩中充分表達了對風義氣節的稱頌與追求。前文所述的歸隱於田園、山林的眾多高士，也都是節操高尚的氣節之士，正因

〔註 129〕　《全宋詩》第 49 冊，第 30390 頁。
〔註 130〕　《招明叔》，《全宋詩》第 49 冊，第 30453 頁。

爲他們不慕榮利，所以才能醉心煙霞之中。對於「漢節世聞風，羊裘人盡識」〔註 131〕的嚴子陵，趙蕃認爲，正是他開啓了東漢士人重視風骨節操的習尚：「東都重風節，先生實啓之」〔註 132〕。在南宋時代眾人紛紛奔走於權貴之門，以期獲取名利的奔競風氣中，趙蕃不但自己身體力行、堅守節操，而且大力品評、稱賞堅守節操的友人，從其詩中，可以瞭解到他心中所謂風節的內涵。其《寄贈曾裘父兼呈嚴黎二師》云：「風流付篇翰，零落臥山丘。尚友當論世，如公實並遊。近功稱共學，爲僞說橫流。白首無愆素，清名所得優」、「百年安甕牖，萬里罷浮游。太守尊徐孺，鄉人慕少游。成蹊自桃李，有臭別熏蕕」〔註 133〕，他傾慕當時有「臨川三隱」之稱的曾季狸、黎道華和僧惠嚴沉浸於「林園小搖落，岩壑細雕鎪」〔註 134〕隱居山野的幽靜生活，稱賞他們雖然物質生活貧寒，但是白首不改、守節不移。在《呈嚴黎二師並寄韓季蕭》中，趙蕃對黎道華、僧惠嚴和韓駒之孫韓季蕭說：「季蕭陵陽孫，與嚴並門居。棄捐舉子業，盡讀先世書。時從二老遊，不曳王門裾」〔註 135〕，盛讚韓季蕭從遊於黎道華和僧惠嚴，平生隱逸讀書，無意科舉與仕進，更不曾曳裾王門的高風亮節。他讚揚好友陳明叔窮且益堅的風節說：「士窮見節義，不以富貴卜」〔註 136〕，可見，趙蕃心中的風節，首先是甘於蓬戶甕牖的貧寒生活，無意科舉或仕進，也即踐行儒家「不戚戚於貧賤，不汲汲於富貴」的生活境界。

其次，趙蕃認爲，風節之士要守正不阿、正直敢言。在《拜嚴方範祠》詩中，趙蕃在讚揚嚴子陵堅辭不仕的同時，有感於東漢污濁黑暗的官場，以及黨錮之禍中李膺等數百位名士慘遭殺害的命運說：「有士蓋如此，不拯家國危。乃知大廈傾，未易一木支。我讀黨

〔註 131〕 《釣磯》，《全宋詩》第 49 冊，第 30754 頁。
〔註 132〕 《拜嚴方範祠》，《全宋詩》第 49 冊，第 30474 頁。
〔註 133〕 《全宋詩》第 49 冊，第 30665 頁。
〔註 134〕 同上。
〔註 135〕 《全宋詩》第 49 冊，第 30430 頁。
〔註 136〕 《招明叔》，《全宋詩》第 49 冊，第 30453 頁。

錮傳，涕流每交頤」〔註137〕，他為李膺等人悲慘的結局歎息不已，讚揚他們正直敢為、可歌可泣的鬥爭精神；他歌唱胡銓正直敢言的不屈志節說：「澹庵夫何如，書有斬檜草」〔註138〕。在《侍郎周公不赴富沙，士論推高，以詩寄呈》中，他稱讚周必大以國事為重、不顧個人安危、正直敢言的品節說：「人誰不慕直言名，未有保持終不傾。可使濁涇侵渭水，信於落月見長庚。要令國有九鼎重，自是身如一葉輕。常病此風今寂寞，古途荊棘賴公行。」〔註139〕在南宋黑暗的政治生活中，趙蕃也表現出正直敢言的風節，當李埴在「慶元黨禁」時，以校書郎被打入「偽學逆黨籍」被貶離京時，時人唯恐避之不及，趙蕃卻像王廷珪送別被貶的胡邦衡一樣，作詩送別李埴。對於趙蕃此舉，戴復古稱賞道：「近者李侍郎，直言遭逐去。人皆笑其疏，君獨有詩句。」〔註140〕

　　再次，趙蕃認為堅守節操，貴在矢志不渝。只有固守風操、保有晚節的士人，才是真正的高士，因此，他在詩中反覆抒寫堅守儒家「歲寒，然後知松柏之後凋也」的志節，以此與友人共勉，希冀能夠守正不苟而有晚節，他意味深長地說：「松柏後凋聞古語」〔註141〕、「不有歲寒時，若為松柏知」〔註142〕，還感歎「松柏抱奇姿，自應能歲寒。籬菊蓋小草，後凋良獨難」〔註143〕。他對同鄉兼知音周必大說：「往者資先覺，今焉倚後凋」〔註144〕，表達自己崇尚人格獨立、不

〔註137〕　《全宋詩》第 49 冊，第 30474 頁。
〔註138〕　《挽胡澹庵二首》之一，《全宋詩》第 49 冊，第 30464 頁。
〔註139〕　《全宋詩》第 49 冊，第 30403 頁。按，周必大作有《予乾道中嘗除延平守閩憲，皆當赴而改，晚得富沙，趙行甚峻，亦不果赴。今郡人吳岷寫真求贊，因以遺之》詩，與趙蕃此詩相印證。
〔註140〕　〔宋〕戴復古《寄章泉先生趙昌父》，《石屏詩集》卷一。按，〔宋〕戴復古在該詩後有注釋云：「時悅齋李侍郎去國，章泉詩送其行。」
〔註141〕　《書懷二首》之一，《全宋詩》第 49 冊，第 30912 頁。
〔註142〕　《令逸作歲寒知松柏題詩因作》，《全宋詩》第 49 冊，第 30475 頁。
〔註143〕　《擬古》，《全宋詩》第 49 冊，第 30411 頁。
〔註144〕　《問候周子充丈》，《全宋詩》第 49 冊，第 30667～30668 頁。

願依賴對方提攜的志向；他勉勵友人賈新之說：「所願深持後凋節，傳書獨行不爲過」〔註145〕，希望賈新之保守晚節、不隨俗浮沉。在爲官時期，法曹參軍葉德章與他志趣相投、唱和頗多，趙蕃與之互勉說：「世悲工瑟如齊客，我歎好龍多葉公。苦節期君類松柏，根能如石幹如銅」〔註146〕，在當時世態炎涼、投機取巧盛行的風氣中，「世俗爭知競冶容，紛紛牆穴交相從」〔註147〕，趙蕃與友人相互勉勵，期望葉德章矢志不渝、堅守節操，顯示了不同流俗的志節。

趙蕃認爲，士人之所以能夠堅守風骨節義，是與他們注重內在的修爲、養成了高潔的情性與品格密不可分的。在羈旅行役中，他看到蘭花等高潔的植物，深情吟誦說：「炯炯冰玉姿，落落山林相」〔註148〕，其實抒寫的正是他自己對高潔情志的自覺追求。他讚頌恩師曾幾的風操說：「高節歲寒仍有加」〔註149〕；稱賞其好友周畏知說：「君昔少年日，起家官帝城。諸公盛稱許，往往動得名。夷途一步趨，可到公與卿。永懷松柏堅，高謝桃李榮」〔註150〕，周畏知被士論推高，若爲官本可平步青雲，但是他無意仕途的飛黃騰達，隱逸山林，固守著松柏一樣堅韌的志節，可見其節義之高。

第三節　親情與友情：南宋中下層士人的情感慰藉

親情與友情，是中華民族的傳統美德，吟唱親情與友情，也是我國文學的傳統主題之一。「求友詠伐木，思兒言陟岡」〔註151〕，

〔註145〕《簡賈新之》，《全宋詩》第 49 冊，第 30710 頁。

〔註146〕《德章法曹再用銅字韻作詩爲報復用韻奉答》，《全宋詩》第 49 冊，第 30405～30406 頁。

〔註147〕《周愚卿用荀卿氏之語以遇名齋，從余求詩，爲賦古意一首》，《全宋詩》第 49 冊，第 30517 頁。

〔註148〕《旅中雜興五首》之一，《全宋詩》第 49 冊，第 30446 頁。

〔註149〕《途中閱曾運使所況〈文清集〉得四絕句寄之》之一，《全宋詩》第 49 冊，第 30772 頁。

〔註150〕《重賦畏知寓齋》，《全宋詩》第 49 冊，第 30418 頁。

〔註151〕《寄秋懷》之九，《全宋詩》第 49 冊，第 30854 頁。

趙蕃的詩歌表達了強烈的親情觀念，包括「母憂兒不歸，兒歸母已
歿」〔註152〕的母子情、「呴濡期沫濕」〔註153〕的手足情、「相敬儼
如賓」〔註154〕的夫妻情、「兒歎父官遠，父憂兒學荒」〔註155〕的父
子情，以及與其他親戚之間「爲道糠核肥，無奈相思瘦」〔註156〕的
深摯的親情。

　　趙蕃畢生交遊很廣，交結的朋友非常多，他對友情的歌唱也很
突出：或敘述與朋友之間患難與共的情誼，或歌唱士人之間「自非
金石交，性不移濕燥」〔註157〕的堅貞不渝，或褒揚友人的豪爽仗義。
他吟誦的患難之交和文行雙馨的友情，契合儒家眞誠愛人的道德標
準。

　　詩人對親情與友情的歌唱，在具體表達方式上，有的詩歌採用
直接抒情的方式，如「嗟我寡兄弟，至此得無戚？雖爾敢或忘，呴
濡期沫濕」〔註158〕；有的採用寫景與抒情相結合的方式，如《對雪
有懷》描寫道：「頗怪風能急，還疑雨不成。疏疏聞夜半，璀璀及天
明。安否妻子念，乖離兄弟情。誰令負湖海，政使落蠻荊」〔註159〕，
面對嚴寒的氣候和雪景，詩人油然引發了對遠在家鄉的親人的思
念、對隔離的惆悵以及對宦海浮沉的感慨；有的以敘事爲主，在敘
述中融合了寫景與抒情等方式，如《五月下旬夢趙文鼎書寄斯遠》
以記述夢境的方式，追述與好友趙善扛之間的深厚情誼：「我不見君
死，直疑君固生。賦詩無所寄，始復爲失聲。雞窗已三號，不但當
既鳴。恍云秋之中，取酒相與傾。坐有饋生魚，歡言事煎烹。飲我

〔註152〕　《除夕古體三十韻》，《全宋詩》第49冊，第30842頁。
〔註153〕　《留別成父弟以貧賤親戚離爲韻五首》之四，《全宋詩》第49冊，
　　　　　第30471頁。
〔註154〕　《自作》，《全宋詩》第49冊，第30550頁。
〔註155〕　《夜憶逸》，《全宋詩》第49冊，第30642頁。
〔註156〕　《送逸歸上饒赴試》，《全宋詩》第49冊，第30420頁。
〔註157〕　同上。
〔註158〕　《留別成父弟以貧賤親戚離爲韻五首》之四，《全宋詩》第49冊，
　　　　　第30471頁。
〔註159〕　《全宋詩》第49冊，第30895頁。

謂杯小，何翅一再行。落月落未落，猶疑見鮮明。已焉覺夢爾，起坐神未平。滄波渺萬里，底處尋騎鯨？悵望莫予語，徘徊空思盈」〔註160〕，詩人描寫夢見趙善扛生前饋贈生魚，又一起談笑著煎烹、飲酒等細節，輔以雞已鳴、天已亮、寥廓的萬里滄波等景語，抒寫了對友人的殷殷情誼，句句動人心魄。

趙蕃詩歌對親情與友情的吟唱，反映了南宋中下層士人身處內憂外患的政治形勢和窮愁潦倒的生活境遇中，對情感慰藉的強烈需求。

一、「爲道糠核肥，無奈相思瘦」〔註161〕：抒寫對親人的慈愛之情

趙蕃的詩歌表達了強烈的親情觀念，包括詩人與母親之間的母子情、與弟弟的手足之情、與妻子的夫妻深情、與兒子之間的父子之情和與其他親戚的親情。

（一）「母憂兒不歸，兒歸母已歿」〔註162〕：母子情深。在趙蕃詩中，有一首篇幅較長的敘事詩，題爲《除夕古體三十韻》，該詩從除夕夜寫起，敘述他對母親去世的深悲巨慟，從中可見趙蕃對母親深摯的感情。詩歌敘述趙蕃得知母親病危的消息，晝夜兼程，從遙遠的外鄉趕回家看望母親。在途中遇到農民起義軍的阻隔，只得艱難地繞路，歷盡千辛萬苦回到家時，對兒子朝思暮想的母親已經離開了人世，母子未能見上一面的遺憾令他痛不欲生：

> 疾風塵夜灘，古木撼石壁。漁火暗復張，隔江哭聲接。
> 哀哀或到明，語細雜鳴唈。我舟若孤鳧，欲去意轉縶。
> 終宵炯不眠，殘紅照孤泣。舟人籲且言，今夕乃除夕。
> 官何自苦甚，兀此六尺簀。城中知舊多，市上燈火集。
> 朱門酒盈樽，高會馬喧楅。一飲滌千愁，共送殘景急。
> 低頭更堪傷，正比坐針席。去年臘盡時，家寓金沙磧。

〔註160〕 《全宋詩》第 49 冊，第 30417 頁。
〔註161〕 《送逸歸上饒赴試》，《全宋詩》第 49 冊，第 30420 頁。
〔註162〕 《除夕古體三十韻》，《全宋詩》第 49 冊，第 30842 頁。

身雖隔劍棧，母在猶戚戚。賊風吼西隅，百日走荊棘。
一鳴嬰禍羅，轉翅千仞逼。母憂兒不歸，兒歸母已歿。
沒身無以報，天地終罔極。永懷荼苦心，況復對節物。
今將萬里歸，機會不可失。丹旆倚江村，百里莫相即。
弱弟奉齋燈，孤女想在側。夜夜夢慈容，枕淚迸膈臆。
死者遙相望，未得就真宅。故山春事動，展敬遍丘域。
松釵掛紙灰，陰苔藉芳冽。那知槁殯寒，古佛伴蕭瑟。
魂魄無不之，吳蜀雲萬疊。〔註163〕

該詩首先敘述在除夕之夜，在凜冽的寒風中，詩人正在一條回家的船上，朦朧的漁火點綴著昏暗的江面，從對面江岸傳來了嗚嗚咽咽的哭泣聲，引發了詩人對家與母親的深深懷念，他痛苦的心情一落千丈。回家後，親人們一起為母親舉行了隆重的祭奠儀式。此時，詩人彷彿看到母親正在遠方遙望著自己，遲遲不願回到她在天國的住宅。詩人夜不成寐，每天都夢見母親生前慈祥的音容笑貌，而他對母親無限的思念與哀傷感天動地，竟然連山上的石頭都為之迸裂……

（二）「為底輕辭墳墓去，不敢回首弟兄情」〔註164〕：手足情深。從趙蕃的詩歌和有關史料來看，他只有一個胞弟字成父，兄弟之間感情融洽，且彼此相依，均高壽至八十餘歲。趙蕃詩中，涉及成父或與成父唱酬詩約104首。隱居家鄉時，他們經常一起出遊唱和，而且彼此頗為契合，趙蕃有一詩題為《僕有詩思，成父輒知之，而絕不肯道一語，以二十八字戲贈》云：「詩情鬱鬱見鬚眉，何意君能輒識之。目擊道存真有得，傍觀袖手豈非癡？」〔註165〕從趙蕃善意的戲謔中，可見他與弟弟之間親密無間、心有靈犀。趙蕃在外地為官或羈旅時，雖然自己的生活非常困窘，但他還是非常想念成父，盼望弟弟的來信，關心他的生活能否溫飽：「憶我江東弟，

〔註163〕《全宋詩》第49冊，第30842頁。
〔註164〕《全宋詩》第49冊，第30405頁。
〔註165〕《全宋詩》第49冊，第30826頁。

書來得暫怡」〔註166〕、「嗟我寡兄弟，至此得無戚？雖爾敢或忘，昫濡期沫濕」〔註167〕。有一年，他身處異鄉，適逢清明節，「每逢佳節倍思親」，他在《清明懷成父》詩中動情地說：「只道今年寒食晴，那知風雨在清明。異鄉逢節自感動，何況此身今老生。爲底輕辭墳墓去，不敢回首弟兄情。悠然強作江東望，雲湧如山白浪橫」〔註168〕，感情深摯，融入了詩人的艱難處境與身世之悲，讀之令人哀婉歎息，也爲詩人兄弟情深而深深感動。

在趙蕃詩中，他常用來比擬手足情深的詞語有「塤篪」、「鴒原」、「陟岡」等，可見兄弟之情在他心目中的重要地位。其中，「塤篪」一詞共出現了十次，篪、塤分別是土製與竹製的樂器，趙蕃在詩中喻指諧和、和順，他羨慕友人潘文叔、潘恭叔兄弟團聚的快樂說：「塤篪君膝下，風雨我蠻陬」〔註169〕；他欣慰地看著自己的兒子們兄弟和樂的情景說：「筠窗坐風雨，兒輩樂塤篪」〔註170〕。在詩中，趙蕃對孫子進昆仲和諧快樂、悠然自得的隱逸生活讚不絕口：「後來高躅嗣者誰，東門孫氏賢塤篪」〔註171〕、「機心謝鷗鳥，樂事付塤篪」〔註172〕、「同功有塤篪，嗟予晚聞道」〔註173〕。趙蕃也曾用「鴒原」、「急難」來形容手足情深，其《成父自太和來相看復回，既別有作寄之》：「一馬能來破遠愁，送歸還是上扁舟。鴒原眷眷急難義，菀喪切切將老求」〔註174〕，「鴒原」源自《詩·小雅·

〔註166〕《寄秋懷》之八，《全宋詩》第49冊，第30884頁。
〔註167〕《留別成父弟以貧賤親戚離爲韻五首》之四，《全宋詩》第49冊，第30471頁。
〔註168〕《全宋詩》第49冊，第30405頁。
〔註169〕《寄送潘文叔恭叔二首》之一，《全宋詩》第49冊，第30891頁。
〔註170〕《寄明叔且示逸、遠》，《全宋詩》第49冊，第30616頁。
〔註171〕《遂初泉並序》，《全宋詩》第49冊，第30517頁。
〔註172〕《欲再過子進昆仲，舟人紿以迷路，既遠，不能復也，悵然懷之》，《全宋詩》第49冊，第30869頁。
〔註173〕《有懷子肅讀其詩卷因成數語》，《全宋詩》第49冊，第30419頁。
〔註174〕《全宋詩》第49冊，第30733頁。

常棣》中「脊令在原，兄弟急難」〔註 175〕，其中的「急難」指兄弟相救於急難；「脊令」也寫作「鶺鴒」，毛傳云：「脊令，雝渠也」〔註 176〕，鄭玄箋注云：「雝渠，水鳥，而今在原，失其常處，則飛則鳴，求其類，天性也，猶兄弟之於急難。」〔註 177〕後來，詩文作品常以「鴒原」比喻兄弟友愛。趙詩中「鴒原眷眷急難義」一句，形象地描繪出送別弟弟時內心的惆悵與眷戀之情。

（三）「齊家真有道，相敬儼如賓」〔註 178〕：夫妻情深。趙蕃對早逝的妻子也是飽含深情，他在《除夕萬安寄成父並示兒女》詩中對弟弟與孩子們敘述道：「去年除夕遙憐汝，今歲酒觴期對舉。誰知人事苦好乖，百里相望竟成阻。去年雖深兄弟思，兒女抱負有母慈。今年已作生死隔，慟哭無地天使之。」〔註 179〕觸景生情，覩物思人，可見趙蕃對妻子離世的萬分痛苦，對兒女過早失去母愛的憐愛之情。趙蕃對妻子的感情深厚，還表現在他對妻子的賢惠仁德和齊家有方頗為讚賞，其《自作》詩云：「素仰儒先德，兼聞內助人。齊家真有道，相敬儼如賓」〔註 180〕；在《寄內及兒女二首》之二中，他希望妻子「布荊令女行」〔註 181〕，一定要指導女兒學好針線活等，本分為人。

（四）「兒歎父官遠，父憂兒學荒」〔註 182〕：父子情深。根據劉宰《章泉趙先生墓表》記載，趙蕃生平共有女兒四個，兒子五個，但是有兩子早逝：「子五人，遂、遠、遙、𨙝（原的古字）、遺，遙、𨙝先卒。」〔註 183〕趙蕃詩中述及與兒子趙逸、趙遠活動的詩歌有

〔註 175〕　王先謙撰，吳格點校《詩三家義集疏》，《十三經清人注疏》，中華書局，1987 年，第 565 頁。
〔註 176〕　同上。
〔註 177〕　同上。
〔註 178〕　《自作》，《全宋詩》第 49 冊，第 30550 頁。
〔註 179〕　《除夕萬安寄成父並示兒女》，《全宋詩》第 49 冊，第 30501 頁。
〔註 180〕　《自作》，《全宋詩》第 49 冊，第 30550 頁。
〔註 181〕　《全宋詩》第 49 冊，第 30642 頁。
〔註 182〕　《夜憶逸》，《全宋詩》第 49 冊，第 30642 頁。
〔註 183〕　〔宋〕劉宰《漫塘文集》第 11 冊，文物出版社，1982 年，第 19 頁。

三首:《同成父、逸、遠,自桃花遊龜峰,復回桃花賦詩二首》、
《寄明叔且示逸、遠》;另外,還有三首單獨述及與兒子趙逸的活
動:《至日與明叔、逸及明叔之子涼孫飲》、《令逸作歲寒知松柏題
詩因作》、《在伯欲見洪龜父夏均文詩,因逸歸玉山取之,自常德先
寄以來,偶得長句遣呈》;在趙蕃詩集中,他寫給兒子趙逸的詩歌
共有十四首,如《示逸二首》、《代書示逸二首》、《夜憶逸》、《寄逸》、
《寄在伯三首後一首並示逸》、《送逸歸上饒赴試》等,可見他對趙
逸尤其關心,寄予厚望。從趙蕃詩中,可知他對兒女的學行要求比
較嚴格,要求他們「有時頻執經,無事莫多酒」〔註184〕,勉勵他
們要效法古人、立身行己,認為「縱欲必富貴,成身多賤貧」、「勿
但愈流俗,要當論古人」〔註185〕;要以儒為業、刻苦讀書,認為
「家世無田事筆耕,五車精熟是收成」〔註186〕,「吾兒可使齊書帙」
〔註187〕,因為,在古代,讀書可以立身,可以獲得生活的資本:
「想汝看書趁曉鐘」〔註188〕、「爾曹有身須自立,幸逃薪水供朝夕」
〔註189〕。趙蕃希望孩子們尤其要打好基礎,「寸陰寧重璧,江水本
觴岷」〔註190〕,「此外更資為學在,木鬚根立乃凌雲」〔註191〕。在
外地為官時,他非常關心孩子的讀書與學業進展情況,甚至在夜裏
還給孩子寫信,囑咐他們一定要在文學上有所成就:「兒歎父官遠,
父憂兒學荒。渠能志游夏,我可弔沅湘」〔註192〕、「不於文學自勤

〔註184〕 《寄在伯三首後一首並示逸》之三,《全宋詩》第 49 冊,第 30420
頁。
〔註185〕 《示逸二首》之一,《全宋詩》第 49 冊,第 30648 頁。
〔註186〕 《雨中夜歸聞兩兒誦書,偶成二絕,幸明叔先生同賦以示之》之二,
《全宋詩》第 49 冊,第 30826 頁。
〔註187〕 《成父自太和來相看復回,既別有作寄之》,《全宋詩》第 49 冊,
第 30733 頁。
〔註188〕 《代書示逸二首》之一,《全宋詩》第 49 冊,第 30648 頁。
〔註189〕 《示兒》,《全宋詩》第 49 冊,第 30492 頁。
〔註190〕 《示逸二首》之一,《全宋詩》第 49 冊,第 30648 頁。
〔註191〕 《逸再為娶女之行,既別,出郭矣。夜不能寐,成六絕句追送》之
二,《全宋詩》第 49 冊,第 30925 頁。
〔註192〕 《夜憶逸》,《全宋詩》第 49 冊,第 30642 頁。

苦，長大始悔終何益」〔註193〕，游夏是子游（言偃）與子夏（卜商）的並稱，兩人均爲孔子學生，長於文學，趙蕃殷切期望其子能成就古代言偃與卜商那樣的文學才能。

從趙蕃詩集中，可見他對孩子們的慈愛與思念之深，他在信中傾訴對趙逸的思念之情說：「門東叫認眞癡絕」〔註194〕、「未知別後端何似，不見寄來書一行」〔註195〕。他非常關心孩子們的生活與健康，尤其是他們的溫飽與冷暖：「但有書來說飽餐」〔註196〕、「別日才留兩月糧，況經裘葛變炎涼。」〔註197〕當趙成父帶著兩家孩子從太和縣回歸玉山縣家鄉時，趙蕃年幼的兒子也隨叔叔同行，爲此，趙蕃特別叮囑胞弟要善待自己的孩子，不要輕易呵斥他：「挽鬚無用祇嗔喝，念我只兒同短檠」〔註198〕，挽鬚即捋鬍鬚，趙蕃化用杜甫《北征》詩中「生還對童稚，似欲忘饑渴。問事競挽鬚，誰能即嗔喝」等句，藉以抒發對孩子的慈愛之情。趙蕃詩與杜詩相同之處在於，兩位詩人都處於窮困潦倒的境遇：杜甫詩作於漂泊動蕩的戰亂中，詩人回家後面對爭相挽著他鬍鬚問事的孩子，不忍心怒喝，可見杜甫在潦倒中對孩子的關愛以及內心的悲傷。而趙蕃作此詩時，妻子剛剛辭世一年，其詩中不但含蘊著窮愁之慨，還含有親人離世的悲慟。

趙蕃對孩子的慈愛，還表現在當兒子出遠門的時候，他總是牽腸掛肚。有一年夏天，趙逸到婺女（今江西婺源）游學訪親，出行後，趙蕃夜不能寐，作詩追送趙逸，題爲《逸再爲婺女之行，既別，出郭矣。夜不能寐，成六絕句追送》。趙逸將要到上饒考試的臨行前，趙蕃也是諄諄教誨說：「謂汝可勿去，汝去意已堅。念欲終不遣，汝請

〔註193〕　《示兒》，《全宋詩》第 49 冊，第 30492 頁。
〔註194〕　《寄逸》，《全宋詩》第 49 冊，第 30836 頁。
〔註195〕　《代書示逸二首》之二，《全宋詩》第 49 冊，第 30648 頁。
〔註196〕　《寄逸》，《全宋詩》第 49 冊，第 30836 頁。
〔註197〕　《代書示逸二首》之二，《全宋詩》第 49 冊，第 30648 頁。
〔註198〕　《己亥十月送成父弟挈兩房幼累歸玉山五首》之二，《全宋詩》第 49 冊，第 30922 頁。

倍諄然。平時父母傍，一事略不與。及今身自行，凡百誰汝護。況當
苦炎熱，道遠不可說。晚須背斜陽，曉要踏殘月。墟落乃可爾，陂湖
深戒之。藥物務頻進，童馬勿過疲。得失渠有命，勉旃非日競。汝解
事文科，吾其老三徑。汝歸見吾友，見叔仍見舅。爲道糠核肥，無奈
相思瘦。」〔註199〕他爲了趙逸的安全，甚至勸兒子不要去參加科舉
考試。當趙逸執意前往時，他把行程中可能遇到的情況都想到了，囑
咐孩子要注意愛護身體：行路要選擇早晚天氣涼爽時，遠離陂湖，及
時服藥，以及拜訪長輩時注意禮節，轉述父母對親友的思念之情，等
等。從其娓娓道來的敘述中，可以感受到一位慈父對孩子無限的關
愛。趙蕃對孫輩也充滿慈愛，他對趙逸說：「我歸猶爾未還家，送汝
令人重歎嗟。送汝歎嗟猶自可，最思阿慶語咿啞」〔註200〕，在該詩
後，趙蕃自注說：「慶曾隨其母留外家」〔註201〕，可知阿慶應是趙逸
的兒子，即趙蕃的孫子，一句「最思阿慶語咿啞」，流露出趙蕃對孫
子的慈愛。

　　此外，趙蕃的親情還表現在他與其他親戚的交往中。在他的詩集
中，有很多寫給他舅舅、表弟等親戚的詩作，如《呈晁舅祖叔蘊》、
《呈閭丘四舅二首》、《論詩寄碩父五首》、《用前韻呈碩父昆仲》等。
僅僅寫給其舅舅沈端節（字約之，號克齋，南宋著名詩詞家）的詩，
就有《別約之舅》、《寄衡州舅氏》、《久不領衡州舅氏書，以長句問
動靜。樞密舅鎮京口，戶曹兄官宣城，聞安輿往來之，故見於辭》、
《寄主管舅二首》、《聞克齋舅氏除江東提舉以此寄賀》等九首詩。
就上述詩歌的總體來看，抒發了對親友的眞情思念之情，表達了對
親友們高尚的品格節行的褒揚。

〔註199〕　《送逸歸上饒赴試》，《全宋詩》第49冊，第30420頁。
〔註200〕　《逸再爲嬃女之行，既別，出郭矣。夜不能寐，成六絕句追送》之
　　　　　五，《全宋詩》第49冊，第30925頁。
〔註201〕　同上。

二、「自非金石交，性不移濕燥」〔註202〕：吟唱士人文行雙馨的友情

　　趙蕃畢生交遊很廣，交結的朋友非常多，從廣義範疇來看，其大部分詩歌都是與朋友的唱酬之作；從狹義範疇來看，他反映與朋友贈送或索要物品的詩歌，以及悼念亡友的詩歌也不少，（以上幾個方面，請分別參見本書《趙蕃詩歌的題材內容》部分之《交遊廣泛的酬贈詩》和《其他：挽悼詩和狹義範疇的敘事詩》）。可見，趙蕃非常看重朋友之間的友情，據其好友陳文蔚（字才卿，上饒人）《甲申正月答昌甫見寄韻代書》詩記述說，趙蕃曾經送給他家老人珍貴的中藥鍾乳：「溫劑勞分給，新詩且記存」，並在該詩後的注釋中讚揚趙蕃說：「昌甫寄鍾乳，問勞老人之意甚厚。」（《克齋集》卷十七），趙蕃認爲，眞誠相待的朋友不但可以互相幫助，還可以取長補短，互相促進，共同進步，他說：「友朋不易得，相與況能爾」〔註203〕，「人生無友朋，何以攻短闕」〔註204〕，因此，他非常看重友情，寫作了大量歌唱友情的詩作，傾訴肝腸，尋求慰藉。

　　朋友相交，貴在相知，趙蕃的部分詩歌，記述與朋友之間患難與共的交往與情誼。他深情回顧自己赴任太和主簿路上，友人曾耆英徒步趕到惶恐灘送行的情景：「憶我移官惶恐灘，肯來徒步不爲難。頗亦念君家四壁，囊中羞澀但頻看」〔註205〕，曾耆英雖然家中經濟頗爲困窘，但是非常看重友情，令趙蕃非常感動。趙蕃與段元衡同是江西人，都曾在異鄉爲官，交誼深厚，其《呈段元衡》詩敘述了與段元衡在湖南衡陽等地多次相會的情形：「君從桂林來，我欲衡陽去。邂逅一尊同，飄流數年敍。我未長沙去，君復衡陽來」、

〔註202〕《謝文顯老丈見過》，《全宋詩》第 49 冊，第 30846 頁。
〔註203〕《和答斯遠因梅見屬三首》之三，《全宋詩》第 49 冊，第 30844 頁。
〔註204〕《寄答潘文叔並屬恭叔五首》之一，《全宋詩》第 49 冊，第 30428 頁。
〔註205〕《贈別耆英二首》之二，《全宋詩》第 49 冊，第 30829 頁。

「我歸玉溪傍，君向靈山側」〔註206〕，他們在湖南多次邂逅，每次見面都要暢敘多年的倦遊感受，最後還一起退隱回江西家鄉。趙蕃的《冬至後五夕頻夢陳擇之》一詩，敘述了他與另一位好友陳琦之間的深情交誼。陳琦，字擇之，清江（今屬江西）人，是一位對百姓施行仁政的清官，他為官衡陽主簿時，「辯雪冤獄，賑荒郴、桂，罪無躔籍，民甚德之」；丞相留正非常器重陳琦，在鎮守四川的兩年裏，經常與其商量政事：「留公自洪鎮蜀，辟主管機宜文字，在蜀二年，事無鉅細多質之。」〔註207〕但是，陳琦卻不幸英年早逝，據楊萬里《陳擇之墓誌銘》記述，陳琦年僅四十九歲就在任上去世。在詩中，趙蕃從頻繁夢見陳擇之說起，再敘述陳擇之去蜀地（今屬四川省）為官前，前來告別並出示詩作等細節：「我此僻且陋，三夜頻夢之。遣騎告欲行，手持一通詩。發緘與兒讀，絕妙解人頤。我欲留君飯，顛倒裳與衣。宛如快閣日，不似南浦時」〔註208〕，趙蕃對陳琦詩歌的欣賞、急急忙忙留他吃飯並回憶昔日一起登覽快閣的情形，都表明二人親密無間的關係。隨後，趙蕃殷勤地一一問候陳琦在四川的生活、工作情況，包括他遊覽蜀地名勝、治療疾病、生活起居等具體細節：「到蜀今幾日，首議何所為。一儉勝百奢，徐公亦安施？幕府足閒暇，浣花有餘嬉。謫仙縱多才，蜀道無險巇。微痾固除洗，起居當具宜。蜀中富名士，匪卜亦隱醫」〔註209〕，可謂不厭其煩、事無鉅細，足見趙蕃對陳琦的細緻關心。後來，陳琦不幸病逝於四川：「書去方懷蜀道長，寄書未達忽傳亡」〔註210〕，趙蕃寄給陳琦的書信還沒有到達，卻突然傳來陳琦病逝的消息，痛惜之情，溢於言表。

〔註206〕 《呈段元衡》，《全宋詩》第 49 冊，第 30470 頁。
〔註207〕 馬蓉，陳抗，鍾文，樂貴明，張忱石點校，《永樂大典方志輯佚》（第三冊），中華書局，2004 年，第 1882～1883 頁。
〔註208〕 《冬至後五夕頻夢陳擇之》，《全宋詩》第 49 冊，第 30422 頁。
〔註209〕 同上。
〔註210〕 《從歐陽全真借觀陳擇之蜀中詩題其後》，《全宋詩》第 49 冊，第 30772 頁。

　　趙蕃的部分詩歌，吟詠了士人之間「自非金石交，性不移濕燥」
〔註211〕的堅貞不渝的友情。在《秋懷十首》等組詩中，他深情回
顧了與若干朋友歷經滄桑的忠貞友情，高度讚揚了王彥博、徐審知
等友人的品格節操或文學才能，其八云：「吾友王彥博，結交二十
年。早孤能自立，不待孟母遷。鄉閭固多士，如子蓋少焉。祖述端
自誰，書有太史篇」〔註212〕，其九云：「吾友徐審知，識自弱冠初。
中間幾離合，每見愧不如。乃翁春秋學，老死使者車。官職不足道，
門戶政要渠」〔註213〕。周日章是趙蕃隱居期間的知音，終身布衣、
安於貧賤，趙蕃與他交遊密切，其《謝文顯老丈見過》一詩記敘了
周日章來訪與相交的細節：「茅簷冷如水，落葉堆不掃。林深日上
遲，近午猶未冒。忽聞咿啞聲，籃輿遠來造。兒言此何客，貌古玉
色膏。心知定夫子，跣履仍著帽。我居甚荒僻，好客鮮能到。自非
金石交，性不移濕燥。誰能忘崎嶇，於此修夙好。貧家雞黍窄，柔
甲僅可芼。屬君又止酒，何以相慰勞。寒窗數日款，但有相交導」
〔註214〕，從中可見趙、周二人志趣相同，心靈相通，既是貧賤之
交，也是深交與神交。

　　士人之間的交往，往往伴隨著學問的切磋、文化的交流等特殊內
容，趙蕃的詩歌還通過描述士人之間切磋、提高道德文章的感人情
景，讚美士人之間高尚的情操與深厚的情誼。徐審知是趙蕃關係非常
密切的朋友之一，二人之間的酬唱詩很多，趙蕃比徐審知年長約十
歲，但是他們之間卻沒有絲毫的隔閡。趙蕃《呈審知》一詩記錄了兩
人交流切磋學問的一段故事：

　　　去年別君重九日，君時痁作臥一室。
　　　許我為我一入山，人事好乖言竟食。
　　　一官我落江之西，每附書來必以詩。

〔註211〕　同上。
〔註212〕　《全宋詩》第49冊，第30854頁。
〔註213〕　同上。
〔註214〕　《謝文顯老丈見過》，《全宋詩》第49冊，第30846頁。

宣心寫妙無不盡，知君不累寒與饑。

念君見君何由得，江西水深波浪闊。

無何奄忽室人喪，繫舟復在南山側。

君來見我顏色好，不但文章能合道。

信知木潤山有輝，盎背睟然眸子瞭。

向來之所未見書，向我誦讀如貫珠。

有時舉問不知對，汗爲浹背口輒呿。

嗟我忝惟十年長，學業無功時既往。〔註215〕

從詩中可知，趙蕃看望徐審知的時候，審知因發瘧疾臥床養病。當趙蕃在太和（今江西泰和縣）爲官時，二人書信、詩歌唱和頻繁。趙蕃辭官回鄉後，二人又在懷玉山下見面了，徐審知鏗鏘有力地向趙蕃誦讀讀過的書，遇到疑難處，徐審知總是誠懇地向趙蕃請教。不過，趙蕃對一些問題也回答不出，只能張口結舌、汗流浹背。可見審知非常勤奮好學，尤其是「信知木潤山有輝，盎背睟然眸子瞭」、「向我誦讀如貫珠」等句，形象地描繪了審知溫和儒雅的風度和純眞可愛的性格。有趣的是，趙蕃對年輕的知友倍加讚賞、熱情支持，也毫不掩飾自己讀書與學問上的不足：「有時舉問不知對，汗爲浹背口輒呿」，幽默地刻畫了詩人窘迫的神態，讓人不禁爲他的謙遜和眞誠擊節叫好。

俗語說，患難見眞情，趙蕃的詩歌高度讚揚了豪爽仗義的純眞友情。豪爽仗義是朋友的代名詞之一，趙蕃對豪爽仗義的朋友、對相知相助的友情，總是念念不忘。趙蕃雖然生活艱辛，但是酷愛出行和遊覽名山大川，在家千日好，出門一日難，爲了節省盤纏，他盡量尋求友人的支持與幫助。喻良能（字叔奇）比趙蕃年長，卻能盡力給趙蕃提供幫助：「平生喻工部，許我詩盟與。邇來每見每忽忽，倚賴深春間歸路。問我自行何所去，告以吳門當小住。問公公有故人否，爲我略營薪水助。欣然惠我書一紙，爲我殷勤談所以。」〔註216〕在趙蕃前往蘇州前，喻良能爲他介紹了蘇州的朋友，並熱情地書寫於紙上，

〔註215〕《呈審知》，《全宋詩》第 49 冊，第 30505 頁。

〔註216〕《戲呈喻叔奇丈》，《全宋詩》第 49 冊，第 30506 頁。

便於趙蕃記憶、尋找，可見其古道熱腸。施進之是吳會（今江蘇省蘇州市）人，既是趙蕃兒子的老師，也是趙蕃患難中的朋友。在他們分別兩個月後，趙蕃以詩代信，寫作了《寄施進之》這首長達四百餘字的長篇敘事詩，深情回憶了他們相識、相知的經過情形，表達了對施進之患難與共、樂於助人品質的無限敬意。趙蕃與施進之「都城一邂逅，草木同臭味」〔註217〕，偶然相遇後，一見如故。不久，施進之欣然到趙蕃家擔任家庭教師，「肯來稚子師，歷歲殆踰二」，他們相處融洽，關係親密，「既均手足親，又篤朋友義」。兩年後，施進之回了一次老家，回來後適逢趙蕃患重病，很多親友紛紛避而遠之。施進之卻不離不棄，冒著酷暑，不辭辛勞，買來老母雞與其他肉燉煮給趙蕃吃。因爲趙蕃患的是消渴症，施進之還買來許多很大的石榴，給趙蕃滋補身體：

> 今年我屬疾，故舊多遐棄。愧君不憚勞，沖暑到溪次。
> 買肉烹伏雌，芼薑仍著豉。無資鹿脯求，竟是豬肝累。
> 以我病若渴，榴實富汁滓。累累解包裹，其大蓋絕市。
> 勸我養形神，勉我進藥餌。裴回畫難別，展轉宵失寐。
> 分攜六十日，顧我病祇爾。〔註218〕

趙蕃病癒後，每每想到施進之的深情厚誼，「雖雲間何闊，戀戀曾莫置」，心中感慨無限，對他「獨聞家素貧，慈親下妻子」的不幸遭遇飽含同情，對他「高賢昔未遇，勤苦類如此」的勤奮治學精神、淵深的學識和高潔的品格飽含欽敬，相信他終將成就高賢。在詩中，趙蕃還抒發了對施進之的深情思念，並相信相會的日子很快來臨。

　　徐審知、喻良能、施進之是文行雙馨、重情重義的患難朋友，契合儒家眞誠愛人的道德標準。從趙蕃詩集中，我們可以看到趙蕃還有很多這樣的朋友，比如其詩中經常述及的曾幾、趙彥端、劉清之、周日章、楊萬里、范成大、趙汝愚、孫子肅、曾逢、陳明叔等許多人，都是趙蕃稱讚不已的「文行如斯古亦難」的人物。

〔註217〕《寄施進之》，《全宋詩》第49冊，第30424～30425頁。
〔註218〕同上。

第七章　趙蕃詩歌的體裁

趙蕃現存詩歌合計 3736 首，其詩歌體式分佈如下表所示：

趙蕃詩歌統計表一（單位：首）

詩體	統計數量	小　計	小　計	總　計
五言詩	五言古體	470	1804	3736
	五言絕句	174		
	五言律詩	1160		
七言詩	七言古體	191	1859	
	七言絕句	1111		
	七言律詩	557		
六言詩	六言絕句	60	60	
四言詩	四言古體	13	13	

趙蕃詩歌統計表二（單位：首）

體裁		統計數量	小　計	小　計	總　計
古體詩		四言古體	13	674	674
		五言古體	470		
		七言古體	191		
近體詩	絕句	五言絕句	174	1345	3062

		六言絕句	60		
		七言絕句	1111		
	律詩	五言律詩	1160	1717	
		七言律詩	557		
古體詩與近體詩			3736	3736	3736

　　從表一的統計可以看出，趙蕃的詩歌眾體兼備，以五言詩和七言詩為主，數量上占絕大部分，並且五言詩和七言詩的數量均衡，分別有一千八百餘首。另外，還有少量的六言絕句和四言古詩〔註1〕。

　　從表二的統計可以看出，趙蕃的詩歌近體詩有 3062 首，數量上占絕大部分。其中律詩和絕句分別有 1717 首和 1345 首，律詩的數量稍多，比絕句多近四百首，分別占總數的 46.0%和 36.0%。具體來看，五言律詩和七言絕句最多，分別有 1160 首和 1111 首，分別占總數的 31.0%和 29.7%；其次是七言律詩、五言絕句和六言絕句，分別有 557 首、174 首和 60 首，分別占總數的 14.9%、4.7%和 1.6%。不過，七律、五絕和六絕，雖然在數量上不佔優勢，但是藝術成就卻絲毫不遜於五律和七絕，這方面的內容從接下來的討論中可以進一步明晰。古體詩中，數量上五古有 470 首，是七古 191 首的兩倍多，分別占總數的 12.6%和 5.1%，顯示了趙蕃對五言古體的偏好。不過，其七古詩雖然數量不佔優勢，但是藝術成就卻不低。另外，還有 13 首四言古體詩歌，占總數的 0.3%。

　　總的來說，趙蕃的古詩、絕句與律詩熔敘事、議論與說理於一爐，表現了詩人的思想與意態，審美追求上主氣重意，所以章法的起承轉合交代不明顯，多呈現直下之勢。古體詩自然流暢，風格散漫縱恣；律詩灑落自然，對仗精工；絕句議論風生，意蘊發露。既代表了宋調的典型特質，也表現了趙蕃詩歌鮮明的個性特色。

〔註1〕 按，張惠菊《南宋中後期上饒——玉山詩人群體研究》中統計趙蕃
　　　　詩歌總數為 3735 首，基本正確。但是統計趙蕃五絕、七絕、五律和
　　　　七律的數量分別為 180、1097、1155 和 569 首，都稍有一定的誤差。

第一節　古體詩

趙蕃的古體詩多爲感懷、酬贈、行役之作，經常「以文爲詩」，即以賦的手法敘事、寫景或抒情，更以議論爲詩，常常議論風生。

其五言古詩，篇幅長短不一而又有常態的規律，而且組詩很多；風格典雅凝重，具有典型的宋調特點。

其七言古詩，內容上多抒寫對友人超逸不凡的人格追求的稱賞與堅守，有的蘊含了詩人對社會與人生艱難的感慨，主旨哀怨悲苦，風格悲淒深婉；有的熔敘事、議論與說理於一爐，音韻自然暢達，還善用險僻難押的詩韻，風格散漫縱恣，顯示出一定的雄健豪縱的氣勢，甚至具有一定的浪漫主義色彩。

一、典雅莊重的五言古詩

趙蕃的五言古詩有 470 首，從題材內容來看，趙蕃五言古詩的涵蓋面很廣，幾乎涵蓋了趙蕃詩歌的全部內容，有感懷、酬贈、行役、論詩等，數量最多的是感懷、酬贈、行役三個方面的內容。從表達的主題來看，趙蕃很多五言古詩吟誦眞摯的友情，如《代書寄吳仲權》、《寄范建康》、《冬至後五夕頻夢陳擇之》、《寄劉叔驥》、《寄懷在伯三首》、《送梁仁伯赴江陵丞三首》、《五月下旬夢趙文鼎書寄斯遠》等。從形式來看，不但有常見的單篇，而且組詩很多，如感懷類詩歌中就有不少懷組詩，如《感懷五首》、《有懷二首》、《秋懷十首》等。

從單篇詩歌的篇幅來看，趙蕃的五言古詩，長短不一而又有均齊的特點。所謂均齊，也即每首四韻（四聯，合計四十字）的最爲常見，而長短不一，則指每首多於（或少於）四韻的也很多，充分顯示了五言古詩根據詩人內容表達的需要，篇幅靈活自由的詩體特點。趙蕃的五言古詩，每首少於四韻的不多，如《溧水道中回寄子肅玉汝並屬李晦庵八首》，每首各有三韻（即三聯六句，共三十個字）。但是，出於表情達意的需要，單篇多於四韻的卻很多，如《讀《阮嗣宗傳》，見其醉六十日免求昏之言與醒忘作勸進辭，據案便

書，何乃異同耶？作阮嗣宗詩》有五韻，《邂逅孫子儀於臨安喜而賦詩並懷子進子肅》和《呈段元衡》等詩各有六韻，《明叔每見過不久輒去，仲威尤難招致，索居書事呈二君》和《呈賈新之兼簡謝子暢》等詩各有七韻，《久不看鏡鬢之白者眾，矣得數語寄成父兼示兒侄》、《用前韻寄明叔》、《歐陽全真生日》、《本齋》、《養源齋》和《九日用靖節己酉歲韻》等詩各有八韻，《晚立有作》、《次韻斯遠入城見迎》和《重九才四日爾，風雨如此病臥殊亡聊，小兒輩取酒飲予且索作詩，強和淵明九日閒居一首》等詩各有九韻，《雜詠之三》、《有懷竹隱之筍復用前韻》和《明叔以僕護筍不除作長句為調次韻》等詩各有十韻，《題鄭氏北墅》有十一韻，《次韻沈司法送行》、《次韻元衡送別》和《聞潘衡有婢出適安福，傳其法造墨甚精，孫溫叟捧檄其縣，詩從乞》等詩各有十三韻，《次韻和答周伯壽送行》是十五韻，《向監稅以前韻見貽復用韻答之》是十七韻，《病中寄呈王信州老謝丈》是二十二韻，《呈程可久》和《次韻在伯送行》等詩各有二十三韻。篇幅更長的如《重賦畏知寓齋》、《除夕古體三十韻》和《成父以子進釀法為酒，酒成分貺，趣之以詩，並呈子進昆仲》等詩各有三十韻，《近乏筆託二張求之于市殊不堪也作長句以資一笑》有三十二韻，《寄李晦庵》有三十四韻，篇幅最長的《寄施進之》有四十韻。究其原因，趙蕃與李處全和施進之等人的感情特別深厚，所以分別寫給他們的《寄李晦庵》、《寄施進之》等詩歌的篇幅，也是他的五言古詩中最長的。

　　單篇多於四韻的五言古詩中，最多見的是單篇有十二韻、十四韻、十六韻或二十韻的詩歌。每首有十二韻的，如《書事》之九、《徐提幹為沈運使種竹於上饒新居，昭禮有詩，蕃同作》、《至節矣猶未見梅，頗形思渴書呈斯遠。滕兄主簿前日書來亦問梅花消息，並此奉簡》、《僕自北門放舟過溥子而告行，坐間出示上蔡、景迂兩先生墨帖，具道先世契之許益重其別為成是詩》、《虛白》、《沖谷道章少隱還自上饒不見過而遂歸懷玉，作詩十二韻奉寄並煩送似寓齋

也》和《茂德行亟不及作昭禮書姑此問訊》等；每首有十四韻的，如《子肅以古風見還詩軸，頗述歸田之樂，次韻答之》、《夜讀子肅詩再用前韻》、《答審知見貽》、《招明叔》、《再用前韻》、《悼竹》、《用招明叔之韻簡胡兄仲威並屬明叔》、《呈壽岡先生》、《送公擇入浙》和《仲威復柱粥字韻詩見屬甚厚不可不答》等詩；每首有十六韻的，如《次韻衡州先生遊花光因泛舟過向園示坐客之作》、《答周雲升留別》等詩；每首有二十韻的，如《書事》之十、《趣章永豐祈雨》、《斯遠生日》、《次韻王照鄰去秋送行並呈滕彥眞》、《次韻酬吳德夫去秋送行之作》、《自玉山歸竹隱投宿廣平院》、《得晴欲過江訪梅，已忽病作，天亦復陰，悵然有賦》和《用程季儀送行之韻爲別》等詩。

　　五言古體的組詩中，每組詩歌的篇數和每首詩歌的長短也不固定，其中，以每組分別有兩首、四首、五首，每首四韻的最多。每組兩首的如《晚書二首》、《秋日獨飲二首》、《即事二首》、《次韻斯遠投宿招賢道店，對竹再用前韻見懷二首》、《呈遊子明二首》，每組三首的如《贈別吳仲權三首》，每組四首的如《呈趙常德四首》、《雜興四首》、《與潘文叔遊衡嶽四首》、《與蘇運使詡四首》、《連雨獨飲偶書四首》，每組五首的如《寄答潘文叔並屬恭叔五首》、《旅中雜興五首》、《贛縣道中有懷晦庵用江東日暮雲爲韻作五詩寄之》，每組七首的如《連日雨作頓有秋意懷感之餘得詩七首書呈教授知縣》。最長的有十二首，如《閏月二十日離玉山八月到餘干易舟又二日抵鄱陽城追集途中所作得詩十又二首》。以上各組中的每首詩歌，都是最常見的四韻（或稱爲四聯）。但是，也不都是這樣，如組詩《十四日二首》和《以予與斯遠倡酬詩一卷寄錢伯同運使郎中二首》，都是每組二首，每首各有六韻，而《施衢州除浙西提刑以詩寄餞三首》中的每首詩有九韻，《寒雨感懷呈斯遠三首》中的每首詩有十韻。可見。趙蕃的五言古詩雖然篇幅長短不一，但是整體來看又有一定的常態範式。

　　技法上，趙蕃的五言古詩，充分借鑒了前代五言古詩的傳統。

從陳子昂、張九齡的《感遇》，到李白的《古風》等五言古詩，最常用的藝術手法是比興。趙蕃的部分五古詩，也採用了比興的方式抒情言志，其《擬古》云：「松柏抱奇姿，自應能歲寒。籬菊蓋小草，後凋良獨難。誰云一時芳，顧將比春蘭。蘭開桃李際，菊傲風霜闌」〔註2〕，《古意二首》云：「齊王昔好竽，有客工鼓瑟。持之立王門，三年不得入。不知所好異，卒致遭怒叱。我今幸早計，歸去無自逸」〔註3〕，分別抒寫了詩人對高潔情操和隱逸生活的追求，這是傳統感遇詩的手法，也沿用了五言古詩傳統的舊題。不過，趙蕃「即事名篇」的《聞克齋舅氏除江東提舉以此寄賀》等五言古詩，也常採用比興的方法：「春風桃李花，開落幾許時？諒彼松柏質，動有千歲期。舅氏早負名，不作窈窕姿。冰霜飽摧剝，未覺明堂遲」〔註4〕，以桃李幾度春風、花開花落，對比松柏耐寒的堅貞品志，讚揚其舅舅沈端節的高尚操守。

趙蕃五言古詩最經常使用的表達方式是「賦」法，即「以文為詩」的手法，他廣泛借鑒杜甫五言古詩以賦為主的手法，以賦的手法敘事、寫景或抒情。趙蕃詩中以賦為主要藝術手段的古詩很多，如《寄雷丈朝宗》、《寄施進之》、《冬至後五夕頻夢陳擇之》、《送逸歸上饒赴試》、《五月下旬夢趙文鼎書寄斯遠》等。關於以賦抒情手法的作用，莫礪鋒先生曾有中肯的論述，他說：「以賦抒情的手法，有利於達到情景交融的境界。因為『賦』實即敘述事情、鋪敘景物，也即傳統詩學所謂之『寫景』，也即塑造、展現藝術形象。而通過『賦』來抒情，情就必然與景融為一體，也就是說，感情必然是通過形象而流露出來的。」〔註5〕趙蕃《寄賀周子充除左相、留正除右相、王謙仲除參政》的開頭云：「淳熙十六年，正月十九日。雪

〔註2〕 《全宋詩》第49冊，第30411頁。
〔註3〕 《古意二首》之一，《全宋詩》第49冊，第30411頁。
〔註4〕 《全宋詩》第49冊，第30414頁。
〔註5〕 莫礪鋒《論初盛唐的五言古詩》，《唐代文學研究（第三輯）——中國唐代文學學會第五屆年會暨唐代文學國際學術討論會論文集》，廣西師範大學出版社，1992年，第157頁。

餘雨更作，有客方抱疾」〔註6〕，沿用了杜甫《北征》「皇帝二載秋，
閏八月初吉」開篇紀時的賦法，其中對國事的熱切關注、對官場生
活的感慨，以及細節描寫，都頗類杜甫《北征》的內容與筆法。其
《謝王使君》云：「臥痾衡茅下，誰顧疾作門。忽傳故人書，犬吠
雞爭喧。書陳使君賢，有好罔不惇。念子藥物須，萬錢致深恩。我
未謁使君，此饋曷見存。是風久寂寥，當於古人論。亟起欲下拜，
展轉足但捫。事殊送酒家，孤負老瓦盆。食粥已數月，政類顏平原。
呼僮穫新粳，洗甑汲井渾。鄰蔬價不二，取足充盤飱。豈止飽妻孥，
自可留弟昆」〔註7〕，敘述詩人在臥病在床的愁悶中，忽然得到王
使君雪中送炭的饋贈，因此感激不盡地拜謝，同時讚揚王使君的仁
厚之德，並以「是風久寂寥，當於古人論」等議論句抒寫心中的感
慨。趙蕃詩中以賦爲主的五言古詩，經常輔以議論的方法，抒寫內
心感情的律動，顯示了深婉動人的風格特徵，如《送劉得華赴漢陽
教授二首》之一云：「昔公去太學，士曰奪我師。今公去皇閣，里
閭極公思。公何德於人？曰公勇於義。使其用於時，其効何止是？」
〔註8〕前二聯用賦法，後二聯議論，二者自然融合，抒發對友人卓
著學行的稱賞。

　　趙蕃五古詩以議論爲主、以賦爲輔的也很多，這類詩大多是酬
贈詩，而且大多是標準的四韻詩。又因爲這些詩又較多地使用典故，
所以也呈現典雅凝重的風格特質，具有典型的宋調特點：

> 皇皇畿甸符，鬱鬱容臺禮。固殊彼奏召，有待今沃啓。
> 上能格君心，次可裨國體。俗吏急簿書，細務紛鹽米。
>
> （《常州先生以太守入對五首》之一）〔註9〕
>
> 爭觀蘇翰林，未識李北海。獨能親話言，異彼想風采。
> 彷徨計拍馬，留滯搴蘭茝。匹馬候南還，輕舟即東彙。

〔註6〕《全宋詩》第49冊，第30414頁。
〔註7〕《全宋詩》第49冊，第30415頁。
〔註8〕同上頁。
〔註9〕《全宋詩》第49冊，第30412頁。

（《常州先生以太守入對五首》之二）〔註10〕

當年治安策，通達如賈誼。汲黯不留內，似非朝廷美。
得非蕭望之，政事要詳試？兩州已有聲，刺史還連帥。

（《送趙叔自吏部知福州四首》之一）〔註11〕

公雖去朝廷，秘殿通班在。不應獻納忠，於爾分內外。
而況我此州，甘棠存蔽芾。旱疫苦相仍，要當蒙大賚。

（《送趙叔自吏部知福州四首》之三）〔註12〕

薄領古白下，檄書走臨川。陳詩道所懷，奈此巍巍然。
臨分得聞見，語以故有連。此意亦厚矣，乖離今十年。

（《呈陸嚴州五首》之三）〔註13〕

多書如酇侯，讀書如張巡。一代信不數，吾身見能親。
門牆雖云舊，蹤跡乃若新。政以沅湘遠，無由書疏頻。

（《贈尤檢正四首》之一）〔註14〕

這些用於酬贈的五古詩，以議論為主、以敘述為輔。同時，議論中頻
繁用典，一是稱引古代著名的人物（涵括了他們的政事、才能、節操
和著作等）比擬師友，稱讚師友卓越的政治才能與高潔的操尚等，如
用蘇翰林、李北海比擬劉清之，以漢代的賈誼、汲黯、蕭子荊稱美趙
汝愚，以唐代的李泌、張巡稱美藏書眾多的尤袤。二是引用古代文學
中的一些動、植物意象，引用《詩經·甘棠》中「蔽芾甘棠，勿翦勿
伐」的典故（相傳西周的召伯曾在棠樹下聽訟斷獄，辦理政事，公正
無私，使官民各得其所，天下大治，後人因作《甘棠》頌其政績），
頌揚趙汝愚的政績，以蘭、茞象徵詩人自己高潔的襟抱，以匹馬形容
詩人遠離故鄉的孤獨。三是引用具有豐厚文化內涵的名詞，如古白
下、臨川、畿甸、容臺等，比擬師友為官之地或前程的重大意義。在

〔註10〕同上頁。
〔註11〕《全宋詩》第49冊，第30413頁。
〔註12〕同上頁。
〔註13〕同上頁。
〔註14〕《全宋詩》第49冊，第30431頁。

聲律（平仄和排偶）形式上，聲韻和諧，多用對句，如「上能格君心，次可裨國體」、「俗吏急簿書，細務紛鹽米」、「彷徨計拍馬，留滯搴蘭茝」、「匹馬候南還，輕舟即東彙」、「門牆雖云舊，蹤跡乃若新」等。有的起句即對，如「皇皇畿甸符，鬱鬱容臺禮」、「爭觀蘇翰林，未識李北海」；有的起句雖然不是規則的對句，卻也句式整齊，如「簿領古白下，檄書走臨川」、「多書如郫侯，讀書如張巡」等。這說明趙蕃對古體詩的經營與探索之切，除了辭采、用典等一般的手段之外，還講究排偶或者詞語意義上的對照，形成了典雅莊重的風格特徵。

二、悲淒深婉的七言古詩

　　趙蕃的七言古詩有 191 首，從單篇詩歌的篇幅來看，趙蕃的七言古詩也長短不一，篇幅短的如《呈李齊之文學》、《季承作詩敏捷而工因成長句》、《讀去非有行集》、《周愚卿用荀卿氏之語以遇名齋，從余求詩，爲賦古意一首》、《晨起聞杜鵑》和《達觀僧紹本年九十能記東坡建中靖國題詩之事，且云清都道士者坡同遊此寺，坡題詩後道士臨之而滅其跡，爲賦詩記此》等詩，每首分別只有四韻（或者說四聯，一韻即一聯，如四韻即四聯，下同），篇幅長的如《呈審知並簡伯元》有十四韻，《二月十日夜雨，起書曾移忠〈禾譜〉後》有十八韻，最長的是《比作詩，從成父索不老泉並簡子進昆仲。今日成父送酒，與子進子肅子儀詩俱來，復次元韻》一詩，有二十三韻。不過，其七古詩還是有一個常態的規律，即大部分七古以四韻、六韻、八韻、十韻和十二韻居多，篇幅適當，如《坐間呈曾幼度兼屬陳明叔》、《贈於革去非時爲武陵尉》、《到家寄季承二首》、《鑒山主以天聖宣賜行道者五百金裝羅漢青瓷香爐爲示復用韻》和《王彥博愚齋》等詩各有六韻，《呈任邕州詔子言》、《懷昔》、《戲明叔》和《泊舟桃花臺入妙香院》等詩各有八韻，《用前韻呈碩父昆仲》有九韻，《次韻斯遠同彥章見過之作》和《曾季明經過相見，聞壽岡先生掛冠之報，且承動靜，因其歸賦古句寄呈，用坡

谷贈王慶源韻》等詩各有十韻，《別韓尙書》、《寄題山居》、《辰陽
待嶽祠之命舟發武陵回寄從遊諸公》、《代書寄候毛伯明李叔器康叔
臨張王臣》和《畢叔文攜坡帖及與季眞給事倡酬詩卷，見訪於邢大
聲家，相與觀之，明日次韻。淳熙癸卯正月二十有一日也》等詩各
有十二韻。

　　從題材內容來看，趙蕃七古詩歌主要有酬贈、感懷、行役和田園
詩。行役詩數量不多，如《晨起聞杜鵑》、《遊山谷寺贈住山欽老欽嗣
愚丘詩》、《投宿聖仙僚》等。與五言古體相比，七古體的田園詩較多，
如《田家歎》、《田家行》、《田家忙》、《苦旱歎》等。不過，七古體的
酬贈詩數量最多，如《呈審知並簡伯元》、《贈於革去非時爲武陵尉》、
《送王亢宗赴劍浦丞》、《次韻斯遠同彥章見過之作》、《呈任邕州詔子
言》、《坐間呈曾幼度兼屬陳明叔》、《別韓尙書》等。其中，僅與徐審
知一個人的酬贈詩，就有《呈審知》、《成父來自玉山，審知有送行詩
且以見及次韻》、《次韻徐審知寄贈古句》等十一首七古詩。

　　酬贈詩佔據了趙蕃七古的絕大部分，這些酬贈詩描述了友人超逸
不凡的人格追求，有如一幅幅人物素描，如《戲明叔》描繪陳明叔云：
「晚食以當肉，故云巧於貧。我云未若子陳子，掛箔爲圖能事新。剪
刀不用求諸並，海圖波濤供補紉。我今非剪詎可坼，樹林樓閣相參陳。
君知人窮定何因，政坐百巧逢天嗔。天之嗔人或可恕，君更白取遮四
鄰。雖然我詩聊戲君，天生萬象孰主賓。渠如愛惜不我借，聽渠收卷
藏箱巾」〔註15〕；《曾季明經過相見，聞壽岡先生掛冠之報，且承動
靜，因其歸賦古句寄呈，用坡谷贈王慶源韻》描繪另一位甘願隱居的
友人楊願云：「夫子文章何所如，高處直命騷爲奴。世人共誦詞人賦，
不道雕蟲羞壯夫」、「食可無肉寒須襦」、「絕代幽居在空谷，市門三五
方當壚」〔註16〕，《王彥博愚齋》描寫「用心蓋欲師顏子」、「簞瓢陋

〔註15〕《全宋詩》第 49 冊，第 30520 頁。
〔註16〕《全宋詩》第 49 冊，第 30506 頁。

巷不自貧」的王彥博，他們都是遠離世俗生活的高士。

　　趙蕃的大部分七古詩，蘊含了詩人對社會與人生艱難的感慨，主旨哀怨悲苦，風格悲淒深婉，頗類唐代劉希夷的七古。劉希夷的七古如《搗衣篇》和《公子篇》等，多寫閨情的哀怨，詞旨悲苦，有人認爲「每篇似乎都有一個多情而哀怨的女子，柔腸百轉，對花月而傷懷」〔註17〕。趙蕃的七古雖然很少抒寫閨情，但是與劉希夷的七古相比，同樣感情眞摯，語言流轉自然，這在趙蕃抒寫友情的酬贈詩中尤其顯著，如《坐間呈曾幼度兼屬陳明叔》云：

　　　三年幾度江天閣，我爾相看兩牢落。
　　　江山好處欲題詩，下筆逡巡愧吾弱。
　　　詩中最愛曾贛丞，恨渠不來俱此登。
　　　今晨驅車叩吾門，寒溫未了先覓君。
　　　乃知吾人同臭味，識面聞風總相契。
　　　一杯聊爾勞江山，向來鬱鬱今開顏。

〔註18〕

《贈唐德輿通判》云：

　　　憶昔中原全盛日，猶推巴蜀多人物。
　　　況今王氣在東南，北望中原渺蕭瑟。
　　　先生隱居談典墳，博士乃有垂世文。
　　　內前之行傳未了，鈞黨已到白鷺群。
　　　舍人父子自知己，紅藥翻殘棠棣懇。
　　　逮公四世傳以是，池上鳳毛宜翩翩。
　　　胡爲一再才別乘，縱說翱翔豈其稱。
　　　雞群牛皂匪殽雜，玉水珠淵自輝映。
　　　維公大父我曾祖，紹聖同年蒙主恩。
　　　我今流落不足論，附驥詎敢儕青雲。
　　　鄱陽別去今三歲，邂逅從公寧自意。

〔註17〕王志民《唐代七言古詩論略》，《內蒙古師大學報》（哲學社會科學版），1997年1期，第45頁。
〔註18〕《全宋詩》第49冊，第30506頁。

幾思著句道所以，筆力甚屏無好思。

今辰何以爲公壽，四世斯文端不朽，

西蜀眉山還有否？〔註19〕

兩首詩句句深情，透露出南宋士人在炎涼社會滄桑的經歷，詞意宛轉悠揚。二詩不同之處在於，前者回顧與友人三年來同遊共處的交往情形，更抒寫了友情相契的快樂；後者立足於王氣日衰、恢復無望的宏大歷史背景，凸顯了家道衰落和個人流落不遇的愁苦，確實能夠撥動失意士人的心弦，引起強烈的共鳴。趙蕃有的七古篇幅雖然不長，但是由於每句一般比五古多兩個字，因此包含的內容仍然很豐富，如《醉呈亦韓》一詩，只有四韻八句：「人言唯酒可忘憂，我今醉乃生百感。又言和氣如三春，我乃凄涼似秋慘。層冰積雪春接冬，安得陽烏出幽坎。紛然桃李吾不關，要與晴窗事鉛槧」〔註20〕，通篇用對比的手法，通過對環境、景物和詩人內心獨白的描寫，突顯了詩人境況的悲戚和對高潔操尚的堅貞追求。具體來看，既描寫了天空陰雲密佈不見天日、春天已到而冰凍與積雪依然深厚的景象，也抒發了詩人欲通過飲酒忘卻憂愁而不得，感覺人生充滿無奈與凄涼，熱切盼望陽光普照等心緒，還有詩人與好友李亦韓對詩歌寫作的共同熱愛與幾多期待，可見，詩人似醉而實醒，「醉」字是詩眼。又如《季承作詩敏捷而工，因成長句》：「我詩縱疾無多工，君詩嚴甚仍匆匆。君酬我唱輒愧我，野鶩欲睨天邊鴻。平生交遊不乏此，快筆相追屬吾子，莫愁風雨留滯人，不爾歸裝孰慰貧」〔註21〕，詠歎人世的滄桑和深摯的友情，詩人自比爲「野鶩」，與象徵友人的「天邊鴻」意象形成鮮明的對比，並抒寫內心對連綿風雨與貧困交加的深切感受，凄婉動人。

趙蕃有的七古詩議論風生，熔敘事、議論與說理於一爐，風格散漫縱恣，顯示出一定的雄健豪縱的氣勢，甚至具有一定的浪漫主義色彩，這在趙蕃其他體裁的詩中很少見。如《呈李齊之文學》云：

〔註19〕《全宋詩》第 49 冊，第 30516 頁。

〔註20〕《全宋詩》第 49 冊，第 30522 頁。

〔註21〕《全宋詩》第 49 冊，第 30520 頁。

大机石頭雲自橫，釣魚臺下潮初平。
側聞左蠡春水生，蛟龍改穴黿鼉爭。
扁舟夜泊烏江尾，空山月出中夜起。
政須傑句彈壓此，乃祖詩成曾泣鬼。〔註22〕

《寄題山居》云：

山居爲山何所如，非灊非皖非匡廬。
問云非山何所居？屋中主人山中徒。
當簷屹立幾丈餘，亦有竹樹相盤紆。
朝聽鶴吟暮猿呼，那知門外臨通衢。
或聞此語謂我誣，答以君意誠守株。
人間有國名華胥，其往初不因舟車。
神遊倏忽已即途，晨雞喚覺猶蓬蓬。
山名無乃類此歟，胸中有山無地無。
朱門蓬戶何別區，參前見處成工夫。〔註23〕

兩首詩文思跳躍，想像豐富，意象壯大，描寫誇張神奇，筆調縱橫勁健，尤其是後者神遊華胥國的神話仙境描寫，更是想落天外。其他如《明叔用大字韻作詩見寄，復用韻作七言一首答之》中「人皆言君酒腸寬，我亦畏君詩膽大。有時長吸百川空，放意獨掃千軍敗。不堪悠悠射馬耳，頗願渺渺騎鯨背」〔註24〕，《次韻徐審知寄贈古句》：「新知喜獲徐孺子，年少已有諸老風。譬之寶劍雖尚伏，清夜往往舒長虹」〔註25〕，想像大膽誇張，文筆雄健奇縱，頗有李白七古風格豪放的浪漫主義特色。

　　從上述所舉的詩歌還可以看出，趙蕃的七古詩幾乎篇篇有議論，而且篇幅長的詩歌，議論的句子往往也更多，有些議論精警動人，如「精金美玉當難朽，白衣蒼狗終何有」〔註26〕寫世事紛紜變化而藝術

〔註22〕《全宋詩》第 49 冊，第 30516 頁。
〔註23〕《全宋詩》第 49 冊，第 30519 頁。
〔註24〕《全宋詩》第 49 冊，第 30504 頁。
〔註25〕同上。
〔註26〕《畢叔文攜坡帖及與季眞給事倡酬詩卷，見訪於邢大聲家，相與觀

精品卻永遠流傳，「昔人結交談耳餘，一朝變起肝腦塗」〔註27〕揭示古往今來一些曾經如膠似漆的好友突然反目成仇肝腦塗地的事實。趙蕃還經常採取夾敘夾議、敘議結合的方式表情達意，敘述簡潔而議論風生，顯示了典型的宋調特點。如其《別韓尚書》云：「南山之作險以壯，南溪之作閒以放。流風莫和況當家，南澗先生堪頡頏。吾州自昔寡所傳，一自南渡居群賢。邇來寂寞誰嗣焉，先生築屋南山邊。先生事業本廊廟，履聲夙已光明到。閻廬固非避寒暑，大廈萬間均覆幬。我家為庶為清門，早因昭德容攀援。自期松柏歲寒後，不入桃李春風園。鄉者屢見不一見，何但懷刺亦行卷。胡為於此不繼來，衣食遑遑遊苦倦。扁舟去矣江復湖，可能不一趨庭隅。吹噓上天不敢望，贈言於此能無乎」〔註28〕，詩中時而敘述、時而議論，前半部分簡單敘述了韓元吉南渡後定居上饒、築屋南山之事，卻用大量筆墨評述韓元吉的詩文風格、事業成就和品行節操等；後半部分敘述自己與韓元吉的交遊經歷和即將遠遊他鄉，同時抒寫自己的情志追求，語言清新俊逸，音韻婉轉流暢。

與前人七言古詩相同，趙蕃的七古也經常採用韻文與散文結合的形式，駢散結合，增強表達的效果或抒情力度。如《讀去非有行集》：「山嵯峨，江洶湧，舟疾如飛得無恐。忽來何處有竹編，勢與江山欲爭勇。回思往日曾倡酬，我詩島嶼縈微流。鶴鳧長短天所付，追隨恐失邯鄲步」〔註29〕，以散句起，採用白描的手法，寫船行江面的艱險情景，突出詩人閱讀於革（字去非）詩歌時的鮮明感受。這是在詩歌開頭連用兩個散句，在詩歌中間，詩人有時也會加入提示性的議論散句，駢散相間，強調所抒發的感情，如《周愚卿用荀卿氏之語以遇名齋，從余求詩，為賦古意一首》：「世俗爭知競冶容，紛紛牆穴交相從。

之，明日次韻。淳熙癸卯正月二十有一日也》，同上頁。
〔註27〕《次韻斯遠同彥章見過之作》，同上頁。
〔註28〕《全宋詩》第49冊，第30493頁。
〔註29〕《全宋詩》第49冊，第30519頁。

誰知亦有秉正色，奉養辛勤供織紝。過期不嫁心不悔，偃蹇數夫終德配。君不見蘭生林下久含章，得時可以充君佩」〔註30〕，趙蕃上述兩首詩所用的散句並不複雜，他有的七古詩歌議論風生，隨著詩人感情的起伏變化，使用的散句也比較多，而且表達效果也很強烈，如《懷昔》：「君不見昔日朗州刺史賢何多，考功右史名不磨。當時豈亦為名計，民自思之相與紀。如何後世異於是，我自為我民為爾。但憂潦浸務安居，不慮早年當使水。一時掘鑿恐不深，今日車辱乃無地。常聞退之勇詞訟風伯，甫也亦欲鞭起雷公洗吳越。我知二子屬風雷，引喻政合離騷轍。雖然柳州《禖說》義甚顯，神且逃難吏何免？」〔註31〕不但以散句起，而且在詩中也多處使用散句，引用了朗州刺史、考功右史、韓愈、杜甫，以及柳宗元的《禖說》等多個典故，全詩引古論今、議論縱橫，豪蕩感激，氣韻飛動。

　　趙蕃的七古用典適當，生僻的典故也很少，音韻流轉自然暢達，詩意表述酣暢淋漓，如《寄楊溥子》：「昔聞許劭月旦評，人生倚以分重輕。當時初非狥虛名，往往夷考其學行。今人誰復持此柄，鄉評亦復無公論。故當信目不信耳，毀譽不用從人問。我行溧陽得楊子，何止國士天下士。大科異等非謾狂，筆頭真有三萬字，十篇琅琅金玉音，一唱三歎感我心。子昂《感遇》不啻過，阮籍《詠懷》何念深。匡章通國稱不孝，夫子與遊仍禮貌。雖然前聖亦有云，善與不善分惡好」〔註32〕，用東漢許劭等人品評人物的月旦評和《孟子》中「匡章，通國皆稱不孝焉」（《孟子·離婁下》）等典故讚揚楊溥子的高尚節操，又用阮籍的《詠懷》和陳子昂的《感遇》比擬楊溥子的詩歌意蘊深厚、藝術精湛，這些典故都不難理解，詩人對楊溥子卓越文行的高度評價也就容易理解。除了詩歌的語言通俗易懂，還有韻腳轉換自然、音節和諧優美，因此讀來酣暢痛快。至於很少用典或不用典的詩歌，就更

〔註30〕《全宋詩》第 49 冊，第 30517 頁。
〔註31〕同上。
〔註32〕《全宋詩》第 49 冊，第 30496 頁。

有流暢優美的感覺了，如《代書寄候毛伯明、李叔器、康叔臨、張王臣》：「巴陵洞庭在何處，我昨移官向其所。士所得者毛李康，兼之舊識祁之張。毛公學問本伊洛，康李從之亦不惡。皆能脫去科舉累，相與探求聖賢事。張侯英爽固絕人，亦復降志相友親。誰云巴陵洞庭側，有此四士寧易得？別來書疏猶數通，辰溪隸與巴陵同。張侯再把蒸湘酒，別後不聞安與否。遙知歲晚巾屨從，當亦念我窮山中。嘗疑昔人重離別，生不相逢死何別。偶逢鄂渚行人去，懶復作書題此句。巴陵渺渺若個邊。何時重泛洞庭船？」〔註33〕詩人懷念為官時結交的好友，讚揚友人的文行志節，沒有借用深奧的典故，而以敘述為主，輔以適當的議論，抒發了對友人的深情懷念。可見趙蕃的七古很少用生僻的典故，音韻流轉自然。

趙蕃七古善用險僻難押的詩韻。他寫給徐審知的十一首七古詩中，其中《審知以詩送行借韻留別》、《次韻呈審知》、《再次韻呈審知》和《再次韻審知，索彥博送行之文》四首詩，從詩題和內容來看，都是趙蕃為官太和主簿之前和稍後所作，均為八韻，而且使用了完全相同的八個韻腳：「粟、辱、熟、足、谷、讀、肉、碌」，如《次韻呈審知》：

> 誰云徐郎瘦如竹，撐腸書若相如粟。
> 渠儂高處背時俗，而獨許我遊與辱。
> 舊來詩已有老氣，邇日更覺加圓熟。
> 我生取友固不苟，乃復得君真厭足。
> 清朝求士正側席，可使白駒詠空谷？
> 期君布衣應微書，未見卻從東觀讀。
> 我今作官竟何事，巫拜未應徒鼎肉。
> 與民憂樂安得同？所念因人終碌碌。〔註34〕

《再次韻呈審知》：

> 秋風泠然動高竹，起並朝簷溫體粟。

〔註33〕《全宋詩》第 49 冊，第 30522 頁。
〔註34〕《全宋詩》第 49 冊，第 30494 頁。

　　忽驚剝啄意誰何，乃是和詩重拜辱。

　　再三開闔手不置，不惟詩好字亦熟。

　　我雖年事濫催忝，於此論功真未足。

　　重憐別來不我捨，連日追隨訪林谷。

　　和詩未厭數還往，別後要期常誦讀。

　　知音已死或絕弦，聞韶解忘三月肉。

　　但得我輩識錚錚，徒使世人譏碌碌。〔註35〕

這八個韻腳，都是險僻難押的韻腳，可見趙蕃七古善用險韻。趙蕃的好友、南宋的喻良能曾在《謝趙昌父投贈詩卷》一詩中讚揚趙蕃的詩歌藝術說：「趙子有新作，鼎珍初出庖。端能工競病，寧復費推敲？白戰應難敵，清臒亦任嘲。風流前輩盡，試合續弦膠。」（《香山集》卷六）據說南北朝時梁朝的曹景宗破魏歸來，梁武帝在華光殿宴飲聯句，傳令讓沈約賦韻，輪到曹景宗時，韻已用盡，只剩下「競」、「病」二字，但是曹景宗操筆立成一詩：「去時兒女悲，歸來笳鼓競，借問行路人，何如霍去病」，讓梁武帝與在座的群臣驚歎不已（《南史・曹景宗傳》），於是，後人就用「競病」指代作詩押險韻。從趙蕃在四首七古詩中，連押相同的險韻，可見喻良能評論趙蕃作詩「能工競病」，並非隨便應景之言。

第二節　格律詩

　　趙蕃的律詩，題材內容上，主要有酬贈詩、感懷詩、行役詩等，表達方式上廣泛採用了敘事、議論、抒情和寫景等多種方式，其中，議論的成分很濃，體現了宋詩的典型特徵。結構上起承轉合自然，對句整齊勻稱，語言通俗易懂，韻律和諧流暢，頗有中唐詩歌灑脫自然的風格特徵，所以，清代的李慈銘評論趙蕃的「五律七律胎息中唐，具有灑落自然之致。」〔註36〕

〔註35〕《全宋詩》第49冊，第30495頁。

〔註36〕〔清〕李慈銘《越縵堂詩話》卷下《趙昌父詩集》，由雲龍輯《越縵

其五言律詩，不但組詩很多，還有四十九首長律；結構體式上，大部分用氣韻自然連貫的全篇單行體；句法上，喜用流水句；對仗上，許多五律有三聯或三聯以上用偶句，而且對仗自然精工。

其七言律詩，情真意切，充溢著對人生境遇蒼涼悲苦的感受；對仗上，大部分中間二聯用偶句，且對仗工整，而其他兩聯不對仗；技法上，大部分不用典。

趙蕃律詩蕭散暢達的美學特徵，體現了他對杜詩與江西詩派的詩學思想，不但沒有全盤繼承，而且在一定程度上有很大的悖離。

一、流暢自然的五言律詩

趙蕃的五言律詩共有 1160 首，總體而言，大部分五律用典很少，或者很少用偏僻的典故，語言通俗易懂，節奏和諧流暢，頗有中唐詩歌灑脫自然的風格特徵，表現出對江西詩派詩歌鍊句鍊字的傳統追求的悖離。

題材內容上，趙蕃的五言律詩主要有酬贈詩、感懷詩、行役詩、詠物詩、挽悼詩和登臨題詠詩等，尤其是前三類尤多。酬贈詩如《馮守生日》、《玉汝置酒，招二十一丈同之，鄙句奉呈》、《送張王臣》、《送愚卿兼簡魯卿、卓卿》、《寄送府判寺簿先生二首》、《送梁和仲兼屬寄謝吳丈三首》、《次滕彥真韻三首》、《寄晦庵二首》等。感懷詩中，或寫景兼抒情如《雨作》、《月方上雨忽作》、《寓舍遭雨漏甚》、《十一月大雷雨》、《雨腳》，或敘事兼抒情如《元日病中》、《病中即事》、《病中寄呈王信州老謝丈》、《九日病中無酒無菊寄王信州老謝丈》、《病中即事十五首》等。行役詩如《旅食有作》、《舟中病思三首》、《九月二日發舟快閣下》、《將至豫章》、《餘干放舟後作，時以病不飲故見之詩》等。詠物詩包含大部分詠梅詩和詠其他動植物的詩歌，詠梅詩如《題堂前梅花》、《嚴先輩詩送紅梅次韻》、《瓶梅》、《再題》、《詠梅六首》

堂讀書記》，中華書局，1963 年，第 652 頁。

等；詠寫其他植物的詩歌如《詠牡丹》、《叢桂》、《詠蕙》、《楊花》等，詠寫動物的詩歌如《蛺蝶》、《螢火》等。趙蕃的挽悼詩，除了《挽趙丞相汝愚》和《哭蔡西山》用七律體，《挽胡澹庵二首》用五古體，大部分都用五律，如《挽施文叔三首》、《挽謝景英丈二首》、《聞鄭仲仁訃》、《挽南澗先生三首》、《挽周畏知二首》、《挽趙路分善應三首》、《謁趙文鼎墓》、《同方景嚴謁介庵墓》等。登臨題詠詩如《二十八日同臨湘尉曹呂益卿登岳陽樓》、《題白龍洞三首》、《書買江天閣壁》等。

　　規模形式上，趙蕃五律的組詩很多，每組二首、三首、四首和五首的都不少，數量最多的是每組二首的組詩，如《呈黃永新希二首》、《送劉通判二首》、《呈葛撫州二首》、《寄公擇兼問訊季益二首》、《寄在伯二首》、《夜賦二首》等。其次是每組三首或四首的組詩，每組三首的如《用斯遠韻寄趙湖州三首》、《寄呂謙益卿三首》、《八月十二夜至十六夜皆無月賦詩三首》等，每組四首的如《雪中四詩》、《寄徐季益四首》、《再用前韻並寄孫推官四首》等。最多的每組有十首或十二首，如《和折子明丈閒居雜興十首》、《閏月二十日離玉山，八月到餘干，易舟又二日抵鄱陽城。追集途中所作，得詩十有二首》。

　　趙蕃的五言律詩中，有四十九首是五言長律。這些五言長律的規模，與他的五言古詩一樣，長短不一。篇幅短的只有五韻（即五聯，每韻為一聯，下同）、六韻或七韻，長的超過十二韻。數量最多的是八韻和十韻的長律，共有三十五首，八韻和十韻長律的數量幾近相同，八韻的如《春雪四首》、《雪中懷成父》、《見月有懷》等，十韻的如《送張王臣》、《次韻何叔信雪夜》、《雪初作懷成父弟及諸子》等。比較而言，篇幅較短和較長的五言長律並不多，五韻、六韻和七韻的分別只有一首，五韻的有《口占》，六韻的有《四月十五日發岳州》，七韻的有《歸途》。十二韻以上的長律也不多，十二韻、十四韻、二十韻和二十六韻的各有一首，十五韻的有四首，十六韻的有二首：十二韻的有《使君以十月上休日燕通判、教授、縣令、錄參，沅陵、貴

溪兩尉曹，蕃亦與焉。坐間出示宋莒公草書、劉賓客詩圖，李西臺、呂東萊、朱希眞、趙忠簡詩帖。蕃賦詩十二韻以紀其事》，十四韻的有《初五日呈潘提舉，時禱雨應而未洽》，十五韻的有《送唐德輿》、《挽向參議》、《用韓文公送鄭尙書韻寄雷朝宗兼屬歐陽全眞》和《沈沅陵生日》，十六韻的有《寄贈曾袞父兼呈嚴黎二師》和《謝張帥》，二十韻的只有《寄王謙仲、周子充丈》，最長的是二十六韻的《詠筍用昌黎韻》。此外，介於八韻和十韻之間、篇幅中等的，還有一首九韻的《季蕭兄三覭詩且辱出示陵陽墨帖，敢次韻一首爲謝》。

從表達方式來看，趙蕃的五律廣泛採用了敘事、議論、抒情和寫景等多種方式，其中，議論的成分很濃，體現了宋詩的典型特徵，如《張王臣覭詩，詰朝遂行次韻寄之》：「書貴在瘦硬，詩須成管絃。典刑君尙有，老至我加年。早作諸侯客，遠勞從事賢。見來元不款，別去忽何邊」〔註37〕，《呈丘運使三首》之一：「海內求名輩，如公得未多。風流正始士，藝達孔門科。願識亦已久，陳詩無見訶。蒿蓬雖培塿，松柏自嵯峨」〔註38〕，前詩首聯從書法作品貴在瘦硬，論及詩歌須合於音樂，頷聯評論友人張王臣的品節、感歎人生境遇；後詩前兩聯評說丘運使聲譽卓著、藝歸儒家，都是以議論爲主要的表達方式。這兩首詩中，幾乎有一半的句子發議論。不過，趙蕃大部分的五律，是把議論與敘事、抒情、寫景等方式融合一體，如《贈別歐陽全眞三首》之三：「往者贛州牧，與君鄉里儒。身俱上黃閣，官或伏青蒲。薦口寧虛啓，才名不可誣。下僚如處士，鯁論亦時須」〔註39〕，又如《至日與明叔逸及明叔之子涼孫飲》：「至日還爲客，窮愁亦去年。陰陽自昇伏，老壯只推遷。易險安常度，呴濡無妄憐。兒能壽翁酒，不必問愚賢」〔註40〕，都是以敘事爲主，融敘事、議論、抒情於一體；

〔註37〕《全宋詩》第 49 冊，第 30602 頁。
〔註38〕《全宋詩》第 49 冊，第 30537 頁。
〔註39〕《全宋詩》第 49 冊，第 30867 頁。
〔註40〕《全宋詩》第 49 冊，第 30564 頁。

而《觀田者有感而作》：「白水田田滿，青秧處處高。雨滋無復旱，人喜不知勞。顧我方羈旅，徒能慕汝曹。豐年如可望，賤糶亦多遭」〔註41〕，和《九月二日發舟快閣下》：「開船風打頭，舉棹水分流。到處皆成客，今年未識秋。意哀吟蟋蟀，聲苦亂颼飀。拊枕仍推枕，誰知夢覺優」〔註42〕，都是以寫景爲主，融寫景、議論、抒情於一體；《豐城送成父弟還玉山三首》之二：「酒薄僅飲濕，歌長欲淚垂。人皆有兄弟，我獨困乖離。苦乏田園計，初非干謁資。途窮與計拙，千載少陵詩」〔註43〕和《玉汝置酒，招二十一丈同之，鄙句奉呈》：「薄宦一雞肋，飽霜雙蟹螯。只言成爾負，那卜會吾曹。我已愧蓬鬢，君俱追錦袍。團團石頭月，其下走江濤」〔註44〕，都是以抒情與議論爲主，不過後一首的尾聯是通過寫景來抒情。綜上所述，可知趙蕃的五律多議論的成分，體現了宋詩以文爲詩、以議論爲詩的特點。

　　結構體式上，趙蕃五律至少有三種形式。一是常體形式，趙蕃的部分五律，偶句兩相映照，傅粉生輝，屬於常體或正格，如《十五夜月》：「老至自多感，月圓仍此秋。又成愁裏見，都白幾分頭。酒馨妨人醉，詩窮不易搜。徑歸掩關臥，還雜候蟲幽」〔註45〕，又如《偶作二首》之一：「舊篋已成揮，還披禦臘衣。乘除固人事，變化亦天機。道路飄零久，形容少壯非。無徒微祿眷，長與故人違」〔註46〕，雖然前一首頷聯「又成愁裏見，都白幾分頭」並非工對，但是兩首詩每一聯上下兩句中對應的意象或詞語基本上相互映照，而且對應得也比較工整，合乎五律的正格。二是少部分的變體，趙蕃的五律也有少數屬於變體，如《贈劉進父監廟四首》之一：「退士今安有，微官詎足旌？茹蔬知味薄，不飲見神清。要是高其事，

〔註41〕《全宋詩》第 49 冊，第 30652 頁。
〔註42〕《全宋詩》第 49 冊，第 30572 頁。
〔註43〕《全宋詩》第 49 冊，第 30871 頁。
〔註44〕《全宋詩》第 49 冊，第 30545 頁。
〔註45〕《全宋詩》第 49 冊，第 30868 頁。
〔註46〕《全宋詩》第 49 冊，第 30567 頁。

況堪詩有聲。淮南人物論，是亦一權衡」〔註47〕，對偶上只有首聯
接近寬對，中間兩聯並不對仗，可以說近乎一首五言古詩，又有點
類似於只有頷聯對仗的蜂腰體。再如《蛺蝶》：「不逐春風去，仍當
夏日長。一雙還一隻，能白或能黃。戀戀不自己，翩翩空復狂。計
功歸實用，終日愧蜂房」〔註48〕，對偶上首聯和頸聯似對非對，接
近於寬對，其他兩聯不對仗，也是一種正格之外的變體。三是大部
分五律全篇單行體，也即多用連貫的流水句（或稱十字句），全詩
一氣相貫直下，相綴成詩，如《寄公擇兼問訊季益二首》之二：「孺
子家何在，溪邊百尺臺。句追唐甫白，詞鄙漢鄒枚。此士誠高遁，
諸公謾挽推。因過問消息，幾日送詩來」〔註49〕，《寄喻叔奇丈二
首》之一：「不見喻工部，經今兩暮春。遙知磬湖上，不減浣花濱。
佳句能名世，浮雲豈絆身。為貪煙雨勝，聊復駕朱輪」〔註50〕，又
如《代書寄呂益卿》：「問訊臨湘尉，冬來定若何？凶年無盜否？清
俸及時麼？再見不易得，惠詩空復哦。素書慵寫得，此紙字無多」
〔註51〕，三首詩中的大部分句子，兩句說一事（即十字言一事），
其餘的不是十字句的詩句，也非常連貫地一句接續一句，如行雲流
水一般娓娓道來。再如《寄題宋舜卿家小閣兼屬李亦韓、梁進父》
（二首）：「湖北終連北，辰州是古州。故家唯宋氏，舊物有書不？
幾踏緣江路，頻登小閣幽。雖微少陵句，不減浣花頭」、「憶我辰州
友，英英李宋梁。參差由百拽，悵望到三湘。邂逅書能寄，追隨辱
未忘。南山如訪舊，下有老耕桑」〔註52〕，與前幾首一樣，全詩有
如散文中的敘述，或者生活中兩個人的對話，筆至情隨，別有意趣，

〔註47〕《全宋詩》第 49 冊，第 30541 頁。
〔註48〕《全宋詩》第 49 冊，第 30531 頁。
〔註49〕《全宋詩》第 49 冊，第 30615 頁。
〔註50〕《全宋詩》第 49 冊，第 30601 頁。
〔註51〕《全宋詩》第 49 冊，第 30621 頁。
〔註52〕《全宋詩》第 49 冊，第 30653 頁。

接近於中唐時期賈島、姚合大量的五律，這也是清代李慈銘評論趙蕃「五律七律胎息中唐，具有灑落自然之致」〔註53〕的主要原因之一。

對仗方面，趙蕃五律的中間兩聯一般都用偶句，絕大部分五律屬於常體，只有少數五律例外，如前文所引的《贈劉進父監廟四首》之一等，但是，這樣的情況在趙蕃五律中寥寥無幾。與此相反的是，趙蕃五律絕大部分中間兩聯都用偶句，如《過潼川之飛鳥縣見餘干丞相題驛舍詩有感次韻》：「道學元無偽，標名徒爾勞。孤忠天不管，一死世尤高。未洗邊庭血，先焚董腹膏。亂離元有自，附壁爲三號」〔註54〕，該詩悼念被害冤死的丞相趙汝愚，中間兩聯都用偶句，對仗工整，淒婉動人。不僅如此，趙蕃許多五律甚至有三聯或三聯以上用偶句。有的首聯即對仗，全詩有三聯用偶句，如：

　　趙壹鄉黨擯，陳登湖海豪。飄飄風欲舉，凜凜雪爭高。
　　眼界自無極，畫圖空復勞。未須驚白髮，聊得湛春醪。
　　（《書買江天閣壁》）〔註55〕

　　靖節甘忤俗，子雲空解嘲。紛紛多面友，了了獨心交。
　　四海歎浮梗，三年嗟繫匏。語離無幾日，梅藥況江郊。
　　（《別近呈明叔》）〔註56〕

　　青雲懷趣逸，黃綬屈官卑。屢捧將軍檄，一哦從事詩。
　　少陵憂有在，充國事多宜。倘上休兵議，因人願早知。
　　（《再用前韻並寄孫推官四首》之三）〔註57〕

　　奔逸聞千里，飛騰見九遷。禁途才咫尺，玉節屢迴旋。
　　看即自天下，催歸夜席前。如憐落鳶外，爲遣反驅邊。
　　（《呈丘運使三首》之二）〔註58〕

〔註53〕〔清〕李慈銘《越縵堂詩話》卷下《趙昌父詩集》，由雲龍輯《越縵堂讀書記》，中華書局，1963年，第652頁。
〔註54〕《全宋詩》第49冊，第30861頁。
〔註55〕《全宋詩》第49冊，第30589頁。
〔註56〕《全宋詩》第49冊，第30559頁。
〔註57〕《全宋詩》第49冊，第30610頁。

從士二千里，學詩三十年。坐窮寧爲此，將老豈其然。
恥食陶奴米，羞言夷甫錢。相逢何用早，契合有忘年。

（《呈丘運使三首》之三）〔註59〕

不過，還有數量頗多的五律，首聯和尾聯都對仗，即全詩四聯都用偶
句，如：

月駛雲俱駛，風恬浪亦恬。渾如畫橫軸，又似鏡開奩。
蠻子釣未已，長年行不厭。素贏同李賀，止酒效陶潛。

（《餘干放舟後作，時以病不飲故見之詩》）〔註60〕

拍拍桃花水，輕輕蓮葉舟。生憎沖野馬，失喜見沙鷗。
漫浪端如此，飢寒信有不？未探懷玉蘊，且訪九華幽。

（《別趙信州》）〔註61〕

徐郎既吳越，王子又甌閩。孰與還仍往，惟餘病與貧。
尚寒花有信，欲盡雨催春。子去寧關抱，餘留獨損神。

（《遠父往富沙兼簡馬莊父二首》之一）〔註62〕

山川略吳楚，歲月涉春秋。爲米愧元亮，乘舟思子猷。
黑貂塵土重，白鬢雪霜稠。志合成三益，詩來減四愁。

（《次畢叔文見貽二首》之一）〔註63〕

射策今晁董，摛詞昔左班。題輿已最課，召節待遄頒。
鵬背九萬里，龍媒十二閒。除書看臺閣，盛事聳荊蠻。

（《送劉通判二首》之一）〔註64〕

這些五律，不僅全詩對仗，而且其中的大部分偶句都是工對。趙蕃五
律全詩對仗的很多，可以說是俯拾即是，如《春雪四首》、《二十八日
雪，二十九日未巳。賦詩凡五首》、《十二月二十九日雪三首》、《雪中
四詩》、《病中即事十五首》等五律組詩，其中的大部分詩歌都是全詩

〔註58〕《全宋詩》第49冊，第30537頁。
〔註59〕同上。
〔註60〕《全宋詩》第49冊，第30572頁。
〔註61〕《全宋詩》第49冊，第30557頁。
〔註62〕《全宋詩》第49冊，第30541頁。
〔註63〕《全宋詩》第49冊，第30605頁。
〔註64〕《全宋詩》第49冊，第30539頁。

對仗。有時，趙蕃還把可以寫成全詩對仗的五律，故意寫成有一聯不對仗或似對非對，如《周袁州惠建茶黑篤耩以四十字謝之》：「書齋憐寂寞，書筒慰荒涼。勸把春風椀，仍薰知見香。未憂欺短褐，寧慮厄枯腸。塵思如能雪，詩情或可昌」〔註65〕，又如《呈陳深父二首》之一：「相望僅一水，相睽踰十年。尋君向蕭寺，歎我已華顛。老至是其理，窮來當益堅。雲深雪溪樹，塵暗曲肱弦」〔註66〕，兩首詩的後三聯都用偶句，但是詩人把第一聯的上、下句分別安排一個重複的字（前一首「書」字重複，後一首「相」字重複），造成該聯不對仗或者說似對非對。不僅是單篇的五律，趙蕃的排律也多用工整的偶句，如《次韻和答斯遠入城見迎詩》：

> 往辱攜詩送，今勞入郭迎。交情如許厚，俗眼亦增明。
> 冬仲溪宜涸，灘長路失平。要歸歸已近，物物繫吾情。
> 四海豈不廣，一身何所歸。倦遊成白首，知己固黃扉。
> 愧我尚斗食，如君猶褐衣。長年恨相遠，晚歲得相依。

〔註67〕

再如《雪》：

> 動地風初作，披空雪遽鋪。幽能吐山嶽，遠至卷江湖。
> 藹藹才迷屋，紛紛送塞途。月疑常掛曉，日扁不成晡。
> 徙倚詩難狀，憑陵酒易無。近人憎犬躍，在野想鷹呼。
> 勢重微摧壓，滋深快洗蘇。當憂竹柏折，且救蕙蘭枯。
> 順喜遵時令，寒寧恤病軀。年豐物無癘，此外亦何須。

〔註68〕

前一首是八韻的長律，後一首是十韻的長律，除了《雪》詩的最後一聯，兩首詩的其他各聯都對仗，而且大部分是工對。可見，趙蕃五律多用偶句，而且對仗自然精工。

　　五言律詩的句式，一般一聯之中，一句言一事，兩兩相對，趙蕃

〔註65〕《全宋詩》第49冊，第30876頁。
〔註66〕《全宋詩》第49冊，第30552頁。
〔註67〕《全宋詩》第49冊，第30650頁。
〔註68〕《全宋詩》第49冊，第30899頁。

的大部分五律也是如此。此外，還有四個特點：

一是喜用十字句，又稱流水句，即十字言一事或兩句言一事。律詩中的流水句如果同時對仗時，即爲流水對，如前文所述。當律詩中的流水句不對仗時，即爲普通的流水句。趙蕃五律對仗的流水句如「未探懷玉蘊，且訪九華幽」〔註69〕、「漢代郭林宗，詞場繼國風」〔註70〕；普通的流水句更多，如「不見徐夫子，於今已二年」〔註71〕、「西漢馮君裔，康時萬石家」〔註72〕、「茲時潘處士，詩敗爲催租」〔註73〕、「秋風滿天地，不廢候蟲號」〔註74〕、「何處觀文獻，如公尙典刑」〔註75〕等。這些流水句，通俗易懂，增加了詩歌雋永的韻味與流暢的氣韻。

二是重疊詞很多，在敘事、抒情或議論時都頻繁使用，強化了詩歌的表達效果。敘事的如「岑岑無藥療，憒憒祇書耽」〔註76〕，抒情的如「渺渺江湖趣，悠悠鷗鷺盟」〔註77〕、「紛紛多面友，了了獨心交」〔註78〕、「泛泛將何往，悠悠愧此身」〔註79〕。寫景的最多，如「白水田田滿，青秧處處高」〔註80〕、「蕭蕭初停照，熙熙頓得春」〔註81〕，僅《春雪四首》中，就有「搣搣初兼霰，霏霏且蔽塵」、「懍懍溝虞墜，嗷嗷釜苦懸」、「喔喔雞啼墅，狺狺犬吠村」、「悠悠竟何得，

〔註69〕《全宋詩》第49冊，第30557頁，
〔註70〕《全宋詩》第49冊，第30542頁。
〔註71〕《寄徐季益四首》之一，《全宋詩》第49冊，第30614頁，
〔註72〕《馮守生日》之一，《全宋詩》第49冊，第30542頁。
〔註73〕《催租人至作》，《全宋詩》第49冊，第30399頁。
〔註74〕《投曾原伯運使二首》之二，《全宋詩》第49冊，第30537頁。
〔註75〕《寄峽州使君郭郎中三首》之二，《全宋詩》第49冊，第30542頁。
〔註76〕《贈別歐陽全眞三首》之二，《全宋詩》第49冊，第30867頁。
〔註77〕《二十日同官相約過水鄉，蕃雨中先至偶成二詩》之一，《全宋詩》第49冊，第30548頁。
〔註78〕《別近星明叔》，《全宋詩》第49冊，第30559頁。
〔註79〕《富陽道中遇風感歎作》，《全宋詩》第49冊，第30401頁。
〔註80〕《觀田者有感而作》，《全宋詩》第49冊，第30652頁。，
〔註81〕《曝日二首》之二，《全宋詩》第49冊，第30642頁。

役役漫成疑」〔註82〕等聯，大量使用重疊詞。

　　三是部分詩句使用倒裝句。詩歌使用倒裝句，一般有兩種原因，一是因爲聲律、對仗或押韻的需要，二是借助句子意義上先後順序的改變，造成頓挫奇警的藝術效果。倒裝句有句中倒裝和整句倒裝兩種形式，趙蕃的五律多用句中倒裝，如《中夜復書》：「涼生愁輾轉，月上照鬚髯。林壑故對此，溪山逢未曾。吟哀蛩伴苦，書絕雁無憑。更欲留危坐，枝梧殆不勝」〔註83〕，頷聯和頸聯都有倒裝句，頷聯「林壑故對此，溪山逢未曾」是一折腰句（指一句詩分爲兩個意義層，猶如攔腰折斷一般），也是倒裝句，意爲面對曾經遊覽的林壑與未曾經過的溪山，所以應是「對此故林壑，未曾逢溪山」的倒裝。頸聯「吟哀蛩伴苦，書絕雁無憑」，蛩是蟋蟀的別名，意爲沒有傳書的鴻雁，所以書信不通；深夜裏陪伴著哀吟的蟋蟀，更增愁苦，因此該聯應是「苦伴哀吟蛩，無憑雁書絕」的倒裝。再如《對雪有懷》：「頗怪風能急，還疑雨不成。疏疏聞夜半，璀璨及天明。安否妻子念，乖離兄弟情。誰令負湖海，政使落蠻荊」〔註84〕，頷聯和頸聯也用倒裝句，頷聯「疏疏聞夜半，璀璨及天明」中，疏疏形容雪從空中落下的聲音，璀璨形容雪景的鮮明、絢麗，詩人半夜裏聞聽到疏疏的落雪聲，天明看到遍地明亮刺眼的白雪，所以該聯應是「夜半聞疏疏，及天明璀璨」的倒裝；很顯然，「安否妻子念，乖離兄弟情」，也是「念妻子安否，兄弟乖離情」的倒裝。

　　四是多用問句，或設問，或反問，都含蘊著詩人強烈的感歎之情，不但造成精警的效果，也強化了感情抒發的力度。如《詠雁》：「胡爲去關塞？何事落江湖？歲月常違燕，飛鳴每候奴。菰蒲雖足樂，矰繳絕須虞。矯矯其高舉，紛紛莫下俱」〔註85〕，首聯連用兩

〔註82〕《全宋詩》第 49 冊，第 30898 頁。
〔註83〕《全宋詩》第 49 冊，第 30649 頁。
〔註84〕《全宋詩》第 49 冊，第 30895 頁。
〔註85〕《全宋詩》第 49 冊，第 30867 頁。

個問句，接下來的三聯闡釋發問的緣由，詩人以詠鴈自喻身世之感。又如《挽周畏知母俞夫人二首》：「夫人不侫佛，平日事何如？臨死無貪苦，與常同起居。巫醫空晬眩，孝敬謾勤渠。性識眞明達，油然悟本初」〔註86〕，也是以問句起，隨後回顧俞夫人的生前事跡作答，該問句也起到了領起挽詩之二的作用，充分表達了對俞夫人生前識見賢明、晏然安詳的人生境界的敬意。再如《投曾原伯運使二首》之一：「一自嘉禾見，於今歲幾多？飛騰公可那，流落我如何？舊說金能點，今成鏡失磨。未甘終痼疾，還復向醫和」〔註87〕，也是以設問引發下文，並領起組詩，強化感情抒發的感染力。以上問句都是設問句，也有用反問句的，如《贈劉進父監廟四首》之一：「退士今安有？微官詎足旌」〔註88〕，首聯連用兩個反問句，抒發對官場生活的厭惡和對隱逸人生的稱賞；而《病中即事十五首》之一：「半百還過半，平安殊未平。飢寒兼抱病，造物此何情？詎敢懷尤怨？那能問否亨？獨憐無以養，深愧下簾生」〔註89〕，則是在詩中頷聯和頸聯連用三個反問句，抒發了強烈的身世悲慨。同樣，《偶作二首》之二：「未仕思從仕，言歸盍賦歸？世方疏直道，身亦墮危機。舊宅存松桂，春山富蕨薇。淵明覺今是，伯玉悟前非」〔註90〕，也是以反詰句，表達了對世風日下的社會現實的憤慨。可見，趙蕃五律中的設問或反問句，一般都用在起句或詩中，不但引人關注，而且還起到引領全文的作用。

二、哀婉淒涼的七言律詩

趙蕃的七言律詩共有 557 首，總體來看，其題材內容主要有廣義範疇的酬贈詩、感懷詩、行役詩、山水詩和詠物詩等。大部分七律，

〔註86〕《全宋詩》第 49 冊，第 30657 頁。
〔註87〕《全宋詩》第 49 冊，第 30537 頁。
〔註88〕《全宋詩》第 49 冊，第 30541 頁。
〔註89〕《全宋詩》第 49 冊，第 30643 頁。
〔註90〕《全宋詩》第 49 冊，第 30567 頁。

結構上起承轉合自然，對句整齊勻稱，語言通俗易懂，韻律和諧流暢，讀來情味宛然，頗有中唐詩歌灑脫自然的風格特徵。

從詩歌意象與感情色彩來看，趙蕃的七律情真意切，充溢著對人生境遇蒼涼悲苦的感受。具體來說，其七律中抒寫離愁別緒、窮愁際遇或傷世歎老等感情的詞語很多，單音節的詞語有「故」、「舊」、「愁」、「憤」、「晚」、「霜」、「夢」、「魂」、「思」、「老」、「疏」、「空」、「望」、「渺」等，雙音節的有「秋風」、「飄零」、「病昏」、「賤貧」、「寥廓」、「清癯」、「傷別」等。茲舉數詩如下：

> 四海雖云皆弟昆，悵茲薄俗與誰論。
> 平生泛愛老逾厭，獨覺君家久更敦。
> 百里欄干山作幾，數家籬落竹為村。
> 異時相憶相思處，明月清風同酒樽。

（《留別周愚卿兄弟》）〔註91〕

> 共旅長安暑未徂，到家忽已秋風初。
> 十詩道別心期遠，千里相望魂夢疏。
> 驛使梅來應寄我，衡陽鴈渺更愁予。
> 如君乃作諸侯客，願使誰鑴東觀書。

（《寄懷畏知二首》之二）〔註92〕

> 走馬憶登江上臺，聞知興廢使人哀。
> 遙憐冷澹黃花節，遠對飄零白鴈來。
> 念爾不堪懷為惡，思余應是首頻回。
> 詩成寄與憨申誦，句累難教心孔開。

（《九日寄和父弟》）〔註93〕

僅僅三首詩，就包含了許多感傷色彩很濃的詞語，具體有「悵」、「老」、「遠」、「哀」、「惡」、「思」、「累」、「念」、「厭」、「渺」等十餘個單音節詞，以及「興廢」、「薄俗」、「相思」、「秋風」、「飄零」、

〔註91〕《全宋詩》第 49 冊，第 30729 頁。
〔註92〕《全宋詩》第 49 冊，第 30731 頁。
〔註93〕同上。

「冷澹」、「不堪」、「難教」、「愁予」、「遙憐」、「遠對」等十餘個雙音節詞，還有「首頻回」、「心孔開」、「衡陽鴈」、「十詩道別」、「百里欄干」、「千里相望」等單、雙音節詞語組合成的詞組。這些蒼涼沉鬱的意象，含蘊了詩人內心深處無限的相思、愁苦與悲傷，反映了趙蕃七律哀婉淒涼的感情色彩與意象特徵。

從表達方式來看，與五律一樣，趙蕃的七律廣泛採用了敘事、議論、抒情和寫景等多種方式，其中，很多七律議論成分很多，體現了宋詩的典型特徵。趙蕃七律多議論，主要有兩種情況，一是與其他表達方式融合為一，這種方式最常見，如《書懷二首》之二：「要令多病也身輕，安得晨風永晝清？瑟瑟泉流沿澗響，疏疏鬆吹轉空鳴。生平舊隱蘚蹤合，老至危途蓬鬢生。松柏後凋聞古語，若何秋菊敢齊名」〔註94〕，首聯敘事兼議論，頷聯寫景，頸聯敘事並抒情，尾聯又以議論呼應首聯，該詩以寫景與抒情為主，以議論為輔；再如《贈王進之》：「走遍東南數十州，皇皇長愧食為謀。閱人政爾亦多矣，有客可能如此不？歎我漫知耽句僻，如君真復是詩流。相逢頗恨夫何晚，華髮蕭蕭今滿頭」〔註95〕，感時傷世，融合了敘事、抒情與議論等多種手段。二是以議論為主，兼有其他表達方式，如《次韻子肅秋日感興兼懷公擇二首》之一：「炎冷財分覆手間，化機於爾見深慳。歸歟君釣荊溪水，已矣我耕懷玉山。幾羨修翎辭世網，絕憐駿足老天閑。區區莫有窮途歎，了了要從初地還」〔註96〕；《示詹深父》：「濁涇清渭本源分，寂寞安能亂糾紛。世點只知錢使鬼，我癡但識穎呼君。乘時大駔千金射，望歲良農赤地耘。富貴要知定何物，五車何必為渠勤」〔註97〕，前者首聯與尾聯議論，後者除了頸聯，其他三聯均為議論。還有的七律，幾乎全詩議論，

〔註94〕《全宋詩》第49冊，第30913頁。
〔註95〕《全宋詩》第49冊，第30694頁。
〔註96〕《全宋詩》第49冊，第30404頁。
〔註97〕《全宋詩》第49冊，第30692頁。

如《題徐氏滋德堂用老謝丈韻》:「一時人物韓與蘇,題榜制名夫豈疏?保家匪乏千金產,教子必以萬卷書。江河源從濫觴起,拱把可取合抱餘。方今天子陋漢武,會見待詔仍公車」〔註98〕,《困坐窮山,無以娛日,用隨齋問訊韻寄莘夫並呈隨齋》:「少陵苦憶將廉頗,才似淮陰亦奈何?豈待秋風方憶鱠,不堪夏日況揮戈。分當鹿鹿終隨後,言敢譊譊取屢訶。世事多虞未知免,鵝烹復坐不能歌」〔註99〕,兩首詩都是討論社會、人生之理,都是全詩議論,且都以詠史開篇。不同之處在於,前一首以題詠爲由,議論讀書、養德與從仕的儒家用世之道;後一首則側重於議論詩人對世風不正與變化多端的社會現實的無奈,抒寫不遇於時的苦悶。

句法上,趙蕃大部分七律每聯的上下兩句兩相映照,屬於常體或正格。但是,部分七律也常用流水句,有的以流水句起,有的以流水句結。首聯以流水句起(又稱十字句),如「回首江南千萬山,渺如霄漢邈難干」〔註100〕、「飄然一舸順流東,敏捷如鴻恨不同」〔註101〕、「憶昔少陵身在蜀,遇春曾憶兩京梅」〔註102〕。比較而言,尾聯以流水句結的七律數量上稍微少一些,如「不是東都徐孺子,誰能背俗訪吾曹」〔註103〕、「政擬遠同嵇叔夜,一尊濁酒話平生」〔註104〕、「吾家門戶何所寄,但願兒曹相勉旃」〔註105〕等。

用典方面,趙蕃的許多七律全篇不用典,或者沒有明顯的用典痕

〔註98〕 《全宋詩》第 49 冊,第 30918 頁。按,該詩後趙蕃自注云:「徐樂以漢武時上書召見。」
〔註99〕 《全宋詩》第 49 冊,第 30912 頁。
〔註100〕 《蕃近有千字韻屬教授兄,而知縣尉曹皆嘗用是韻相酬贈。亦成一首奉呈並屬錄事。今年未見梅花,故及之》,《全宋詩》第 49 冊,第 30682 頁。
〔註101〕 《慈利簿樂思中自沅州考試回經過見之,留以小酌,既以詩來次韻》,《全宋詩》第 49 冊,第 30745 頁。
〔註102〕 《立春日呈彥博並帖審知》,《全宋詩》第 49 冊,第 30671 頁。
〔註103〕 《謝徐大雅見過》,《全宋詩》第 49 冊,第 30913 頁。
〔註104〕 《書懷》,《全宋詩》第 49 冊,第 30912 頁。
〔註105〕 《夜坐讀書有感示兒伃》,同上頁。

跡，但是，明顯用典的也不少，有的詩中，典故的數目少則一、二個，多則三、四個，有的甚至更多，如《上巳》：「朝來一雨快陰晴，東郊百鳥間關鳴。受風柳條不自惜，蘸水桃花可憐生。不見山陰蘭亭集，況乃長安麗人行。東西南北俱爲客，且送江頭返照明」〔註106〕，所用典故有兩個：一是東晉王羲之等人在上巳節（農曆三月三日）彙聚山陰（今浙江省紹興市），坐於曲水流觴周圍裸飲賦詩，並結集爲《蘭亭集》的故事；二是杜甫的名篇《麗人行》，也與上巳有關，其起句「三月三日天氣新，長安水邊多麗人」，明確交代了寫作的時日與地點等。再如《送鍾子崧解官而歸》：「三年簿領淹佳譽，一日江山問舊程。卻恨過從曾未數，浪緣文字許深評。已傳相國知韓愈，安用河南薦賈生？此去看公副時用，便應容我老農耕」〔註107〕，用典也不多，只用了韓愈、賈誼分別被薦舉的兩個故事。趙蕃七律用典較多的詩歌也很多，如前文所引《遠齋和示疏字韻四詩，復用韻並呈子肅》之三，抒發隱逸情懷，引用了西漢蔣詡與羊仲、裘仲（合稱二仲）通過三徑交遊，以及唐代隱士朱桃椎隱居山中織麻鞋換米等故事，與西漢時陳湯接受他人錢財，爲他人謀利益的卑污相對比，全詩共用了三個典故。再如《水仙》：「楚辭香草費磨研，何獨無言到水仙？薦菊要令和靖配，思鱸更擬步兵賢。未應玉樹能回死，寧與梅花作導前。多坐未能空結習，故遭天女散諸天」〔註108〕，則用了玉樹、天女、阮籍（步兵是三國時魏阮籍的別稱，阮籍嘗官步兵校尉）、林和靖、楚辭香草和張翰思鱸等六個典故。至於七律詩中用典的位置，有的首聯用典，有的尾聯用典，但是，中間二聯用典的最多，如《鍾子崧己丑歲簿秩滿去，今自饒州教授還，猶選人也。感歎之餘，賦詩以別》一詩，中間兩聯是「案惟占位崔斯立，客乃無氈鄭廣文。給劄不能因狗監，校書從昔老揚雲」，該詩感慨於鍾子崧仕途蹭蹬，用了唐代的崔斯立（曾任藍田縣丞，韓愈曾作文爲其鳴不幸）、鄭廣文（字若齊，開元中爲

〔註106〕《全宋詩》第49冊，第30747頁。
〔註107〕《全宋詩》第49冊，第30909頁。
〔註108〕《全宋詩》第49冊，第30718頁。

廣文館博士）、西漢的揚雄（字子雲，晚年校書於天祿閣），以及楊得意（時任主管皇帝獵犬的狗監一職）薦舉司馬相如等典故，寬慰鍾子崧，爲其鳴不平。再如《寄懷畏知二首》之一：「憶昨題詩歲且更，路長誰與附書行。登樓見說同王粲，爲賦懸知似賈生。杜老性非眞傲誕，元龍氣自舊崢嶸。天寒萬物皆收斂，惟有孤松獨向榮」〔註109〕，感時傷懷，中間二聯議論了賈誼、王粲、陳登和杜甫的生平遭際與不同流俗的品格等。當然，也有部分七律，首聯即用典，且頷聯繼續用典，如《以孟夏唱酬陳子高詩寄季承並借〈窮愁志〉及其兄〈興化集〉四首》之三：「著論端能擬過秦，苦吟長學跨驢人。十年不調非求異，三徑爲資本作貧」〔註110〕，一口氣引用了寫作《過秦論》的賈誼、苦吟詩人賈島和隱逸的代名詞「三徑」等典故，抒寫內心高潔的襟抱。可見，趙蕃用典內涵明確，典故本身也比較知名，含義通俗易懂，而較少引用偏僻的典故。

　　對仗方面，與五律相比，趙蕃的七律有兩個明顯不同的特點，一是與其大部分五律動輒有三聯或三聯以上用偶句不同，趙蕃的大部分七律很少有三聯或全詩都用偶句的情況，大部分中間二聯用偶句，而其他兩聯不對仗，這也是七律詩體的一般要求，上文所舉的大部分七律詩即如此。不過，也有一部分七律有三聯或四聯對仗。首聯即對仗、即前三聯對仗的，如《次韻成父》：「山經立壁動危情，路入懸崖作峭行。雨露正昏當晝黑，瀑泉倒瀉助波驚。萬無一理可至寇，十有九家空避兵。愧子遠來端有意，更開詩篋對燈檠」〔註111〕，《挽李子永二首》之一：「靈山山下初逢處，溧水水邊重見時。草草猶傳出山句，勤勤更枉送行詩。傳聞恍惚疑昇報，問訊淒涼自越醫。略計別離能幾日，誰知生死遂分岐」〔註112〕，兩首詩都是前三聯對仗。趙蕃七律尾聯對仗，即後三聯對仗的，如前文所引的《次韻子肅秋日感興兼懷

〔註109〕　《全宋詩》第 49 冊，第 30732 頁。
〔註110〕　《全宋詩》第 49 冊，第 30731 頁。
〔註111〕　《全宋詩》第 49 冊，第 30741 頁。
〔註112〕　《全宋詩》第 49 冊，第 30708 頁。

公擇二首》之一，再如《簡贈吳仲權鎰》：「江西名士多所識，盡道延陵有異孫。賦就早能傳學子，詩成晚更徹宗門。經過縣郭辦相覓，邂逅心期欲暫論。禁省催君詠紅藥，江湖要我擷芳蓀」〔註113〕，《送周德望之參告太學》：「鄞州清節著吾州，宜爾諸郎總好修。過我山林忘僻陋，爲君雞黍乏淹留。結交群從非一日，欲話令人翻百憂。畫舸曾同李膺載，竹林仍並阮咸遊」〔註114〕，這些詩的中間二聯與尾聯都對仗，形成全詩後三聯對仗。比較而言，前三聯對仗、也即對起的七律，比後三聯對仗、也即對結的七律，數量上多出很多。趙蕃七律也有四聯都對仗的，如《再答曾元之》：「春風吹雨雨還晴，晚日才昏昏復明。屋角乍聞烏鵲喜，林間又聽勃姑鳴。雞豚已負鄰翁社，詩酒尙欣吾輩盟。笑我難忘澹生活，因君重憶舊風情」〔註115〕，《挽李子永二首》之二：「封侯寂寞空飛將，佳句流傳自謫仙。半世作官才六考，他年垂世有千篇。篋中酬唱都無恙，天外音書不復傳。五嶺三苗底處所？千岩萬壑若何邊」〔註116〕，不過，趙蕃詩集中四聯都用偶句的七律非常少。二是趙蕃七律中間對仗的二聯，大部分對仗比較工整，茲舉數首如下：

> 路熟江郊不待尋，每來眞得慰餘心。
> 新詩自作彈丸羨，舊帖不教魚蠹侵。
> 莫歎高山與流水，難迷美玉及精金。
> 頻年浪作江湖走，從此冰溪得並吟。
>
> （《次韻李商叟見示》）〔註117〕
>
> 剝啄無嗔叩戶頻，要聽論古誦詩新。
> 百年風雅久不作，一代典刑今有人。
> 敢謂投心似膠漆，故知與世若參辰。
> 如公接物何多得，豈復畏人嫌我貧。

〔註113〕 《全宋詩》第49冊，第30710頁。
〔註114〕 《全宋詩》第49冊，第30680頁。
〔註115〕 《全宋詩》第49冊，第30689頁。
〔註116〕 《全宋詩》第49冊，第30708頁。
〔註117〕 《全宋詩》第49冊，第30744頁。

（《簽判丈以新字韻作長句見贈次韻》）〔註118〕

九州四海張安國，翰墨文章自出奇。

無復若人空閣象，忽逢難弟更名詩。

流風善政未云遠，家世斯文當屬誰。

我愧不堪門戶寄，相逢歎息在於斯。

（《送張王臣還峽州兼屬峽守郭郎中季勇二首》之一）〔註119〕

春風吹雨密還疏，門掩荒山數畝居。

換米但須居士牒，入都寧倚子公書。

安貧自足容高枕，處事時應念覆車。

所恨卜鄰非二仲，枉教三徑草頻除。

（《遠齋和示疏字韻四詩，復用韻並呈子肅》之三）〔註120〕

傳得新詩字字驚，佛廊驟識病身輕。

李邕昔已求工部，文舉今宜薦禰衡。

只道迷邦尚藍縷，試令吐氣即崢嶸。

一官不作來南限，取友得交齊魯生。

（《呈歐陽伯威》）〔註121〕

詔取咸知有定員，朋來爭欲副招延。

揚眉欲競將誰與，見敵能輕孰子先。

養志向時惟負米，薄遊今日暫求船。

男兒富貴須勤苦，笑我區區但眼前。

（《用送成父弟韻送周明甫赴補》）〔註122〕

這幾首詩，中間二聯的對仗都很工整，其中，有的是反對，如前兩首的中間二聯，以及「無復若人空閣象，忽逢難弟更名詩」、「李邕昔已求工部，文舉今宜薦禰衡」等聯，其餘的對仗均為正對。不過，趙蕃也有部分七律，如果仔細觀察中間對仗的二聯，可以發現有個別詞語

〔註118〕同上。

〔註119〕《全宋詩》第49冊，第30909頁。

〔註120〕《全宋詩》第49冊，第30746頁。

〔註121〕《全宋詩》第49冊，第30684頁。

〔註122〕《全宋詩》第49冊，第30693頁。

－281－

並不對仗，或者說只是接近寬對，如「交舊年來寖作疏，兩翁頻肯問林居。兒時已誦天台賦，老去思傳秘府書。可使鸞凰棲枳棘，未應騏驥伏鹽車。時平自是功名晚，莫歎江湖歲月除」〔註123〕、「一杯濁酒慰飄零，百首新詩見典型。笑買扁舟又西去，恨予蓬戶只深扃。向來雨合滕王閣，復道榛迷孺子亭。珍重君行煩寄語，明年訪古會重經」〔註124〕，這兩首詩頷聯中都有一個詞語並不對仗：前首中「已誦」的「已」與「思傳」的「思」，後首中「笑買」的「買」與「恨予」的「予」。從單個詞語來看，「已」對「思」，「買」對「予」，分別都是詞性不同，所以明顯不對仗。不過，瑕不掩瑜，從合成詞組的角度來看，詩人把「已誦」與「思傳」、「笑買」與「恨予」相對，是爲了詩意的完整連貫，我們也不能太過苛求詩人。正如李白《登金陵鳳凰臺》「三山半落青天外，二水中分白鷺洲」一聯中，「外」與「洲」字並不對仗，卻並未影響該詩成爲流傳久遠的名篇一樣。

可見，從工對的嚴格要求來說，趙蕃的七律很多對仗屬寬對，具體來說，又有三種規律。首先，中間二聯中，一聯工對，而另一聯寬對，如「清時擇士豈充員，大辟賢關務遠延。一日擅場稱舉子，百年匡國是儒先。爲言行役加餐飯，仍祝濤江穩放船。意愜歸來期不晚，秋風觴酒大人前」〔註125〕，「竹經載伐似微疏，濩落猶能伴我居。自分舉家長食粥，從渠厚祿絕無書。諸公漫仰蘇門隱，吾輩還羞李武車。役役眼前何所直，百年終向夢中除」〔註126〕，前一首頷聯爲工對，頸聯「加餐飯」與「穩放船」似對非對，近乎寬對；後一首頸聯接近於工對，而頷聯中「食粥」與「無書」，從詞語組合來看是寬對。其次，中間二聯偶句都是寬對。這部分七律占比並不

〔註123〕　《遠齋和示疏字韻四詩復用韻並呈子肅》之一，《全宋詩》第49冊，第30746頁。

〔註124〕　《送王汝之江西二首》之一，《全宋詩》第49冊，第30910頁。

〔註125〕　《送孝顯彥博昆仲赴補仍用前韻》，《全宋詩》第49冊，第30693頁。

〔註126〕　《遠齋和示疏字韻四詩復用韻並呈子肅》之四，《全宋詩》第49冊，第30746頁。

少，如：「舊聞良月似春時，眞有梅花如許枝。綠萼深宜翠羽宿，靜香獨許蜜蜂知。木犀莫道開能再，庭菊無嗟晚乃移。不是南方地偏暖，寵光潛已落天涯」〔註127〕、「柳黃初作一夜秋，詩瘦寧消萬古愁？客子豈無衣褐念，飛鴻猶作稻粱謀。早須微祿非因酒，晚願全生但守丘。望爾不來來且去，江頭吾已具歸舟」〔註128〕，前首頷聯中「綠萼」與「靜香」，「翠羽」與「蜜蜂」，頸聯中「開能再」與「晚乃移」；後首頷聯中「客子」與「飛鴻」，頸聯中「因酒」對「守丘」，都是寬對。再次，中間二聯中，有一部分詞語對仗，另一部分詞語不對仗，近乎似對非對。如《初見梅懷玉山友弟》：「江路野梅初折來，班班已有數花開。細看渾覺風神在，且老空驚鬢髮摧。我所思兮千萬里，知其趣爾五三杯。半年未有音書至，未過衡陽鴈已回」〔註129〕；《袁州北崇勝寺二首》之二：「故人貽我壁間詩，何處飄零負此期。蹭蹬我今慚薄宦，飛騰君合趁明時。雖然不用逢人說，老矣何庸覓世知。借問還家底爲計，兒能樵木婦能炊」〔註130〕，前首中間二聯中，「細看」與「且老」，「在」與「摧」，「我所思」與「知其趣」不對仗，其餘對應的詞語對仗；後首中間二聯中，「今」與「合」，「雖然」與「老矣」不對仗，其餘對應的詞語均對仗。

綜上所述，趙蕃七律中間二聯，大部分爲對仗工整的工對，少部分爲寬對或近乎似對非對，可見趙蕃作詩主要出於詩歌表情達意順暢準確的需要，並沒有拘泥於對仗的精工而刻意割裂詩句的完整，換句話說，他對杜甫七律和江西詩派追求對仗精工的藝術追求，並沒有全盤繼承，相反，卻能從詩歌創作的實際出發結構詩歌，更多地從風神自然的唐詩中汲取營養，體現了他對杜詩與江西詩派詩學思想的悖離，從而創造了自己蕭散暢達的律詩風格。

〔註127〕 《九月十六日文興折贈綠萼梅數枝，花多而甚香，非尋常梅花比也》，《全宋詩》第49冊，第30725頁。
〔註128〕 《懷成父》之一，《全宋詩》第49冊，第30907頁。
〔註129〕 《全宋詩》第49冊，第30708頁。
〔註130〕 《全宋詩》第49冊，第30697頁。

第三節　絕　句

趙蕃絕句的題材內容比較豐富，而且組詩很多，七絕組詩尤其多。少部分五、七言絕句承繼了唐人絕句常體含蓄委婉、蘊藉空靈的傳統，刻畫至微，含蓄雋永；大部分絕句，結體多呈直下之勢，體現了宋詩重理趣的氣格美。

對仗上，五絕經常用對仗的偶句，其大部分五絕，至少有一個對句對仗，甚至兩個對句都用對仗，而七絕很少用偶句，大多屬七絕古體。

句法上，五絕和七絕都大量使用流水句，五絕還常用問句。部分七絕轉折的變化、實虛的結合藝術很高。

一、內容豐富的五言絕句

趙蕃的五言絕句，雖然數量只有 174 首，但是題材內容很豐富，主要有感懷詩、題詠詩、山水詩、田園詩、酬贈詩、詠物詩和行役詩等七個方面。其中，感懷詩、題詠詩、山水詩和詠物詩數量相對較多，感懷詩如《口占三首》、《重午日摘枇杷薦酒因成兩絕句》、《閨怨四首》、《聞蛙》、《晚對》、《仲春雜書二首》、《晚書二首》、《北風》、《日入》、《九日》、《立春日小飲》、《寄審知》和《贈筆工》等，題詠詩如《鐵笛亭》、《仁智堂》、《登亦好亭》、《題釣雪圖》、《賦劉子澄墨莊》、《靜春堂》、《愛山堂》、《題劉叔驥所畫竹》、《悠然亭》和《觀吳興俞君新之作畫於瑞竹俞君索詩漫興四絕句》等，詠物詩如《花屏》、《落葉》、《種菊》、《籬落間見凌霄偶書》、《金鳳花》和《老梅》等，山水詩如《洞庭秋月》、《平沙落鴈》、《七盤嶺》等，行役詩如《到江口寺》、《宿竹瓦鋪二首》和《長田鋪二首》等，酬贈詩如《送筍與胡仲威》和《簡周允升三首》等。

趙蕃的五言絕句也有不少組詩，每組兩首、三首或四首的較多，這從上文所舉詩題就可以看出，再如《微雨三首》、《題釣雪圖》（四首）等。還有的五絕組詩，每組詩歌數量較多，同時也往往包

含若干方面的題材，如《途中雜題六首》，其一、四、五、六近於行役詩，其二、其三是山水詩；《田家即事八首》則包括了山水詩和行役詩各一首，其餘都是包含了山水描寫和田園風光的山水田園詩。再如《用「一代不數人，百年能幾見」爲韻，詩賦十章呈陳君舉》，從題目來看屬酬贈詩，但是從其中十首詩歌的題材內容來看，有一半是感懷詩。趙蕃五絕組詩中詩歌數量最多的是《以坡公「君如大江日千里，我如此水千山底」爲韻作小詩十四首重送在伯，蓋深有感於斯句云》，有十四首詩，從題材內容來看，也只有三、四首是酬贈詩，其餘都是抒寫個人際遇、情懷的感懷詩。上述組詩，詩歌順序的安排也有一定的次序，有的還近乎連珠體，如《呈宜之兄八首》是趙蕃寫給表兄沈宜之的酬贈詩，其一回憶往昔「兄昔守清江，弟亦官白下」的交遊，其二寫別後書信交流情況、傾訴相思之情，其三寫「兄今得太末，去弟不數驛。弟官蠻夷中，何啻限南北」﹝註131﹞彼此相隔的現實，其四寫「回舟德清縣，期以一會面」的旅途艱辛，其五寫「雪抵東野縣」後「坐定取談兄，示以咫尺書」的見面情形。接下來，詩人連續用頂針手法勾連詩歌，其六云：「書中道何似，詩有林霏寄。怪其句律工，定自工夫至」，「書」字與上一首末尾的「咫尺書」頂針，接下來的兩首絕句，沿續其六三、四句「句律工」等對詩歌的評論，分別評價自己和沈宜之的詩歌，使用了邏輯意義上的勾連，可見這組詩歌先後順序的排列，具有非常清晰的邏輯關係。

　　風格上，趙蕃的五言絕句，有的含情於景、含蓄蘊藉，可以說屬於五絕的常體或常調。但是，趙蕃的很多五絕不求含蓄，抒發情感較爲直露，不少五絕甚至直接議論，意蘊發露；章法上的起承轉合也不大明顯，多呈直下之勢。因此，趙蕃的五言絕句，大部分是五絕的變體。首先，看看趙蕃五絕的常體，主要是一些寫景的山水詩，如《漁村落照》：「落日千山赤，平林一帶青。翁方賣魚去，孤

﹝註131﹞《全宋詩》第49冊，第30751頁，下同。

橇自橫汀」〔註132〕,《方池》:「藻荇參遮面,菰蒲聳立隅。飛來雙
野鴨,幾幅畫成圖」〔註133〕,構思巧妙,詩中有畫;又如《揚步》:
「竟日人行絕,惟聞鳥語多。忽逢樵婦斧,更聽牧兒歌」〔註134〕,
不但有聲有色,而且空靈婉轉;再如《重午日摘枇杷薦酒因成兩絕
句》:「已載相如賦,還披杜老詩。團團自長葉,佳實欠累累」、「蜀
酒能祛慮,昌陽解引年。楚君爲楚節,湘客念湘船」〔註135〕,描
寫細膩,情思雋永,音韻婉轉,頗有中唐五絕淺切自然、情韻悠揚
的特質。其《田家即事八首》的前四首,可以說是其五絕常體的典
型:

> 水泛將晴霧,山行欲雨雲。
> 鷗翻隨渚見,雞近隔林聞。(《田家即事八首》之一)
> 十載溪山夢,一川桃李花。
> 春深猶是客,幾日定還家。(《田家即事八首》之二)
> 社鼓村村急,春流岸岸高。
> 雙分待魚鷺,紅認隔溪桃。(《田家即事八首》之三)
> 波靜童閒笛,舟橫翁賣魚。
> 村村皆樂業,處處盡安居。(《田家即事八首》之四)〔註136〕

這些山水、田園或行役題材的五絕,刻畫精緻生動,情韻優美舒曠,
頗有中唐詩歌淺切自然的風格,這種風格情調的五絕,在趙蕃詩中還
有不少,如《洞庭秋月》、《落葉》、《幽蘭坡》、《次韻審知寄贈》、《寄
懷》和《途中雜題六首》等。

其次,看看五絕的變體。趙蕃的大部分五絕,在寫景、狀物或敘
事的同時,常常感發志意,或者直接議論,繼承了晚唐詩歌意蘊發露
的特點,顯示了宋詩議論風生、追求理趣與氣格的審美傾向。如:

〔註132〕《全宋詩》第49冊,第30405頁。
〔註133〕《全宋詩》第49冊,第30753頁。
〔註134〕《全宋詩》第49冊,第30921頁。
〔註135〕《全宋詩》第49冊,第30748頁。
〔註136〕《全宋詩》第49冊,第30760頁。

今日青春立，今年白髮多。

酒杯欺我老，梅朵奈渠何？（《立春日小飲》）〔註137〕

驚蟄已數日，聞蛙初此時。

能知喜風月，不必問官私。（《聞蛙》）〔註138〕

亭能招南山，徑亦栽黃菊。

我乃願師陶，過公期託宿。（《悠然亭》）〔註139〕

既知梧留鳳，寧令鳳在笯？

胡爲五色羽，散作一庭花？（《金鳳花》）〔註140〕

食肉既無相，良工徒苦心。

吁嗟君類我，何處覓知音？（《贈筆工》）〔註141〕

與此相應，趙蕃的很多組詩也顯示了宋詩主氣重意的特質，如《微雨三首》：「雨絲情脈脈，雨點淚浪浪。無處堪回首，如何不斷腸」、「大雨若盆傾，小雨如絲亂。盆覆幾時收？絲長何日斷」、「雲深不見山，雨密還遮樹。相見說相思，相思說何處」〔註142〕，都是一、二句寫景，三、四句直抒胸臆。其他組詩，如《以坡公「君如大江日千里，我如此水千山底」爲韻作小詩十四首重送在伯，蓋深有感於斯句云》和《用「一代不數人，百年能幾見」爲韻，詩賦十章呈陳君舉》，其中的大部分，沿用先寫景後抒情的模式；而《觀吳興俞君新之作畫於瑞竹，俞君索詩，漫興四絕句》，則主要以敘議結合，或直接議論爲主。趙蕃的少數五絕，甚至主要抒寫對理學思想的體悟，如題詠詩《賦劉子澄墨莊》和《靜春堂》等，顯示了趙蕃個人的意態與趣尙。

結構上，與上述主情重意的特點相應，趙蕃的很多五絕，章法的起承轉合交代不明顯，多直下，如上文所引《呈宜之兄八首》中

〔註137〕《全宋詩》第 49 冊，第 30758 頁。

〔註138〕《全宋詩》第 49 冊，第 30755 頁。

〔註139〕同上頁。

〔註140〕《全宋詩》第 49 冊，第 30759 頁。

〔註141〕同上頁。

〔註142〕《全宋詩》第 49 冊，第 30757 頁。

的大部分絕句，起承轉合多呈直下之勢。再如《雪中三憶三首》：「憶我山中竹，長身立崖谷。勢重且搶頭，誰歟搖蔌蔌」、「憶我園中菜，栽遲科未敷。哀哉被摧壓，端亦似人癯」、「憶我簷間梅，臘開餘未破。未破想深扃，已開應槁墮」〔註143〕，都以豐富的想像為線索，分別抒寫多天家鄉房舍內外竹、菜、梅三種植物的情狀，並寄託相思之情，筆致平直；而《簡周允升三首》其一和其三：「相逢亡恙外，第一問書堂。為說當年樹，如人出屋長」、「君為鄉校長，我政旅人居。借屋元相近，相過莫放疏」〔註144〕，則以敘述為主，筆致平鋪直下。以議論為主的五絕，也經常用此結體，如「作畫與作詩，妙處元同科。苟無自得處，當復奈渠何」〔註145〕、「生兒思稱家，人孰不欲可。門戶冷如冰，其尤莫如我」〔註146〕、「明經取青紫，此諺亦已鄙。至哉師初錄，棄彼當在此」〔註147〕，兩首詩都以議論為主、抒情為輔，抒寫詩人鄙棄功名的情懷，章法如散文敘述一般平直。

　　對仗上，與趙蕃七絕很少用對仗句相反，其五絕經常用偶句，而其中的大部分，至少有一個對句對仗，甚至兩個對句都用對仗。只有一部分五絕，兩個對句都不用對仗。如前文所述《田家即事八首》其二和其三，都以對仗句起，再如《題釣雪圖》其一：「空濛天外林，璀璨岸頭石。何許放舟回，寂然方自得」，其二：「沙鷗故飛飛，湖鴈更歷歷。顧我亦忘機，相看同一適」〔註148〕，也都以對

〔註143〕　《全宋詩》第49冊，第30756頁。
〔註144〕　《全宋詩》第49冊，第30749頁。
〔註145〕　《觀吳興俞君新之作畫於瑞竹，俞君索詩，漫興四絕句》之三，《全宋詩》第49冊，第30750頁。
〔註146〕　《以坡公「君如大江日千里，我如此水千山底」為韻作小詩十四首重送在伯，蓋深有感於斯句云》之八，《全宋詩》第49冊，第30405頁。
〔註147〕　《以坡公「君如大江日千里，我如此水千山底」為韻作小詩十四首重送在伯，蓋深有感於斯句云》之十，同上頁。
〔註148〕　《全宋詩》第49冊，第30406頁。

仗句起；而「鴈鴈呼其群，飲宿不相放。春至且北歸，秋來復南向」
〔註149〕，「何氏之從學，源流遠有餘。窮經類元凱，能賦似相如」
〔註150〕，都是以對仗句結。尤其值得注意的是，一、二句與三、
四句都對仗的五絕也很多，如：

> 要作山中宿，悵無林下期。
>
> 摩抄魯公字，咀嚼豫章詩。（《雨遊青原山二首》之二）〔註151〕
>
> 野驛人稀到，空庭草自生。
>
> 霜清殊未覺，雨細更含晴。（《長田鋪二首》之一）〔註152〕
>
> 晚入東西路，秋風長短亭。
>
> 悲歌渾欲絕，衰淚不勝零。（《長田鋪二首》之二）〔註153〕
>
> 近岫披晴霧，遙山縱雨雲。
>
> 皚皚疑雪積，莽莽若江分。（《澗鋪嶺道中四首》之一）〔註154〕
>
> 欲雨雨似止，為霜霜不成。
>
> 山雲解衣帶，曉日掛銅鉦。（《早題》）〔註155〕
>
> 遠近分濃淡，陰晴異蔽虧。
>
> 不知山路險，卻幸馬行遲。（《七盤嶺》）〔註156〕

這些五絕，都是全詩對仗，而且大多是工對。此外，還有一部分五
絕，本來可以寫成全詩對仗，但是詩人卻沒有這樣做，如《仲春雜
書二首》之一：「社公能作雨，社子復成晴。日薄風仍薄，花明柳
亦明」〔註157〕，三、四句對仗，但是一、二句開頭的「社」字重

〔註149〕　《全宋詩》第 49 冊，第 30759 頁。
〔註150〕　《以坡公「君如大江日千里，我如此水千山底」為韻作小詩十四首
　　　　　重送在伯，蓋深有感於斯句云》之二，《全宋詩》第 49 冊，第 30405
　　　　　頁。
〔註151〕　《全宋詩》第 49 冊，第 30750 頁。
〔註152〕　《全宋詩》第 49 冊，第 30756 頁。
〔註153〕　同上。
〔註154〕　《全宋詩》第 49 冊，第 30748 頁。
〔註155〕　同上頁。
〔註156〕　同上頁。
〔註157〕　《全宋詩》第 49 冊，第 30752 頁。

複，造成不對仗。這樣的詩歌，在趙蕃詩中並不少見。隔句對又稱
扇對，趙蕃的少數五絕，採用了扇對的形式，如「往記嚴陵岸，喬
林掛亂絲。還思溧陽路，小艇觸輕漸」〔註158〕，一、三句與二、
四句分別對仗，形成隔句對。

　　句法上，趙蕃的五絕有兩個顯著的特點，一是大量使用流水
句，二是多問句。首先，趙蕃的五絕，以常態的一句言一事的句子
為主，但是很多五絕使用流水句。流水句又稱十字句，即對句中詩
意一貫而下，十字言一事。趙蕃五絕，有的以流水句起，有的以流
水句結，還有的既以流水句起，又以流水句結，如其組詩《以坡公
「君如大江日千里，我如此水千山底」為韻作小詩十四首重送在
伯，蓋深有感於斯句云》和《用「一代不數人，百年能幾見」為韻
詩賦十章呈陳君舉》，表達方式上以敘述或敘議結合為主，章法多
直下，因此，句法也以流水句為主。如前者其二：「何氏之從學，
源流遠有餘。窮經類元凱，能賦似相如」〔註159〕，其三：「梗枏霜
雪餘，用之可以大。蓬蒿束縛之，世亦安取代」，以及其十、十一、
十二、十三，都以流水句起；其六：「今日東陽郡，城南尺五天。
胡為五溪行，道里踰幾千」，其七：「重湖岳陽樓，五柳淵明里。定
復有佳人，與之同徙倚」，都以流水句結；其一：「落此麗麗野，宜
從麋鹿群。何知交友內，而乃得夫君」，其八：「生兒思稱家，人孰
不欲可。門戶冷如冰，其尤莫如我」，以及其九，都是既以流水句
起，又以流水句結。流水句的大量使用，與五絕篇幅短小精錬的體
性有關，既集中於一人、一事或一個片斷的描述，又形成全詩流暢
貫通的氣韻。其次，趙蕃的五絕三、四句多用問句，有時用設問句，
有時用反問句，有時連用兩個反問句，如「韓悲沮洳居，賈歎尋常
瀆。何似老莊周？逍遙一篇足」〔註160〕、「嘗評節物佳，無出九日

〔註158〕　《連雪不已，復作絕句詠之，及六而止。殆未免不愁凍殺之誚也》
　　　　　之五，同上頁。
〔註159〕　《全宋詩》第49冊，第30405頁，下同。
〔註160〕　《濠樂》，《全宋詩》第49冊，第30755頁。

上。豈獨爲黃花？端由有元亮」〔註161〕，都用設問句；「食肉既無相，良工徒苦心。吁嗟君類我，何處覓知音」〔註162〕、「下壑疑無地，高崖恐接天。端殊益州馭，敢盡祖生鞭」〔註163〕，最後一句都以反問句收束；「大雨若盆傾，小雨如絲亂。盆覆幾時收？絲長何日斷」〔註164〕、「淩霄何自名，緣木與俱生。底事因蓬附？故爲亦蔓榮」〔註165〕，三、四句分別連續用兩個反問句。趙蕃五絕經常使用問句，也與五絕的體性有關，既強化了三、四句章法上婉曲變化的效果，又營造了含蓄雋永的情感內涵。

　　字法上，趙蕃的五絕大量使用重疊詞、雙聲詞和疊韻詞，其中，重疊詞的使用非常廣泛，有的一首詩只用一個重疊詞，如「殷勤語舟子，舉棹莫匆匆」〔註166〕、「鴈鴈呼其群，飲宿不相放」〔註167〕，更常見的是一首詩中連續兩句都使用重疊詞，如前文所引《田家即事八首》之三、之四，《澗鋪嶺道中四首》之一和《早題》等詩，再如「長江停袞袞，去鳥失冥冥」〔註178〕、「溪頭柳依依，溪畔草離離」〔註169〕、「雨絲情脈脈，雨點淚浪浪」〔註170〕等句，詩歌恰當地使用疊詞，可以起到「以少總多，情貌無遺」（劉勰《文心雕龍・物色》）的效果，趙蕃五絕中的重疊詞，大部分使用恰當，生動形象地傳達了物貌人情。趙蕃的五絕也常用雙聲詞和疊韻詞，如「何處黃鸝語？玲瓏芳樹間」〔註171〕、「崎嶇千萬山，踏破青鞋底」

〔註161〕　《九日》，《全宋詩》第 49 冊，第 30754 頁。
〔註162〕　《贈筆工》，《全宋詩》第 49 冊，第 30759 頁。
〔註163〕　《途中雜題六首》之四，《全宋詩》第 49 冊，第 30758 頁。
〔註164〕　《微雨三首》之二，《全宋詩》第 49 冊，第 30757 頁。
〔註165〕　《籬落間見淩霄偶書》，《全宋詩》第 49 冊，第 30759 頁。
〔註166〕　《口占三首》之一，同上頁。
〔註167〕　《口占三首》之二，同上頁。
〔註178〕　《連雪不已，復作絕句詠之及六而止。殆未免不愁凍殺之誚也》之二，《全宋詩》第 49 冊，第 30752 頁。
〔註169〕　《口占三首》之三，《全宋詩》第 49 冊，第 30759 頁。
〔註170〕　《微雨三首》之一，《全宋詩》第 49 冊，第 30757 頁。
〔註171〕　《晚書二首》，《全宋詩》第 49 冊，第 30753 頁。

〔註 172〕中的「玲瓏」和「崎嶇」都是雙聲詞，而「槎牙勿多棄，聊用敵崔嵬」〔註173〕、「梗枏霜雪餘，用之可以大」〔註174〕中的「槎牙」、「崔嵬」和「梗枏」都是疊韻詞。趙蕃五絕中重疊詞、雙聲詞和疊韻詞的使用，既強化了詩歌的內涵與抒情的效果，又增加了詩歌和諧流暢的韻律美。

　　技法上，趙蕃的部分五絕，多用頂針的修辭手法勾連意象或詩句。頂針修辭手法在趙蕃五絕中出現的位置，具體有三種情況，有的用在一、二句之間，有的用在三、四句之間，也有的用在第二句與第三句之間，如「煩君索我詩，我詩老不支。因君為作氣，竟亦不能奇」〔註175〕，「人言會合難，會合端有數。公不絕橘洲，我政長沙住」〔註176〕，兩首詩的一、二句之間分別以「我詩」和「會合」頂針勾連；而「雲深不見山，雨密還遮樹。相見說相思，相思說何處」〔註177〕，「覆之茅三重，樹以不加斫。野息若規模，規模如是作」〔註178〕，兩首詩的三、四句之間，分別以「相思」和「規模」頂針勾連。再如組詩《閨怨四首》其一：「辭少不盡意，辭多還盡紙。紙盡意無窮，相思似流水」〔註179〕，其三：「擬憑魂夢尋，苦恨山川遠。山川遠不愁，風吹夢魂斷」，都用了頂針法，前首以

〔註172〕《以坡公「君如大江日千里，我如此水千山底」為韻作小詩十四首重送在伯，蓋深有感於斯句云》之十四，《全宋詩》第 49 冊，第 30405 頁。

〔註173〕《送筍與胡仲威》，《全宋詩》第 49 冊，第 30750 頁。

〔註174〕《以坡公「君如大江日千里，我如此水千山底」為韻作小詩十四首重送在伯，蓋深有感於斯句云》之三，《全宋詩》第 49 冊，第 30405 頁。

〔註175〕《觀吳興俞君新之作畫於瑞竹，俞君索詩，漫與四絕句》之四，《全宋詩》第 49 冊，第 30750 頁。

〔註176〕《用「一代不數人，百年能幾見」為韻，詩賦十章呈陳君舉》之二，《全宋詩》第 49 冊，第 30759 頁。

〔註177〕《微雨三首》之三，《全宋詩》第 49 冊，第 30757 頁。

〔註178〕《野息》，《全宋詩》第 49 冊，第 30754 頁。

〔註179〕《全宋詩》第 49 冊，第 30752 頁，下同。

「紙」字頂針，後首以「山川遠」三個字頂針，都是在第二句與第三句之間，這也是絕句章法轉換的關鍵位置，從而有效地把全詩連成一體，氣韻貫通。

二、議論風生的七言絕句

趙蕃的七言絕句共有 1111 首，數量上僅次於五言律詩，題材內容上主要有感懷詩、酬贈詩，以及羈旅中抒寫感受的行役詩或描摹山水風光的山水詩等。

從規模形式來看，趙蕃的七言絕句組詩很多，主要原因可能是由於絕句篇幅短小，含蘊有限，但是要表達的內容很豐富，於是經常採用組詩的形式增加抒寫的含量，當然，也有趙蕃本人的習慣偏好等因素所致。對趙蕃七言絕句組詩的情況統計如下表：

每組數量 （單位:首）	2	3	4	5	6	7	8	10	11	19	20	40	42
組詩數量 （單位:組）	123	48	30	14	13	6	2	3	2	1	1	1	1
詩歌數量 （單位:首）	246	144	120	70	78	42	16	30	22	19	20	40	42
合　計 （單位:首）	889												

從上表可見，趙蕃的七言絕句組詩兩首一組的最多，有 123 組共計 246 首，其次是三首一組的有 48 組合計 144 首、四首一組的有 30 組合計 120 首，再次是五首一組的有 14 組合計 70 首、六首一組的 13 組合計 78 首，共計 120 首。

從上表還可看出，趙蕃七言絕句的組詩有 889 首，占七言絕句總數（1111 首）的百分之八十一，其中每組兩首的最多，其次是每組三首與四首的。從組詩中詩歌的具體規模來看，不但有每組兩首到十首規模的組詩，也有十首以上的大規模的組詩，甚至有的達到每組四十

（或四十二）首的超大規模，這在宋代七言絕句組詩中並不多見。這些大規模或超大規模的組詩，有的是感懷之作，如《漫興十一首》、《春日雜言十一首》和《寄懷二十首》，有的是趙蕃在羈旅中抒寫行役感受或描摹山水田園風光時創作的，如《自安仁至豫章途中雜興十九首》、《八月八日發潭州後得絕句四十首》和《自桃川至辰州絕句四十有二》。

宋詩的特點之一是以散文入詩，趙蕃的詩歌也不例外，其七言絕句也常常以文入詩，或敘事，或寫景，或議論，或抒情。這些七絕詩歌，抒發情感較為直露，不求含蓄；章法上起承轉合不大明顯，多直下，體現了宋詩重理趣的氣格美。其中，議論的特點尤其鮮明，常見的是把敘事與議論結合，或者寫景與議論結合，如《寄潘恭叔曾幼度三首》之三：「天將絕境付奇才，萬里飄零莫自哀。不爾如何吾幼度？鬱孤臺又粵王臺」〔註180〕，在一、二句宏闊的議論與婉轉的抒情後，又以「鬱孤臺到粵王臺」這句散文化的語言，抒寫曾豐（字幼度）從江西到嶺南的仕宦歷程；而《聞禽》中「天公端以鳥鳴春，百族喧喧曉更頻」〔註181〕，則直接引用韓愈《送孟東野序》中以鳥鳴春的文句入詩。

趙蕃七絕議論普遍，尤其是他的酬贈類七絕，經常以大量的議論，或揄揚他人的高尚風節，或感歎友人不幸的境遇。他送別友人曾季永說：「西昌閥閱推曾氏，夫子家居仍舊溪。我政結亭臨水際，君行誰與共攀躋」〔註182〕；他品評唐德輿的家世並聯繫到國事說：「憶昔中原全盛日，猶推巴蜀多人物。況今王氣在東南，北望中原渺蕭瑟」〔註183〕；他慨歎友人劉彎的不遇於時說：「舊來人物數諸

〔註180〕 《全宋詩》第 49 冊，第 30836 頁。
〔註181〕 《全宋詩》第 49 冊，第 30790 頁。
〔註182〕 《送曾季永赴道州永明尉三首》之一，《全宋詩》第 49 冊，第 30769 頁。
〔註183〕 《贈唐德輿通判》，《全宋詩》第 49 冊，第 30516 頁。

劉，公更詩名蓋幾州。新貴只今多故舊，先生寧久滯瓜丘」〔註184〕，這些議論具有一定的氣勢，語言真摯動人。

　　趙蕃詠物的七絕也常以議論抒懷，如《玉聚》云：「介然誰主復誰賓，風月婆娑卻自親。留得清名傳野史，未妨白眼向時人」〔註185〕，以議論抒寫胸臆；《從禮載酒要余及明叔遊合普六首》之一云：「此君佳處是長身，靜繞吟行要日親。何事當前遽安障，未能忘俗遂忘真」〔註186〕，讚揚竹子的高尚節操。此外，趙蕃的一些七絕組詩也議論風生，如《徐君季純常德教授廨中名一室曰「如舟」，取東坡爲宛丘詩而云也，過之欲爲賦詩，意到輒書，故不免雜出。君居龍遊，故有盈川之句。詩臞云者，蓋初未識而爲簿公曾元之所言也，凡五首》云：

　　　　知君雅趣在滄州，遊戲名齋亦以舟。
　　　　舊識盈川川上路，幾時乘月下嚴州？
　　　　我本江湖一釣竿，直鉤不幸得魚難。
　　　　雖然尚有扁舟念，一到君齋作是觀。
　　　　莫嫌學舍小如舟，容得平南酒拍浮。
　　　　試問夢爲蝴蝶去，何如萬里沒輕鷗？
　　　　欲爲如舟一賦詩，如舟無楫更無維。
　　　　泛乎不繫知何處，當有長風破浪時。
　　　　滿面風埃霜鬢須，何如相識謂詩臞。
　　　　君行學省得佳士，我乃煙波稱釣徒。〔註187〕

這組詩議論頻繁，氣韻貫通，有如一篇篇押韻的議論短文。

　　章法上，趙蕃的七絕大多屬於變體，主氣重意，表現了詩人的

〔註184〕　《寄劉凝遠巒四首》之一，《全宋詩》第49冊，第30836頁。
〔註185〕　《玉聚》，《全宋詩》第49冊，第30823頁。
〔註186〕　《從禮載酒，要余及明叔遊合普六首》之一，《全宋詩》第49冊，第30821頁。按，該詩後趙蕃有注釋云：「寺有竹當軒，僧築牆以裁之」，交代了寫作的緣起。
〔註187〕　《全宋詩》第49冊，第30824頁。

思想與意態，所以章法的起承轉合交代不明顯，多呈現直下之勢，如《呈折子明丈十首》之三：「故家人物幾沉淪，公獨風流似昔人。不但金聲吐佳句，尚餘玉立聳長身」〔註188〕；《寄劉凝遠巒四首》之四：「一生已分阻長饞，輕薄羞隨造化兒。遠寄微言作君壽，無鹽何敢突西施」〔註189〕；其組詩《投王饒州日勤四首》也典型地反映了這一特點：

> 福星誰遣出虛危，帝念鄱人困數饑。
> 試問公來若為政，皆言吏瘠與民肥。

> 我行三日鄱陽路，每向居民說歲年。
> 蕎麥吐花勝宿麥，山田小旱熟湖田。

> 為政懸知如治疾，豈求湯砭一時功。
> 但令贍養無遺策，膚革充盈由本豐。

> 使君本是經邦手，聊為疲民滯一方。
> 直道正聲誰可擬？百年文正故堂堂。〔註190〕

組詩中第二首寫景兼敘事，其他三首都以議論為主。議論時先闡述總體觀點，然後述及王饒州的個體情況，三、四句都用流水句，也即從總體到局部，除此以外，結構上沒有明顯的起承轉合變化，這四首詩都呈現直下之勢，是典型的宋調。從總體到局部，是趙蕃七絕經常採用的結構方式，如《途中閱曾運使所況〈文清集〉，得四絕句寄之》之一：「玉山冰水是吾家，城郭屢過三姓茶。滿庭修綠誰人種，高節歲寒仍有加」〔註191〕，描寫的順序是從玉山到城郭、再到庭院，層次井然；再如《過湖得便風舟甚駛》：「鳥飛不盡水黏天，隱隱青山若個邊。六幅蒲帆去如箭，江神有意特相憐」〔註192〕，從天水相接的天際到青山，再到眼前疾速行駛的船帆，由遠及近，由大到小，層層鋪敘，次序分明。

〔註188〕 《全宋詩》第 49 冊，第 30767 頁。
〔註189〕 《全宋詩》第 49 冊，第 30836 頁。
〔註190〕 《全宋詩》第 49 冊，第 30769 頁。
〔註191〕 《全宋詩》第 49 冊，第 30771 頁。
〔註192〕 《全宋詩》第 49 冊，第 30809 頁。

　　在敘事（或寫景）與議論結合的絕句中，趙蕃在敘事（或寫景）與議論的順序上有一定的變化，有時先敘事後議論，如「去年犯雪到西湖，眼見梅花玉立孤。今歲定無牢落歎，君詩清絕似林逋」〔註193〕、「少陵衣缽在涪翁，傳述東萊得正宗。聞道曾經親授記，不求印可誰更從」〔註194〕；有時熔寫景、敘事、抒情與議論於一爐：「朝來霰雪遽如許，忍凍髯曾應屢哦。急送餅芽並致炭，助君灰裏撥陰何」〔註195〕、「三日舟行風打頭，春愁那更值羈愁。一年誰似清明節，忍向天涯除破休」〔註196〕。先寫景後議論的方式，也是趙蕃七絕經常採用的方式，尤其是其行役中寫作的七絕體山水詩，往往以山水描寫加行役感受的方式結構全詩，如：

> 涉水穿雲殊好在，自知元是個中人。
>
> 何時粗畢尚平志，衡嶽匡廬收此身。
>
> 　（《松原山行七絕》之六）〔註197〕
>
> 莫道松原路不通，擔肩樵斧往來同。
>
> 老夫自是山中友，要涉崎嶇盡日中。
>
> 　（《松原山行七絕》之二）〔註198〕
>
> 鳥噪猿號古樹叢，亂青參倚更撐空。
>
> 悠然到處皆詩本，須信山行不負公。
>
> 　（《松原山行七絕》之三）〔註199〕
>
> 水勢才收一丈餘，曉來雷雨又何如？
>
> 天民天郵應堪恃，我自多憂雪滿梳。
>
> 　（《自桃川至辰州絕句四十有二》之八）〔註200〕

〔註193〕　《寄文叔且問畏知近訊五首》之四，《全宋詩》第 49 冊，第 30835 頁。
〔註194〕　《寄劉凝遠巒四首》之三，《全宋詩》第 49 冊，第 30836 頁。
〔註195〕　《帖耆英》，《全宋詩》第 49 冊，第 30774 頁。
〔註196〕　《舟中清明》，《全宋詩》第 49 冊，第 30408 頁。
〔註197〕　《全宋詩》第 49 冊，第 30810 頁。
〔註198〕　同上。
〔註199〕　同上。
〔註200〕　《全宋詩》第 49 冊，第 30931 頁。

望極千山不見村，忽逢三兩僅崖根。

幾年生聚才如此，信是荒寒不足論。

（《自桃川至辰州絕句四十有二》之二十）〔註201〕

這些融寫景、議論與抒情於一體的七絕，總體上呈現直下的特點。但是在寫景與議論的細微處，還是有一些特色，如「雨來山色暗成愁，雨後波光翠欲浮。山色水光元自好，宦情羈思苦悠悠」〔註202〕，同樣是先寫景然後議論，但是第三句「山色水光元自好」的描寫，是對前兩句「山色暗成愁」和「波光翠欲浮」兩句的概括，在內涵上由分到合、從局部到整體。同樣，「江漲皆云牽路漫，又云江漲苦無灘。割晴耕雨難均得，造物於茲良亦難」〔註203〕，第三句「割晴耕雨難均得」的議論，也是對前兩句的概括，由分寫到合寫。

　　唐人七絕常體大多含蓄雋永、空靈蘊藉，趙蕃部分七絕承繼了唐人七絕的傳統，刻畫至微，以小見大，含蓄雋永，如《重過東湖二首》之一：「憶昨追涼孺子亭，再來荷柳競凋零。試當止水憑欄看，我亦疏髯白數莖」〔註204〕，該詩蘊含兩層深意，首先是上次到孺子亭是為了乘涼，時值盛夏，而今再至荷柳凋零，說明已到深秋，含蘊詩人對節候變換的心境與時光流逝的感慨；繼而憑欄觀攬，又見水中自己髯疏鬢白，又生出歎老之悲。詩歌切合絕句小中見大的體裁特點，凝聚於登臨觀攬這一視角，採用白描的手法，刻畫細膩，情思婉曲，由景及人，帶有淡淡的哀愁；再如酬贈詩《與成父自信同舟到饒分路而別，以詩送之三首》之二：「我自飄零更汝憂，賤貧骨肉不相收。馬家堤上休停騎，愁有居民說故侯」〔註205〕。元代楊載《詩法家數》云：「絕句之法，要宛曲迴環，刪蕪就簡，句絕而意不絕，多以第三

〔註201〕同上。

〔註202〕《自桃川至辰州絕句四十有二》之三十一，同上頁。

〔註203〕《自桃川至辰州絕句四十有二》之三十八，同上頁。

〔註204〕《全宋詩》第 49 冊，第 30822 頁。

〔註205〕《全宋詩》第 49 冊，第 30808 頁。按，該詩後趙蕃注釋云：「堤在無爲。無爲，先君舊治也。」

句爲主，而第四句發之」〔註206〕，該詩一、二句抒寫個人窮愁不遇、世風日下、手足情深等慨歎，三、四句更進一層，深情抒發了詩人對已故父親的思念之情，句意深婉；《次韻見可書示二絕並以送行》之二：「詩材畫筆本同姿，造物嗔人可怨譏。行橐君無歎懸磬，褐衣我亦欠絢絲」，三、四句從友人室如懸磬，聯想到自己空無所有，感慨尤深，繼而反溯至友人以至全詩主題，迴環往復，順逆相應，強化了抒情的感染力。其《還家二絕》之一：「小出端如遠客歸，僕迎兒候犬循衣。家人不問城中事，但道雨多蔬茹肥」〔註207〕，首句中「小出」與「遠客」的矛盾，揭示了家人對自己的無限關心，三、四句寫家人不問詩人城裏的事情，而是急著告訴親人蔬茹已肥，這一矛盾張力，進一步顯示家人的淳樸善良與血濃於水的親情。全詩融情入景，意在言外，頗有唐人七絕寓情於景的風格特徵。

　　楊載的《詩法家數》還認爲絕句「婉轉變化工夫，全在第三句，若於此轉變得好，則第四句如順流之舟矣。」〔註208〕趙蕃部分七絕呈現含蓄委婉的特點，是與他對唐人七絕婉轉變化藝術的體悟密切關係的，如轉折的變化、實虛的結合等。他有時採用轉折變化的筆法，如《呈折子明丈十首》之一：「兒時已見葆眞詩，寫誦抄藏不憚疲。白首始遊衡嶽寺，扶藜處處讀苔碑」〔註209〕，一、二句與三、四句對比轉折。再如《八月八日發潭州後得絕句四十首》之三十：「三徑雖荒菊尚存，重陽想見露花繁。那知欲去去不及，病臥他州空斷魂」〔註210〕，《寄文叔且問畏知近訊五首》之四：「去年犯雪到西湖，眼見梅花玉立孤。今歲定無牢落歎，君詩清絕似林逋」〔註211〕，《宜春

〔註206〕　〔清〕何文煥《歷代詩話·詩法家數》下冊，中華書局，1981年，第 732 頁。
〔註207〕　《全宋詩》第 49 冊，第 30810 頁。
〔註208〕　〔清〕何文煥《歷代詩話·詩法家數》下冊，中華書局，1981年，第 732 頁。
〔註209〕　《全宋詩》第 49 冊，第 30767 頁。
〔註210〕　《全宋詩》第 49 冊，第 30808 頁。
〔註211〕　《全宋詩》第 49 冊，第 30835 頁。

道中贈邢公昭二首》之一：「清江臺上讀君詩，頗欲相從慰所思。何意昌山夜止宿，忽成風雨對床期」〔註212〕，都是三、四句轉接前兩句，造成詩意的婉曲轉折與含蓄雋永。實虛結合，也是趙蕃七絕婉轉變化的一種形式，如《八月八日發潭州後得絕句四十首》之三十一：「去歲重陽事已訛，今年亦復病蹉跎。明年想見山中集，弟妹團欒黃菊歌」〔註213〕，《安仁艤舟作》：「客路不知時節移，忽逢柳色已依依。無惊卻數離家日，臘盡春回方始歸」〔註214〕，前者寫詩人在回鄉的途中，慨歎去歲與今年連續兩個重陽未能與弟妹團聚，想像明年的重陽節一定能夠弟妹團欒；後者從眼前的盎然春色，想到昔日離家與將來回家時的情形，都用了由實到虛的筆法，意境含蓄委婉。

　　在句法上，趙蕃七絕有兩個特點，一是多用流水句，二是很少對仗句。趙蕃七絕流水句很多，如「問訊西湖舊隱廬，水邊雪後又何如」〔註215〕、「書中舊學來禽帖，今日蠻州得飫嘗」〔註216〕、「好在東都孫子孫，壯年曾謁舍人門」〔註217〕，都是詩中一、二句用流水句，「若問乃兄何樣似，家徒四壁更書癡」〔註218〕、「欲知夏木扶疏處，好掛陶翁漉酒巾」〔註219〕，則爲詩中三、四句用流水句，而《八月八日發潭州後得絕句四十首》之一：「湘神知我愛湘中，故遣舟遲匪厄窮。可笑兒曹不解事，故云常值打頭風」〔註220〕，則是一二句和三四句都用了流水句。

〔註212〕《全宋詩》第 49 冊，第 30829 頁。
〔註213〕《全宋詩》第 49 冊，第 30808 頁。
〔註214〕《全宋詩》第 49 冊，第 30810 頁。
〔註215〕《簡徐季益之四》，《全宋詩》第 49 冊，第 30782 頁。
〔註216〕《奉簡在伯四首》之三，同上頁。
〔註217〕《報謁徐大雅仁因以題贈三首》之一，《全宋詩》第 49 冊，第 30828 頁。
〔註218〕《與成父自信同舟到饒，分路而別，以詩送之三首》之三，《全宋詩》第 49 冊，第 30808 頁。
〔註219〕《呈折子明丈十首》之九，《全宋詩》第 49 冊，第 30767 頁。
〔註220〕《全宋詩》第 49 冊，第 30806 頁。

　　從上述所舉詩歌中，可見趙蕃七絕很少用對仗句，大多屬七絕古體。但是，也有部分七絕使用對仗，有的以對仗起，有的以對仗結，也有的全詩對仗。如「詩名舊仰方豐國，句法親傳呂紫微。聞道有兒能世業，師門更向晦庵歸」〔註221〕是以對仗起，再如「鄉人不識王有道，抔土空傳唐校書」〔註222〕、「西去曾悲鳥道沿，東來又駭畏途鞭」〔註223〕、「蔓草依依網作窠，荒庭寂寂蚓能歌」〔註224〕，都是對起；而「百個修篁一樹梅，蕙盆蘭斛共相陪。客來不但翻書帖，興至更能傳酒杯」〔註225〕、「一日周遭度九溪，快儂雙腳淨無泥。真同落落石為枕，寧愧區區沙築堤」〔註226〕，都是對結；「我詩雖老竟無工，君句能佳更不窮。立論曾聞紫微老，贈篇期見習軒公」〔註227〕、「柳行搖落參差際，鴈字虛無滅沒中。醉面紅來因卯酒，征衣脆去為霜風」〔註228〕，都是全詩對仗，後一首詩末句中「脆」與「翠」諧音，與第三句中「紅」字諧音假對。不過，趙蕃七絕中似對非對的也很多，如「朝廷經略在中原，西北人才要討論。節傳曾聞付吾屬，瀟湘可俾臥林園」〔註229〕，三四句對仗，但是一二句貌似對仗，實則不是，其中「朝廷經略」與「西北人才」、「吾屬」與「林園」可分別視作寬對，而「在中原」與「要討論」不對仗，這是一首典型的似對非對的絕句。

　　此外，趙蕃七絕常用頂針的修辭手法勾連詩句，如「人道江南富

〔註221〕　《題方士縣伯謨五丈所居三首》之一，《全宋詩》第49冊，第30820頁。
〔註222〕　《簡周文顯借王有道集二首》之一，《全宋詩》第49冊，第30782頁。
〔註223〕　《次韻唐與文驛馳代簡二絕句》之一，《全宋詩》第49冊，第30833頁。
〔註224〕　《晚秋郊居八首》之六，《全宋詩》第49冊，第30442頁。
〔註225〕　《呈愚卿昆仲二首之一，《全宋詩》第49冊，第30905頁。
〔註226〕　《松原山行七絕》之七，《全宋詩》第49冊，第30810頁。
〔註227〕　《簡徐季益》之三，《全宋詩》第49冊，第30782頁。
〔註228〕　《十月十五日》，《全宋詩》第49冊，第30818頁。
〔註229〕　《呈折子明丈十首》之二，《全宋詩》第49冊，第30767頁。

山水，江南山水富於斯」〔註230〕、「道人曾與謫仙遊，仙去騎鯨師白頭」〔註231〕、「借閣看山且半年，看山未飽此爲遷。聞師亦欲拋山去，只恐山靈未許然」〔註232〕，最後一首中「借閣看山」與「看山未飽」，「拋山」的「山」與「山靈」的「山」，都可看做頂針法的變化形式。

〔註230〕《木犀四首》之一，《全宋詩》第49冊，第30794頁。
〔註231〕《贈法雷》，《全宋詩》第49冊，第30825頁。
〔註232〕《雷老欲退普寧二絕句》之一，同上頁。

第八章　趙蕃詩歌的風格與技法

　　趙蕃青少年時期酷愛讀書，養成深厚的思想基礎和淵博的古代文學與文化修養，對儒家的經典著作、歷代史書、筆記小說和前人的文學作品等，都非常熟悉。在詩歌創作上，他博採眾長，廣泛汲取了陶淵明、杜甫、韓愈、蘇軾、黃庭堅、呂本中、曾幾等作家的詩學思想與藝術，並深得江西詩派詩歌藝術的精髓。趙蕃是詩歌創作的名家，也是熟知句法藝術的專家。他的詩歌綜合運用各種句法藝術，大部分詩歌不但內容充沛，而且結構緊湊勻稱，內容與形式和諧統一。如《遠齋和示疏字韻四詩，復用韻並呈子肅》之一：「交舊年來浸作疏，兩翁頻肯問林居。兒時已誦天台賦，老去思傳秘府書。可使鸞凰棲枳棘，未應騏驥伏鹽車」〔註1〕、「日之夕矣下羊牛，想見吾廬樹掩幽。兒自閒行牛自去，溪頭熟路不須求」〔註2〕，音律和諧流暢。他對古、今體詩歌各種體裁的藝術規律都非常熟悉，創作上「援筆立成」，駕馭各詩體句法與字法的藝術得心應手，在詩歌內容和藝術形式的有機融合上，可以說達到了平淡而山高水深的自如境界。

〔註1〕　《遠齋和示疏字韻四詩，復用韻並呈子肅》之一，《全宋詩》第 49
　　　　冊，第 30746 頁。
〔註2〕　《八月八日發潭州後得絕句四十首》之三十七，《全宋詩》第 49 冊，
　　　　第 30806〜30808 頁。

第一節　多姿多彩的風格特質

　　趙蕃的詩歌創作，既有對黃庭堅詩歌「點鐵成金」、大量活用典故傳統的傳承，更有對呂本中的「活法」理論和曾幾清新活潑風格的體認與發展，因此，在總體風格上，他的詩歌有的莊重典雅，有的婉轉含蓄，有的清新幽美，有的平淡自然，還有少部分詩歌達到了圓融通脫的藝術境地。

一、渾厚典雅

　　趙蕃的詩歌富有濃厚的人文色彩，在題材上，有許多吟詠書畫作品、文房四寶（筆、墨、紙、硯）和佛、道建築的詩歌。在詩歌藝術上，他傳承了以黃庭堅為首的江西詩派詩歌點鐵成金、奪胎換骨的藝術，在詩中廣泛引用儒家經典中的語言和史書、筆記中的人物故事，以及前人詩歌、散文作品中的語言，加之他對各體詩歌藝術的熟練把握和自如駕馭能力，形成了他此類詩歌渾厚典雅的風格。

　　對於宋人詩詞廣泛用典的現象和崇尚用事的原因，當代學者周裕鍇有深入分析，他認為宋代詩人廣泛使用前代典故的現象，有著積極的意義和重要價值，應予充分肯定。他說：「典故作為一種藝術符號受到宋人的青睞，決非偶然，它濃縮著豐富的歷史文化內涵，是傳統文化精神承傳的重要紐帶。崇尚用事，既與宋人重視人文資源、詩學傳統的意識密切相關，也與宋人自覺立異於唐詩、超越唐詩的心態分不開。」他還具體闡述說：「典故作為濃縮著豐富歷史內容的符號，正可使詩人複雜的情感通過簡練的形式表達出來，它本身的象徵意義、情感色彩，尤其是文化內涵，對於『言志』的作用，是意象語言所無法達到的。」〔註 3〕可見，恰當、合理地使用典故，並能與詩意完整地渾融一體，確實可以增加詩歌的文化內涵和韻味，促進詩人思想的表述和傳揚。趙蕃有很多詩歌大量用

〔註 3〕周裕鍇《宋代詩學通論》，上海古籍出版社，2008 年，第 515～516頁。

典，而且用典的大部分詩歌，都達到了自如而渾融一體的藝術境界。

從題材來看，趙蕃的酬贈詩和挽悼詩用典最多，而且典故意象繽紛繁富，詩歌總體風格從容典雅、渾厚莊重，這與此類詩歌的內容和詩人當時的創作心態相得益彰，顯示出趙蕃作爲江西詩派在南宋中後期詩壇代表人物之一的典型特徵，即淵博的學識修養與高超的詩歌藝術有機融合、渾然一體。趙蕃爲官辰州時寫作的《寄誠齋先生》一詩，回顧了楊萬里自淳熙六年（1179）先後被除授提舉廣東常平茶監、提點廣東刑獄事等職務，再到淳熙十一年（1184）十月丁母憂服滿，到朝廷歷任吏部員外郎、吏部郎中、尚書省右司郎中、左司郎中、秘書少監等職的歷程，表達了對其卓越的政事和文學才華的讚賞，對其光明前景的期盼與祝福：

> 邇日使嶺表，歷論無此賢。誰歟記南海，久矣賦貪泉。
> 已上蓬山直，還居吏部銓。省郎遲豈恨，宣室夜重前。
> 掌制宜鴻筆，談經合細斿。茲爲重儒術，何止用詩仙。
> 四海推鳴鳳，孤生悵跕鳶。長安近抵日，蜀道遠如天。
> 禃禑春風倚，歸心夜雨懸。十年期撰屨，斗食政窮邊。

〔註4〕

這首五言排律，句句用事：既有詩詞典故，也有歷史事實；既有前代歷史，又有當代史事，體現了江西詩派資書以爲詩，以學問爲詩的宋型文化特徵，風格渾厚典雅。前兩聯高度讚揚楊萬里在廣東爲官時期的卓越政績與清廉操守，「使嶺表」指楊萬里出使廣東，「歷論無此賢」用李商隱「歷覽前賢國與家，成由勤儉敗由奢」（《詠史》）詩句。「南海」、「貪泉」兩句，用晉吳隱之做廣州刺史時，飲貪泉之水卻更加清廉事〔註5〕比擬楊萬里。中間五聯讚揚楊萬里在朝期

〔註4〕　《寄誠齋先生》，《全宋詩》第49冊，第30668頁。
〔註5〕　按，據《晉書・良吏傳・吳隱之》記載：「朝廷欲革嶺南之弊，以隱之廣州刺史。未至州二十里，地名石門，有水曰貪泉，飲者懷無厭之欲。隱之既至，語其親人曰：『不見可欲，使心不亂。越嶺喪清，吾知之矣。』乃至泉所，酌而飲之，因賦詩曰：『古人云此水，一歃懷千金。試使夷齊飲，終當不易心。』及在州，清操逾屬，常食不

間的顯赫經歷：蓬山用王勃「寵奪攀輪，更掌蓬山之務」﹝註6﹞指代楊萬里任職秘書少監職務﹝註7﹞，「還居吏部銓」指楊萬里回京後剛開始的兩年，先後任吏部員外郎與吏部郎中。「宣室」和「細旃」兩句，分別以漢代的賢臣賈誼和王吉比擬楊萬里國之重臣的重要地位﹝註8﹞，「鴻筆」﹝註9﹞句稱讚楊萬里文章出眾，「詩仙」一詞揄揚楊萬里詩歌才華與成就堪比李白，「鳴鳳」句比喻楊萬里的賢能，源自《詩經》「鳳皇鳴矣，於彼高岡」﹝註10﹞。「孤生」以下幾句，描寫了詩人身處異鄉的孤苦，抒發了對楊萬里的思念與景仰之情。這幾句用典同樣紛繁複雜，七句詩共使用了孤生、跕鳶、長安、蜀道、裋褐、歸心、夜雨、撰屨、斗食、窮邊等十幾個典故。其中孤生、跕鳶、蜀道、夜雨、裋褐、斗食、窮邊等典故，喻指自己遠在湖南荊蠻之地，地位卑下、充滿艱難險阻的境遇。「孤生」﹝註11﹞

過菜及乾魚而已。」見〔唐〕房玄齡等著，《晉書》卷九十《列傳》六十，耿相新，康華標點，《標點本二十五史（二）》，中州古籍出版社1996年，第456頁。

﹝註6﹞〔唐〕王勃《上明員外啓》，何林天《重訂新校王子安集》，山西人民出版，1990年，第137頁。

﹝註7﹞按，蓬山爲官署名，是秘書省的別稱。〔宋〕楊萬里淳熙十四年（1187）十月任職秘書少監，又在淳熙十六（1189）年光宗即位後，被召入朝任秘書監，此時〔宋〕陸游曾作《喜楊廷秀秘監再入館》詩：「公去蓬山輕，公歸蓬山重。」見《陸游集》第2冊《劍南詩稿》卷二十一，中華書局，1976年，第605頁。

﹝註8﹞按，《漢書·王吉傳》：「廣夏之下，細旃之上。」見《漢書》，中華書局，1986年，第1426頁。

﹝註9﹞按，鴻筆指大手筆。據漢王充《論衡·須頌》篇説：「古之帝王建鴻德者，須鴻筆之臣襃頌紀載，鴻德乃彰，萬世乃聞。」見〔東漢〕王充著，陳蒲清點校《論衡》卷二十，嶽麓社，1991年，第312頁。

﹝註10﹞按，《詩·大雅·卷阿》篇云：「鳳皇鳴矣，於彼高岡。梧桐生矣，於彼朝陽。」後即以鳴鳳比喻賢者。

﹝註11﹞按，孤生常用作自謙之詞，也指孤獨的人。據《後漢書·周榮傳》：「榮曰：『榮江淮孤生，蒙先帝大恩，以歷宰二城，今復得備宰士，縱爲竇氏所害，誠所甘心。』」見〔南朝宋〕范曄撰《後漢書》卷四十五，中華書局，1965年，第1537頁。

和「跕鳶」〔註 12〕均典出《後漢書》，裋褐原意是指貧賤者所穿的
粗陋布衣，典出《列子》〔註 13〕；撰屨也稱撰杖或杖履，意為侍奉
長者，出自《禮記》〔註 14〕，趙蕃以此表達對楊萬里的仰慕之情。
斗食出自《漢書》〔註 15〕，窮邊指荒僻的邊遠地區，如蘇舜欽《己
卯冬大寒有感》詩云：「窮邊苦寒地，兵氣相纏結。」〔註 16〕此詩
用典雖多，但是大部分典故並非很冷僻，而且使用妥帖恰當，組合
起來沒有影響到內容的表達，讀後能基本理解詩人的意思，同時，
也增加了詩歌的人文內涵與韻味。與黃庭堅《寄黃幾復》一詩相比，
不但主題同為寫友情之深，在用典的圓熟上也頗得黃詩之妙。黃詩
「我居北海君南海，寄鴈傳書謝不能。桃李春風一杯酒，江湖夜雨
十年燈。持家但有四立壁，治病不蘄三折肱。想見讀書頭已白，隔
溪猿哭瘴溪藤」〔註 17〕，句句用典，且大部分句子還連用好幾個典

〔註 12〕按，據《後漢書‧馬援傳》云：「封援為新息侯，食邑三千戶。援乃擊
牛釃酒，勞饗軍士。從容謂官屬曰：『吾從弟少游常哀吾慷慨多大志，
曰：「士生一世，但取衣食裁足，乘下澤車，御款段馬，為郡掾吏，守
墳墓，鄉里稱善人，斯可矣。致求盈餘，但自苦耳。」當吾在浪泊、
西里閒，虜未滅之時，下潦上霧，毒氣重蒸，仰視飛鳶跕跕墮水中，
臥念少游平生時語，何可得也！』跕鳶指瘴氣濃重，即使是鳶鳥也難
以飛越而墮落。見范曄《後漢書》，中華書局，1964 年，第 838 頁。
〔註 13〕按，《列子‧力命》篇說：「朕衣則裋褐，食則粢糲，居則蓬室，出
則徒行。」見〔戰國〕列禦寇著，嚴北溟、嚴捷編著《列子譯注》，
上海古籍出版社，2006 年，第 157 頁。
〔註 14〕按，《禮記‧曲禮》記述說：「侍坐於君子，君子欠伸，撰杖履，視
日蚤莫，侍坐者請出矣。」陳澔集說：「氣乏則欠，體疲則伸；撰，
猶持也。此四者皆厭倦之容，恐妨君子就安，故請退。」見儒家經
典編委會編，〔元〕陳澔注《儒家經典‧禮記集說》，團結出版社，
1997 年，第 201 頁。
〔註 15〕按，斗食指漢代低級官吏的官秩。據《漢書‧百官公卿表》顏師古
注云：「《漢官名秩簿》云：斗食月奉十一斛，佐史月奉八斛。一說，
斗食者，歲奉不滿百石，計日而食一斗二升，故云斗食也。」見〔漢〕
班固撰《漢書》卷十九（上），中華書局，1962 年，第 624 頁。
〔註 16〕〔宋〕蘇舜欽《己卯冬大寒有感》，沈文倬校點《蘇舜欽集》，上海
古籍出版社，1981 年，第 8 頁。
〔註 17〕〔宋〕黃庭堅《寄黃幾復》，《全宋詩》第 17 冊，第 11337 頁。

故，但是讀後分明能夠感到詩人對朋友的殷切思念與淒涼的內心世界，趙蕃的《寄誠齋先生》與黃詩相比，可謂異曲同工。

趙蕃的挽悼類詩，風格哀婉典重，氣韻渾融，雖然用典也很密集，但如同「水中著鹽，飲水乃知鹽味」〔註18〕，渾然一體。如《挽趙丞相汝愚》詩云：「吾王不解去三思，石顯端能殺望之。未到浯溪讀唐頌，已留衡嶽伴湘累。生前免見焚書禍，死後重刊黨籍碑。滿地蒹葭誰敢哭？漫留楚些作哀辭。」〔註19〕分別用屈原（湘累）和漢元帝時被石顯謀害的股肱大臣蕭望之比擬趙汝愚；以石顯和唐代「孽臣奸驕，為昏為妖」〔註20〕的安祿山，比擬謀害趙汝愚的韓侂冑，的確切當。此外，詩人用《論語》中「三思而後行」〔註21〕句意，反諷當朝君王輕率下詔貶謫趙汝愚，用「焚書禍」和元祐「黨籍碑」指代慶元「偽學逆黨」案，「楚些」指招魂歌，借助於這些典故的恰當使用，詩人充分抒發了對趙汝愚冤死的深悲巨痛和對奸臣的無限憤怒。趙蕃還有《哭蔡西山》詩，也是追悼慶元「偽學逆黨」案的受害者之一、著名理學家蔡元定：「鵑叫春林復遞詩，鴈回霜月忽傳悲。蘭枯蕙死迷三楚，雨暗雲昏礙九嶷。早歲力辭公府檄，暮年名與黨人碑。嗚呼季子延陵墓，不待鑱辭行可知！」〔註22〕詩人充分發揮屈原《離騷》一詩紛繁的意象和豐富的想像力，採用意象的排比、擬人和對比等手法，尾聯則用孔子書寫「嗚呼延陵季子之墓」的典故，渲染對蔡元定去世的痛惜之情，意境淒婉迷離，因此，該詩得到了很高的稱譽：「當時哭詩，推此篇為冠」〔註23〕。

〔註18〕〔宋〕魏慶之《詩人玉屑》卷七《用事》，上海古籍出版社，1978年，第148頁。

〔註19〕《挽趙丞相汝愚》，《全宋詩》第49冊，第30918頁。

〔註20〕〔唐〕元結《大唐中興頌》，〔宋〕祝穆《方輿勝覽》（中冊），中華書局，2003年，第455頁。

〔註21〕按，《論語·公冶長》云：「季文子三思而後行。」見〔清〕劉寶楠撰，高流水點校《論語正義》，中華書局，1990年，第196頁。

〔註22〕《哭蔡西山》，《全宋詩》第49冊，第30919頁。

〔註23〕〔宋〕魏慶之《詩人玉屑》卷十九《趙章泉》，上海古籍出版社，1978

　　從用典的一般規律來看，趙蕃大部分詩歌用典適量，與詩中的其他非典故意象均衡分佈、關係和諧，風格沈穩莊重、典雅渾厚。用典是形成趙蕃詩歌渾厚典雅風格的主要原因，不過，就其用典的大部分詩歌來看，很少有《挽趙丞相汝愚》和《寄成齋先生》這樣密集使用史書典故的情況。其《寄孫子進昆仲》是一首五言古詩，敘述了與詩人非常相知的孫子肅、孫子進、孫子儀三兄弟的生平與性格特點，抒發了對他們的思念之情，同時，詩人還濃墨重彩地讚揚了三兄弟敝屣功名的高尚節操，以及出色的文學才華和鮮明的創作風格：

> 霜風入枯葦，客枕那能安。起尋短燈檠，捐書復慵看。
> 緬思平生遊，平陸多奔湍。懷哉豈無人？荊吳路漫漫。
> 大孫行秘書，今古靡不觀。天文號隱奧，坐使十載殫。
> 溢而為文章，卷舒見波瀾。丞哉亦奇士，老不卑小官。
> 詩成太白豪，笑殺東野寒。酒酣或看劍，肯為無魚彈？
> 儀也節更苦，凜若誰能幹。譬之於草木，青松蔽春蘭。
> 不願太官賜，自愛苜蓿盤。相攜住荊溪，冥鴻渺雲端。
> 釀泉飲佳客，採溪薦朝餐。不負風月佳，始知天地寬。
> 我欲往從之，買船斬釣竿。富春訪嚴陵，吳淞覓張翰。
> 人生鮮如意，高趣況易闌。君毋輕此樂，此樂非遊般。

〔註24〕
此詩所用典故並不多，主要有垂釣富春江畔的嚴子陵、思鄉念歸的張翰、「鴻飛冥冥」的隱士和李白、孟郊迥異的詩風，以及「燈檠」、「天文」、「荊吳」、「隱奧」、「苜蓿盤」這些飽含古典韻味的詞語，自然融合於全詩的意境中。全詩豪情四溢而又精光內斂，韻律婉轉流暢又時有頓挫起伏，風格沉鬱莊重，體現了趙蕃詩歌用典的一般規律和風格特質。

　　從詩歌體裁看，趙蕃詩歌近體詩大部分用典，有的用典還很密集繁多，風格也多顯典雅，如前文所述《寄誠齋先生》屬五言排律，

　　　　年，第422頁。
〔註24〕《寄孫子進昆仲》，《全宋詩》第49冊，第30423頁。

《挽趙丞相汝愚》、《哭蔡西山》是七言律詩。在大部分詩中，詩人根據主題表達的需要，把取材來源不同的典故，自然地融合於詩中，從而形成全詩雍容典雅的風格特質。其《懷明叔三首》之一是一首五言絕句，抒發與陳明叔相知、相得的深厚情誼：「結交不在早，傾蓋有餘歡。愧比陳蕃榻，猶吾陋巷簞」〔註25〕，「傾蓋」源自《漢書》中「白頭如新，傾蓋如故」〔註26〕，陳蕃榻的故事源自《後漢書》，陋巷簞瓢的顏回出自《論語》。這三個典事的使用，融儒家安貧守賤、不同流俗的品節與坦誠仁厚的朋友之情於一體，全詩豐贍的內涵與典雅的風格渾然無間。即使是寫景詠物的詩歌，也有不少詩呈現典雅風格，如五律詩《慈泉》云：「山骨何時鑿，泉泓幾許深？膻薌四時供，教養百年心。派可栽蓮實，傍宜引竹林。勿云閒草木，於以助徽音。」〔註27〕詩中描寫了山中的岩石與一泓幽深的泉水，以及慈泉附近供奉著祭祀所用的黍稷等穀物。接著，詩人呼籲在慈泉附近的支流放養蓮花，在岸邊栽植竹子，造就一片清靜美麗的山水園林景觀。此詩融寫景、詠物、議論和抒情於一體，沒有用史書故事等典故，如果不去深入追究，很難發現用典的痕跡。不過，有的詞語常出現在儒家經書中，古典韻味很濃，如「膻薌」出自《禮記》〔註28〕、「徽音」出自《詩經》〔註29〕，此外，詩人還在該詩後自注說：「山谷《食蓮》詩有『分甘念母慈』之句，竹亦有以慈名者，故云。」〔註30〕可見，趙蕃對儒家的典籍和前人詩歌熟能生巧，運用起來幾乎了無痕跡，從而增加了詩歌的人文內

〔註25〕《懷明叔三首》之一，《全宋詩》第 49 冊，第 30885 頁。

〔註26〕〔漢〕班固《漢書》，中華書局，1983 年，第 2345 頁。

〔註27〕《慈泉》，《全宋詩》第 49 冊，第 30595 頁。

〔註28〕按，《禮記‧祭義》云：「建設朝事，燔燎膻薌，見以蕭光，以報氣也。」見錢玄，徐克謙，張採民等注譯《禮記》（下），嶽麓書社，2001 年，第 621 頁。

〔註29〕按，《詩‧大雅‧思齊》云：「大姒嗣徽音，則百斯男。」見〔清〕方玉潤評，朱傑人導讀《詩經》，上海古籍出版社，2009 年，第 296 頁。

〔註30〕《慈泉》，《全宋詩》第 49 冊，第 30595 頁。

涵，也是鎔鑄趙蕃詩歌莊重典雅風格特質的重要因素。

二、委婉含蓄

詩歌中典故用得太多或太冷僻，都顯得太過，不用則可能失之輕率平易，所以用典應適度。趙蕃的很多詩歌，用典雖然並不密集，但是所用典故與全詩意境渾融一體，詩意含蓄蘊藉、韻味深長，全詩顯現委婉含蓄的風格特質。其《次韻楊廷秀太和萬安道中所寄七首》之六：「幾爲年華歎物華，只今結束定還家。且看垂發江邊樹，未問長安一日花」〔註31〕，後兩句分別化用杜甫「江邊一樹垂垂發，朝夕催人自白頭」（《和裴迪登蜀州東亭送客逢早梅相憶見寄》）和孟郊「春風得意馬蹄疾，一日看遍長安花」（《登科後》）詩句，抒發詩人年華已老、無意仕途的情志，內蘊豐厚，抒情委婉。趙蕃還有一些詩歌通過詠史抒情，如《漁父詩四首》其四云：「早悟君王物色求，子陵應已棄羊裘。絕知至德終難掩，女子亦稱韓伯休。」〔註32〕該詩用《後漢書·逸民傳》所載兩個人物及其故事，一是東漢嚴光（字子陵），曾與漢光武帝劉秀同學，劉秀即帝位後，他改名隱居，後被召到洛陽，拒絕劉秀的封賞，退隱於富春江畔，身披羊裘以釣魚爲生。二是韓康賣藥的故事。韓康字伯休，據《後漢書》記載，他「常採藥名山，賣於長安市，口不二價，三十餘年。時有女子從康買藥，康守價不移，女子怒曰：『公是韓伯休耶？乃不二價呼！』康歎曰：『我本欲避名，今小女子皆知有我，何用藥爲？』乃遁入霸陵山中。」〔註33〕嚴光逃避功名利祿，甘於垂釣；韓康不爲利祿動容、隱而不仕，二人表現出不同流俗的清高節操。趙蕃用此二典，讚揚兩位高士至德至高的人生境界，全詩語言流暢，委婉含蓄。

〔註31〕 《次韻楊廷秀太和萬安道中所寄七首》之六，《全宋詩》第 49 冊，第 30831 頁。

〔註32〕 《漁父詩四首》之四，《全宋詩》第 49 冊，第 30789 頁。

〔註33〕 〔南朝宋〕范曄《後漢書》卷八三《逸民列傳》第七十三《韓康》，中華書局，1964 年，第 2770～2771 頁。

從詩體來看，趙蕃詩歌呈現委婉含蓄風格的絕句很多，如上述《次韻楊廷秀太和萬安道中所寄七首》之六、《漁父詩四首》其四，都是七言絕句。這可能與絕句的體性有關，由於篇幅較短，要在有限的篇幅內表達豐富的內容，達到「咫尺有萬里之勢」的境界，只有採用或含蓄或警拔等表達手段。胡應麟認為「絕句最貴含蓄」〔註34〕，沈德潛也說：「七言絕句，以話近情遙，含吐不露為主」〔註35〕。他們所言不虛，趙蕃的五絕如「要作山中宿，恨無林下期。摩抄魯公字，咀嚼豫章詩」〔註36〕，抒發對前賢的仰慕之情。六絕如「白也江南逐客，少陵因夢成詩。我亦移官衡嶽，驚鳥未有安枝」〔註37〕，刻畫詩人驚惶不安的心理；「世事不關幽事，睡魔可伏詩魔。隱几灰心南郭，無言示病維摩」〔註38〕，描寫詩人灰心喪氣、無精打採的心事，都以用事和白描手法表達，情韻婉轉，沁人肺腑。

不僅是絕句，趙蕃的古體詩也有不少呈現委婉含蓄的風格。如五言古詩《題劉炳先兄弟怡齋》：「晦庵貽我書滿紙，為說君家好兄弟。人言是公輕許可，我謂親仁乃渠事。客遊偶爾過君廬，中有誠齋榜怡字。斯人許可蓋不輕，何事齋名契於季？嗟余夙昔兩公遊，與君常恨風馬牛。何知一見辱傾蓋，四海兄弟寧待求。有弟有弟江南州，尺書斷絕安與不？因君使我增離憂，一夜夢逐滄波鷗」〔註39〕，融合了朋友交誼、師生深情與詩人的鄉關之思、手足之情、歸隱之念等複雜的感情於一體，深婉纏綿。另一首五古詩《次韻徐審知寄贈古句》，在抒發友情的同時，還融入了世態炎涼的感傷：「倦遊歷落三

〔註34〕〔明〕胡應麟《詩藪》卷六，郭紹虞編選《清詩話續編》，上海古籍出版社，1983年，第1036頁。

〔註35〕〔清〕沈德潛《說詩晬語》，〔清〕丁福保輯錄《清詩話》，上海古籍出版社，1963年，第542頁。

〔註36〕《雨遊青原山二首》之二，《全宋詩》第49冊，第30750頁。

〔註37〕《次韻斯遠見夢有作六言二首》之一，《全宋詩》第49冊，第30761頁。

〔註38〕《幽居即事八首》之六，《全宋詩》第49冊，第30761頁。

〔註39〕《題劉炳先兄弟怡齋》，《全宋詩》第49冊，第30515頁。

載中，重來觸事多不同。舊交雲散隔山嶽，在者一二莫我從。新知喜獲徐孺子，年少已有諸老風。譬之寶劍雖尚伏，清夜往往舒長虹」、「我今百不一稱意，顧賴交友忘終窮。茲焉得君益足賀，自起酌酒澆塊胸。滔滔原從濫觴至，君其勿憚尋尺庸。異時相見定刮目，敢作吳下舊阿蒙。因君我亦事穮蓘，瘠鹵要使成千鍾。」〔註40〕舊交雲散卻喜獲新知本該高興，但是由於詩人正處於諸事不順的困境，於是和新友一起以酒驅愁。詩歌流暢灑脫、和諧優美的語言背後，含蘊著窮愁不順和世態炎涼的感傷，令人扼腕歎息。從上述詩中，還能看出這些詩歌呈現委婉含蓄風格的原因，除了詩體和表達手段的原因，還跟詩歌表達的內容也關係密切，即大多抒發抑鬱情愁的悲慨，因此內涵深刻雋永，情感真摯感人，詩風委婉含蓄。

三、清新自然

趙蕃對黃庭堅的詩歌成就無疑充滿了敬意，在詩中經常親切地稱他「涪翁」，他的許多詩歌承襲了黃庭堅詩歌「點鐵成金」的衣缽，在詩中大量活用典故。但是，如果仔細研讀趙蕃的詩歌，可以發現他有相當一部分詩歌，背離了黃庭堅詩歌資書以為詩的風氣，少用或幾乎不用典故，詩歌語言明白曉暢、通俗易懂，感情細膩委婉，境界高遠拔俗，呈現出清新幽美、平淡自然的風格，他為數眾多的田園詩、敘事詩、詠物詩、山水詩，都給人這種鮮明的感覺。如《郡檄子肅檢視旱田以詩寄之》敘寫好友孫子肅為官時到農村巡察災情的情景：「是邦且熟無多收，況於水旱相為憂。使君奏課避非實，檄公按視臨田疇。民聞公來相告語，活國憂民公自許。平時愛我如恐傷，今胡不能為輕賦？人生衣食固有端，作苦寧敢求自安？分當戮力給公上，何意年歲逢艱難？吾君德盛過文景，詔書屢下民惟省。公其為我謝使君，考雖下下民安枕。」〔註41〕詩歌描述

〔註40〕《次韻徐審知寄贈古句》，《全宋詩》第 49 冊，第 30504 頁。
〔註41〕《郡檄子肅檢視旱田以詩寄之》，《全宋詩》第 49 冊，第 30396 頁。

了統治者施行德治仁政、官吏檢查旱田的積極作為，以及百姓們感激涕零的場面，表達了詩人對施行德治仁政的君主與官吏的無限感激之情。除了文景之治這個著名的典事，詩中未用其他典故，語言明白曉暢，風格清新自然。再如「讀書萬卷不充饑，枵腹吟哦大似癡。不是鄰僧能送米，囊空何以續晨炊」〔註42〕、「忽忽離家且一年，春風又是海棠天。還家何以遺妻子，傾倒囊詩近百篇」〔註43〕兩首七言絕句，語言通俗易懂，感情率性自然。

　　每個作家的風格都不是唯一的，其學習繼承的源頭也是多方面的。從詩歌源流上分析，趙蕃寫作的優美詩歌，與他對陶淵明及其詩歌的景仰與學習有關，也與他對杜甫、陳師道的現實主義風格，對呂本中的「活法」理論和曾幾清新活潑詩風的體認與發揮密切聯繫。方回就曾評論趙蕃詩歌：「平生恬淡，詩尚瘦勁，不為晚唐，亦不為江西，隱然以後山為宗。」〔註44〕還有的詩評家評論趙蕃和韓淲選編的《唐詩絕句》說：「唐人絕句惟取中正溫厚，閒雅平易」〔註45〕，可見趙蕃的審美取向並非唯一，他同樣欣賞平易自然、含蓄委婉的詩歌，並創作了大量平易自然的佳作。其《近乏筆託二張求之于市，殊不堪也。作長句以資一笑》詩云：

> 詩老作詩窮欲死，序詩乃得歐陽氏。
> 序言人窮詩乃工，此語不疑如信史。
> 少陵流落白也竄，郊島摧埋終不起。
> 是知造物惡鐫鑱，故遣飢寒被其體。
> 嗟我少小不解事，失身偶落翰墨裏。
> 年來百念已灰滅，只有宿心猶在此。
> 後來不作諸老亡，冥行恐墮澗谷底。
> 雖云黃卷可尚友，糟粕詎能臻妙理。

〔註42〕《寄懷二十首》之六，《全宋詩》第 49 冊，第 30771 頁。
〔註43〕《寄懷二十首》之十八，同上頁。
〔註44〕〔元〕方回《跋趙章泉詩》，《全元文》第七冊，江蘇古籍出版社，1998 年，第 194 頁。
〔註45〕〔明〕謝榛《四溟詩話》，中華書局，1985 年，第 24 頁。

率然有作每自厭，一紙眞成再三毀。

庶幾穮蔉望豐年，亦學乘流到涯涘。

那知事乃有大繆，藝未及成窮已至。

皆言詩工固可俟，窮爲先兆自應爾。

坐茲不復置追悔，志在溫飽誠足鄙。

玄泓管楮日相從，固異小人甘若醴。

揭來中書忽告老，一朝左右手俱廢。

嘲風詠月不耐閒，按圖姑聽求諸市。

我詩縱不稱犀象，葦管雞毛那慣使。

紛紛著墨與水浮，勢如絲亂安得治。

戲題滿幾輒大笑，翻憶兒詩污窗紙。

操舟無長病河紆，我詩固說當罪已。〔註46〕

又聞工欲善乃事，未有不先資利器。

作箋搜乞累朋友，往往猶吾歎崔子。

錦囊藤篋世不乏，鼠齧蟲攻誰料理。

那知我輩有百艱，此事且然他可比。〔註47〕

該詩用典很少，如杜甫一生流落不遇、孟郊和賈島平生地位卑下，以及歐陽修窮而後工的詩論等，都是大家耳熟能詳的，因此絲毫不影響內容的理解。在詩中，趙蕃回顧了自少小讀書作詩以來窮困潦倒的狀況，融入了寂寥落寞的人生感受，兼以恣縱流暢的議論，豐富的內涵，發人深省。但由於詩人作詩的目的在於「以資一笑」，心理上顯得活潑輕鬆、豁達樂觀，筆調也豪邁奔放，詩歌顯示的感情基調並不低沉，相反給人以達觀、昂奮、輕盈的感覺，詩風清新自然、閒雅平和。這類詩歌，在趙蕃詩中比較普遍，如他描寫景物的《詠筍用昌黎韻》一詩，描寫竹筍茂盛的長勢云：「山居何所用，種竹並楹軒。聽雨宵忘痲，搖風日破煩。春來仍引蔓，雨後競添孫。

〔註46〕按，趙蕃此句後有自注：「僕舊詩云：『我無操舟長，顧病河流紆』」。《全宋詩》第49冊，第30395頁。

〔註47〕《近乏筆，託二張求之于市，殊不堪也。作長句以資一笑》，《全宋詩》第49冊，第30395頁。

迸砌思移石，妨池欲廢盆。堤防虞採掘，檢束費晨昏。自是林深茂，
非因地獨溫。有朋如角立，布陣似爭駕」、「驟驚疑九合，還訝若車
奔」、「坐見身長塹，行看籜蔽垣」〔註48〕。竹筍長勢喜人，詩人以
「雨後競添孫」、「有朋如角立，布陣似爭駕。戢戢株雖短，駸駸勢
已存」等生動的描述，帶給我們美的享受和力的震撼，風格清新活
潑、瀟灑自然，頗得曾幾詩清新活潑的神韻。

四、圓融通脫

趙蕃論詩提倡悟入和自然（請參見本書《趙蕃的詩學思想》部
分），追求活法通脫、圓融高妙的意境。周裕鍇先生認為趙蕃的詩歌
理論與楊萬里有共同之處，他說：

由「活法」而至「透脫」，而至「無法」，是宋詩學內在規律的
另一邏輯發展。「無法」的價值在於詩的本質的呈現，主體精神的回
歸。楊萬里同時代的詩人也注意到這一點，如趙蕃《詩法》一詩說：
「問詩端合如何作？端欲學耶無用學。今一禿翁曾總角，學竟無方
作無略。欲從鄙律恐坐縛，力若不足還病弱。眼前草樹聊渠若，子
結成陰花自落」、「大旨是說參禪作詩，如草樹結子。其花自落」、「一
切出之自然無心，無須學問，無須見聞，不為詩法禪法所縛，便是
好詩，便能頓悟」。〔註49〕

此說很有見地。趙蕃不但在詩學思想上體悟到詩歌創作的極高
境界在於「無法」，他在詩歌創作的實踐中，有不少詩歌達到了由
「活法」而至「透脫」，乃至「無法」的極高水平。他的部分田園
詩、抒情詩和敘事詩，情感內涵豐厚，語言明快暢達，聲調委婉和
諧，內容和形式完美統一，達到了「平淡而山高水深」的境界，風
格圓融通脫，堪稱宋詩的大手筆。

〔註48〕《詠筍用昌黎韻》，《全宋詩》第 49 冊，第 30669～30670 頁。
〔註49〕周裕鍇《宋代詩學通論》，上海古籍出版社，2008 年，第 243～244
頁。

　　趙蕃的田園詩不但內容豐富，而且意境優美，筆致輕鬆圓熟。他描寫了江南水鄉的秀麗風光與風情，如「桃樹深紅亦淺紅，竹竿個個又叢叢。兒男在田婦行饁，犬臥雞啼茅舍空」〔註50〕、「斜陽渺渺下前陂，牛自安眠兒得嬉。行過中林卻回顧，眼邊依約有新詩」〔註51〕、「郎罷肩犁稚子前，牛行熟路不須牽。歸來飯倒羹初糝，洗腳還將草履穿」〔註52〕、「江東聞田歌，湖北聽田鼓。鼓聲於以相疾徐，歌調因之慰勞苦。東山絲竹仍攜妓，風月鳴蛙勝鼓吹。何如田鼓與田歌，烏烏坎坎安而和」〔註53〕，還描寫了湘西農村的獨特景色與風情，如「既雨得晴晴亦佳，筍輿終日度咿啞。蒙籠篁竹四三里，彷彿茅茨三五家。鄰舍相聞亦雞犬，田疇隨事有桑麻。居夷何陋慚君子，不爾辭官學種畬」、「大麥初齊積漸黃，青青小麥更連岡。去冬屢雪有如此，今歲一豐端可望。負籠不須嗟甚苦，腰鐮行且看爭忙。大倉紅腐憎泥土，亦復遙思餅餌香」〔註54〕，明麗的自然風光和優美的地方風情，與詩人和農民悠然自得的閒適心境相互映襯、渾融一體，情韻清新婉轉，筆調活潑流動，既可與曾幾「不愁屋漏床床濕，且喜溪流岸岸深。千里稻花應秀色，五更桐葉最佳音」〔註55〕、「梅子黃時日日晴，小溪泛盡卻山行。綠陰不減來時路，添得黃鸝四五聲」〔註56〕相媲美，也絲毫不遜於范成大「新築場泥鏡面平，家家打稻趁霜晴。笑歌聲裏輕雷動，一夜連枷響到明」〔註57〕、楊萬里「梅子留酸軟牙齒，芭蕉

〔註50〕《漫興十一首》之一，《全宋詩》第49冊，第30800頁。

〔註51〕《郊居晚行呈章令四首》，《全宋詩》第49冊，第30807頁。

〔註52〕《晚行田間書事三首》之二，《全宋詩》第49冊，第30789頁。

〔註53〕《田家行二首》之二，《全宋詩》第49冊，第30514頁。

〔註54〕《三月十七日以檄出行賑貸，旬日而復反。自州門至老竹，自老竹至鵝口，復回老竹，由乾溪上入浦口，泛舟以歸，得詩十首》之四，《全宋詩》第49冊，第30698頁。

〔註55〕〔宋〕曾幾《蘇秀道中，自七月二十五日夜大雨三日，秋苗以蘇，喜而有作》，《全宋詩》第29冊，第18550頁。

〔註56〕〔宋〕曾幾《三衢道中》，《全宋詩》第29冊，第18590頁。

〔註57〕〔宋〕范成大《秋日田園雜興十二絕》之八，《全宋詩》第41冊，第26005頁。

分綠與窗紗。日長睡起無情思，閒看兒童捉柳花」〔註58〕等詩歌的意境。他反映雨澇災害的「巴陵一月雨不休，豈惟人病天亦愁。蠹饑麥腐谷種壞，農夫田婦呼天求」〔註59〕、「旱勢若燎火，雨粒如投珠。望望恐不及，嗷嗷欲成呼。叩龍探古湫，號佛喧通衢」〔註60〕，揭露官府虐害民眾的「東街鼓坎坎，西街鼓冬冬。市酒倚法禁，椎牛聚群凶。差事驚父老，狂歌走兒童」〔註61〕等詩歌，描寫生動形象，語句精警深婉，筆調圓融通脫，堪比范成大「探菱辛苦廢犁鋤，血指流丹鬼質枯。無力買田聊種水，近來湖面亦收租」〔註62〕等同類題材詩歌的精警圓融的特質。

趙蕃的部分感懷詩和酬贈詩，也具有通脫圓融的風格特質。其《連日風雨，有懷沈仲良、歐陽全真》是一首懷念先賢和友人的感懷詩：「滿城風雨重陽近，此句豈惟時節詠？古今凡歷幾詩人，獨覺柯山有餘韻。臨川之謝東萊呂，往往懷潘用茲語。我嘗評此七字句，政似江邊烏臼樹」〔註63〕，化用潘大臨「滿城風雨近重陽」的意境，抒發對潘大臨等先賢的崇敬和對遠在他鄉的友人的思念之情，不但情景渾然一體，意境圓熟高妙，而且韻律和諧流暢，音節頓挫有致，全詩表現出圓融通脫的風格。又如敘事與抒情詩結合的懷念抗敵英雄鄭公的「往年敵來如破竹，九州泛若浮海粟。鄭公仗節守馮翊，毅然可殺不可辱。飄流南浮適茲里，平生行事耳目熟。幾回下馬過其墳，溪水洄洄抱山足」〔註64〕，採用情景交融的手法，

〔註58〕〔宋〕楊萬里《閒居初夏午睡起二絕句》之一，《全宋詩》第42冊，第26109頁。

〔註59〕《三月十八日》之一，《全宋詩》第49冊，第30510頁。

〔註60〕《初六日雨而甚微》，《全宋詩》第49冊，第30450頁。

〔註61〕《書事》之六，《全宋詩》第49冊，第30444頁。

〔註62〕〔宋〕范成大《四時田園雜興》之四，《全宋詩》第41冊，第26004頁。

〔註63〕《連日風雨，有懷沈仲良、歐陽全真》，《全宋詩》第49冊，第30863頁。

〔註64〕《季奕枉詩送行，借審知韻奉別，並呈伯元》，《全宋詩》第49冊，

抒寫對鄭公英雄氣概的欽敬和深情懷念，渾厚的意蘊與頓挫朗練的
音律完美融合，可謂「骨氣端翔，音情頓挫，光英朗練，有金石聲」
〔註65〕。趙蕃在詩中，還經常適量用典，增強詩歌的內蘊和藝術感
染力，其《寄婺州喻良能叔奇》敘述與友人喻良能（字叔奇）的交
往與送別情景：

> 我家入婺四十里，有竹參天山崛起。
> 尋常一過故人飯，長是驅車不停軌。
> 去年偶爲逃暑留，禪房小憩清溪頭。
> 君當適閩駐行李，遣騎問我安與不？
> 我聞君來固驚喜，君亦怪我窮不死。
> 殷勤竟辱懷刺先，我乃跟蹌成倒屣。
> 相看問我今何如？爲言斑鬢甘泥塗。
> 君時新有阿兄戚，語及往事猶長籲。
> 君歸匆匆莫可挽，劇談未了風吹斷。
> 贈君不直一錢詩，何以報之錦繡段。
> 明朝過君君且行，我思重別難爲情。
> 勞君下馬更握手，再三謂我頻寄聲。
> 別來僅可熟羊胛，含薰待春蘭已發。
> 擬將採掇慰離居，路遠何緣置君側？
> 如君人才誰與儔，直諒豈下西京劉？
> 校讎祕府自能事，何乃傳經瀕海州。
> 吾君急賢每旰食，詔書取士到微厹。
> 君今未免滯周南，諸公貴人曷逃責？
> 願君覓句勿自哀，清尊無事日日開。
> 未有白地光明錦，用作人間負販材。〔註66〕

詩歌以景物描寫起興，敘述了與喻良能重逢的喜悅和依依不捨的送
別情景，抒發了對喻良能高尙品節的讚賞。詩人圍繞稱頌友人的才

第 30495 頁。
〔註65〕〔唐〕陳子昂《與東方左史虬修竹篇序》，《陳子昂集》，中華書局，
　　　　1960 年，第 15 頁。
〔註66〕《寄婺州喻良能叔奇》，《全宋詩》第 49 冊，第 30497 頁。

能氣節和抒發朋友之間的深情厚誼，設置了不少鮮活生動的細節描寫：重逢時「我乃跟蹌成倒屣」、告別時「勞君下馬更握手，再三謂我頻寄聲」，感歎人生無常的「君亦怪我窮不死」、「語及往事猶長籲」，述說思念情深的「別來僅可熟羊胛，含薰待春蘭已發。擬將採掇慰離居，路遠何由置君側」。此外，還用漢代文行卓著的劉向和十六國時後趙織錦署所織的一種白底有文彩的白地光明錦，比擬喻良能超逸高潔的人格和俊採熠熠的文學才華。這首詩運用細節描寫、情景相生等藝術手法，充分狀寫並凸顯了朋友之間的深情，主題鮮明，內蘊深刻，感情的自然流動中時有波瀾起伏，與景物描寫和用事和諧交融，凸顯了圓融通脫的風格。

此外，趙蕃的部分詠物詩歌也達到了很高的藝術境界，表現出圓融通脫的風格，如「菊花粲粲懷元亮，薏苡累累念伏波」〔註67〕對菊花、薏苡情狀的刻畫與對先賢的渴慕渾然無間，而「問訊新篁今幾長，高應出屋下侵廊。遙憐初日弄碎影，想見午風傳細香。臥看行吟君得意，畫思宵寐我迴腸」〔註68〕，抒發對竹子的思念之情，詩人以豐富的想像、通感的手法，細膩傳神地描摹了竹影搖曳的情態與竹葉悠悠的清香，抒發了詩人深情綿渺的思念之情，把優美的詩情、畫意、詩人纏綿悱惻的情思，與婉轉迴環的韻律渾融一體，風格細膩通脫、圓融自然，在宋代詠物詩中，達到了較高的藝術水準。

第二節　豐富多樣的技法

一、章法、句法與字法

與宋詩主氣重意的特點一致，趙蕃的詩歌表現了他的思想與意態，所以章法的起承轉合交代不明顯，多呈現直下之勢。與此相應，

〔註67〕《道傍多薏苡、菊花有感》，《全宋詩》第 49 冊，第 30924 頁。
〔註68〕《重懷思隱之作，因回使寄明叔兼呈從禮、景立》，《全宋詩》第 49 冊，第 30711 頁。

句法上，趙蕃常用流水句和問句。關於趙蕃詩歌的章法與句法，在前文體裁研究部分已經論及，此處不復贅述

　　趙蕃詩歌音律和諧流暢，與他對字法（詞彙）的精巧使用密不可分，他善於使用雙聲、疊韻和重疊詞，既有助於思想內容的表達，也增加了詩歌的韻律美。如「既雨得晴晴亦佳，筍輿終日度咿啞。蒙籠篁竹四三里，彷彿茅茨三五家」〔註69〕中，雙聲詞「咿啞」，形象地描摹出竹轎在山中高低不平的路面上前進時發出的吱吱嘎嘎的聲音，而雙聲詞「彷彿」、疊韻詞「蒙籠」兩個詞語，也狀寫出湘西山區竹叢連綿不斷、村莊若隱若現的美麗風景。

　　周裕鍇先生認為「江西詩人作詩避免使用疊字，但在六言絕句卻是一個例外」〔註70〕，但是，在趙蕃詩中，不僅六言絕句使用了不少重疊詞，他的五、七言絕句與律詩中，疊字也俯拾即是，如「菊花粲粲懷元亮，薏苡累累念伏波」〔註71〕、「粲粲」與「累累」兩個重疊詞，描寫了菊花、薏苡盛開的情景，「粲粲」還狀寫出菊花鮮亮奪目的色彩；「菊徑依依懷靖節」〔註72〕，「依依」一詞，道出了詩人對陶淵明無盡的懷念之情；「醉眠欹側似乘舠，颯颯溪風吹鬢毛」〔註73〕，「颯颯」一詞，描寫了溪風吹到臉上的清冷感覺。「鷺立長灘本爲饑，水深魚沒定奚爲？何如煙雨青林畔，漠漠冥冥縱所之」〔註74〕中，「漠漠冥冥」不但連用疊詞，而且兼用「鴻飛冥冥」的典

〔註69〕《三月十七日以檄出行賑貸，旬日而復反。自州門至老竹，自老竹至鵝口，復回老竹，由乾溪上入浦口，泛舟以歸，得詩十首》之四，《全宋詩》第49冊，第30698頁。

〔註70〕周裕鍇《宋代六言絕句的繪畫美和建築美》，《吉首大學學報》（社會科學版），2004年4月，第19頁。

〔註71〕《道傍多薏苡、菊花有感》，《全宋詩》第49冊，第30924頁。

〔註72〕《梅花六首》之四，《全宋詩》第49冊，第30917頁。

〔註73〕《見梁檢法書懷八絕句於廣文尉曹處次韻》之二，《全宋詩》第49冊，第30833頁。

〔註74〕《次韻見可書示二絕並以送行》之一，《全宋詩》第49冊，第30833頁。

事，象徵詩人對隱逸生活的嚮往，意蘊深長；「桃樹深紅亦淺紅，竹竿個個又叢叢」〔註75〕，「個個」、「叢叢」描摹了竹林的茂密和竹子的挺拔身姿；「何如田鼓與田歌，烏烏坎坎安而和」〔註76〕，「烏烏坎坎」形象地描寫了江南的輕歌曼舞與祥和安寧。有時，詩人還連用數個重疊詞：「春風去我孰能留，寒疾聞君頓已瘳。示以斜斜並整整，故知莫莫復休休」〔註77〕中疊詞連用，比他所化用的黃庭堅「只今將弟妹，嬉戲挽羊車，忽書滿窗紙，整整復斜斜」〔註78〕詩句中的「整整」「斜斜」還多，以「斜斜」、「整整」指代友人徐斯遠的詩作，「莫莫」、「休休」形容徐斯遠的安閒自得，不但韻味雋永，而且情辭優美。

在很多詩中，詩人常常交錯使用雙聲、疊韻和重疊詞，充分渲染了氣氛，強化了表達的效果，如「平生江南春，老去荊州客。生徒歡飄萍，死乃悲墓柏」〔註79〕，以及「支離如病鶴，吟詠雜寒蟲。摵摵朝梧葉，蕭蕭瘦竹風。飄零偶天末，憔悴只江東」〔註80〕等抒發羈旅情愁的詩句，用一系列淒冷、悲慘的意象，尤其是無助的飄萍、憔悴的病鶴、凋零的梧葉、風中的瘦竹、瑟縮的寒蟲和衰老的詩人等，形象地描摹出詩人身心的憔悴與衰疲，以及羈旅異鄉的抑鬱心情。其中，「飄萍」、「支離」、「摵摵」、「蕭蕭」、「飄零」和「憔悴」等雙聲、疊韻或重疊詞的頻繁運用，不僅增加了詩歌形式與韻律的和諧美感，在內容表達上，也以少總多，豐富了詩歌的意蘊，強化了蕩氣迴腸的藝術效果。

〔註75〕《漫興十一首》之一，《全宋詩》第 49 冊，第 30800 頁。
〔註76〕《田家行二首》之二，《全宋詩》第 49 冊，第 30514 頁。
〔註77〕《次韻斯遠二十六日三絕》之三，《全宋詩》第 49 冊，第 30833 頁。
〔註78〕〔宋〕黃庭堅《次韻張仲謀過醴池寺齋》，《全宋詩》第 17 冊，第 11355 頁。
〔註79〕《在伯沅陵俱和前詩，復次韻五首》之四，《全宋詩》第 49 冊，第 30845 頁。
〔註80〕《中夜風雨驟作悵然有懷，簡全真、沅陵，並寄成父弟》，《全宋詩》第 49 冊，第 30881 頁。

二、比　興

比興手法是我國古典詩詞最常用的藝術手法之一，具有經久不衰的藝術魅力。趙蕃的酬贈詩、感懷詩和行役詩，就經常使用這種顯性的表達方式，充分抒發高潔的襟抱和纏綿悱惻的情思。其行役詩抒發濃濃的思鄉情結，經常借助白鷗或大鴈等飛鳥起興，抒發內心孤獨寂寞或嚮往隱逸生活的情思，如「草草天涯棹，悠悠江上鷗。琵琶千古恨，蓑笠十年遊。莫向官亭泊，閒為佛界流。明朝更西去，依舊覓扁舟」〔註81〕、「巴邑有客方倦遊，杭湖欲歸思具舟。冥冥政爾羨歸鴈，拍拍安浔從輕鷗」〔註82〕，在詩人心中，白鷗是船行旅途之相依相伴的朋友，也是自由自在、品格高潔的象徵。而《孤鴈三首》中孤獨飛翔的孤鴈，則是漂泊異鄉的詩人自身形象的寫照，其一云：「孤鴈哀哀叫曉霜，客衾如水待天光。不緣杜宇催歸去，未信寒猿解斷腸」〔註83〕，鴻鴈孤獨的哀鳴，寒猿斷腸的哀號，暗喻客子悽惶的思歸心聲。

在酬贈詩中，詩人也頻繁使用比興手法，渲染友情的深厚。如《留別子肅》開頭幾句云：「欲雪不雪雲雨愁，將行未行心口謀。問胡不去良有由，故人伏枕關我憂。自心初識十年遊，不作世人新白頭」〔註84〕，愁雲慘淡的情景與別離的感傷水乳交融；《次韻在伯送行》的開頭描寫道：「白石何鑿鑿，白鳥何鶴鶴。吾行甚悠悠，物境自廓廓。緬思友生良，頓使懷抱惡。」〔註85〕用潔白鮮亮的白石和白鶴起興，比喻詩人和友人高潔的品節、純潔的友誼，而詩人此行將要度過的悠悠長路和遼闊空間，也暗示了詩人人生之路的漫長與

〔註81〕　《閏月二十日離玉山八月到餘干，易舟又二日抵鄱陽。城迫集途中所作，得詩十有二首》之十二，《全宋詩》第49冊，第30399～30400頁。

〔註82〕　《全宋詩》第49冊，第30510頁。

〔註83〕　《孤雁三首》之一，《全宋詩》第49冊，第30935頁。

〔註84〕　《留別子肅》，《全宋詩》第49冊，第30494頁。

〔註85〕　《次韻在伯送行》，《全宋詩》第49冊，第30466頁。

艱難，以及實踐「相期振古風，相與務天爵」〔註86〕的道德目標的
任重道遠。基於詩歌表情達意的需要和對傳統詩歌藝術的傳承，趙
蕃在詩中經常使用比興手法，他的《孝顯追送至沙溪，書所見以
別》，也是一首贈別詩，其開頭「白雲英英行空山，白鷺矯矯去復
還」〔註87〕，用英英白雲和矯矯白鷺興起，比喻詩人和友人依依不
捨的友誼與高潔襟抱。再如「春芳凋兮瘖杜宇，留得鳴鳩呼渴雨。
誰能使我病斯愈，矻矻深思誦詩許」〔註88〕，以春花凋零、杜鵑鳥
失音起興，比喻詩人病臥在床、無力吟詩的衰弱情形；「兩賢堂下竹
參天，雨後涓涓陸子泉」〔註89〕，以參天巨竹和涓涓清泉興起，表
達對茶聖陸羽和恩師曾幾兩位先賢的敬仰和懷念。

　　從上述所舉悠悠江鷗、孤鴈哀哀、白石鑿鑿，白鳥鶴鶴、白雲英
英、白鷺矯矯和泉水涓涓等詞句中，還可以看到趙蕃在使用比興手法
時，常常伴隨重疊詞的使用，充分渲染含蓄蘊藉的意境，強化感情抒
發的力度，從而達到突出主題的藝術效果。

三、虛實相生

　　古典詩詞常常採用虛實相生的隱性表達方式，實指客觀存在的
情景物象，虛是存在於人的思想意識之中的物象，是想像中的情
景，虛實相生也就是具體為實、抽象為虛。運用虛實相生的表達方
式，可以拓展詩歌的意境，強化抒情的效果和感染力。李煜詞就長
於使用虛實結合的手法，如「雕欄玉砌應猶在，只是朱顏改」（《虞
美人》），以回憶中「雕欄玉砌」的已逝之景，來抒發李煜的亡國之
恨，令人感慨萬分。趙蕃詩歌在寫景狀物時，常用虛實相生的藝術

〔註86〕同上。
〔註87〕《孝顯追送至沙溪，書所見以別》，《全宋詩》第 49 冊，第 30495 頁。
〔註88〕《王伯玉兄弟皆用叔文韻作詩見示答之》，《全宋詩》第 49 冊，第 30524
　　　　頁。
〔註89〕《奉寄斯遠兼屬文鼎、處州子永提屬五首》之三，《全宋詩》第 49
　　　　冊，第 30835 頁。

手段，拓展詩歌的意境。其《雪中讀誠齋荊溪諸集成古詩二十韻奉寄並呈吳仲權》一詩，描繪懷玉山異常酷寒的漫天雪景：「雲埋懷玉山，風斷群玉府。霰聲欶成跳，雪陣翻已舞。槎牙粲瑤林，突兀森瓊戶。山差丈人行，鳥絕兄弟語。初看失南東，旋覺迷仰俯。恍疑群仙下，直謂陰靈聚。回沾須蕭騷，細著衣襤褸。履穿不能曳，笳凍莫可拄」〔註90〕，其中「雲埋懷玉山」、「初看失南東，旋覺迷仰俯」、「履穿不能曳，笳凍莫可拄」等句，實寫漫天雪景與酷寒的氣候，「恍疑群仙下，直謂陰靈聚」和「瑤林」、「瓊戶」等情境，則是來自想像中的神仙世界，是虛筆。詩歌虛實結合，充分渲染了懷玉山雲雪籠罩、風霰狂舞、鳥兒噤聲的奇情壯採。

在詩歌創作中，趙蕃還常常結合使用通感的手法，達到虛實相生的藝術效果，如「大麥初齊積漸黃，青青小麥更連岡。去冬屢雪有如此，今歲一豐端可望。負籠不須嗟甚苦，腰鐮行且看爭忙。大倉紅腐憎泥土，亦復遙思餅餌香」〔註91〕，從眼前大麥漸黃、小麥連岡的美景，想到未來收割時農民揮舞腰鐮搶收、負籠運糧等情景，再進而聯想到彷彿聞到了農家餅餌的香氣，虛實相生，抒發了詩人對農家豐收在望的喜悅之情；而「遙憐初日弄碎影，想見午風傳細香。臥看行吟君得意，晝思宵寐我迴腸」〔註92〕中，詩人想像著竹子茂盛的長勢，以及友人賞竹時「臥看行吟」的自得情形，也是採用虛實相生的手法，傳神寫照，抒發了對竹子的深情思念。

四、「賦」法入詩

所謂賦法入詩，表現在敘事性的詩中，主要指用敘述的方式，描

〔註90〕《雪中讀誠齋荊溪諸集，成古詩二十韻，奉寄並呈吳仲權》，《全宋詩》第 49 冊，第 30855 頁。

〔註91〕《三月十七日以檄出行賑貸，旬日而復反。自州門至老竹，自老竹至鵝口，復回老竹，由乾溪入上浦口，泛舟以歸，得詩十首》之四，《全宋詩》第 49 冊，第 30698 頁。

〔註92〕《重懷思隱之作，因回使寄明叔兼呈從禮、景立》，《全宋詩》第 49 冊，第 30711 頁。

述事件發生、發展的過程；表現在寫景類的詩中，主要指用白描的方
式寫景狀物，傳情達意。以文入詩，是宋詩的典型特徵之一。趙蕃的
詩歌藝術造詣深厚，以文爲詩、議論入詩都運用純熟。其《自玉山歸
竹隱，投宿廣平院》，就是以文爲詩的範例：

> 久客倦城市，薄言歸田廬。秣馬待日斂，顛風忽來俱。
> 橫策徑成去，撲撲埃滿鬚。晴雷隱虛空，數雨如投珠。
> 渴甚念茗飲，遲回尋梵居。少焉復前邁，行行過煙墟。
> 但驚田疇間，有似槁復蘇。及經道途衝，餘流尚通渠。
> 乃悟適來雨，咫尺或有無。天公本何心，分龍信非誣。
> 自茲到吾棲，崗嶺更複迂。山窮偶逢寺，可以休僕痡。
> 投鞍議食事，僅具粥一盂。道人吾故人，問我來崎嶇。
> 既能設瓜果，村酒亦複沽。我愧非淵明，僧誠遠公徒。
> 停杯竟高枕，夢境知何如。明當帶星起，草露徒侵裾。
> 還家一何忙，視竹齋架書。優哉且自適，休問瓶無儲。

〔註93〕

詩歌敘述詩人從玉山縣城回家路上，目睹田野乾旱的嚴重災情，恰
遇一場雷雨不期而至，但是雷聲大雨點小，僅僅「數雨如投珠」。詩
人再往前行一段距離，到達山中的一塊平地，卻看到截然不同的情
景，此處雨後水流湍急，直通河渠，詩人驚奇中恍然大悟，原來剛
才的降雨正是民間所說分龍雨或隔轍雨〔註94〕，其特點是一轍之
隔，晴雨各異，也就是趙蕃詩中所說的「咫尺或有無」。在詩中，趙
蕃隨後敘述了投宿廣平院食宿並與熟悉的僧人交談的情形，還設想
了次日回家後的生活。詩人對一路耳聞目覩與所感所想娓娓道來，
情節生動，敘述流暢，條理清晰，頗有韓愈《山石》等詩的章法。

在敘事詩中，詩人常常使用「賦」的手法，敘述生活的遭際，
傳寫內心的痛苦。其《初寒無衾，買紙被以紓急，作四絕》：「瑟縮

〔註93〕《自玉山歸竹隱，投宿廣平院》，《全宋詩》第49冊，第30391頁。
〔註94〕注，分龍雨即隔轍雨，就是夏季所降的對流雨，古人以爲由於龍分
　　　　管不同區域的降雨，所以稱爲分龍雨。

從渠體尚生，不妨欹擁度天明。書生活計能消底，太息牛衣王仲卿」〔註95〕，描寫詩人被凍得無法入睡，只好擁著紙被斜坐到天亮，心中默默歎息自己有如漢代的「牛衣王仲卿」，其情其景，讓人徒生傷悲。而詩人在《呈審知》中描寫徐審知「盎背晬然眸子瞭」的形貌和「向我誦讀如貫珠」〔註96〕的動作，也栩栩如生地刻畫了徐審知清新真純、溫和儒雅的性格。再如，前文述及的《冬至後五夕頻夢陳擇之》、《二十七日既浴於乾明庵，負暄久之詩示住庵》等敘事詩，在生動的敘述中，夾敘夾議，顯示了宋詩以文為詩、議論入詩的特點。而《再宿合龍山》、《檢校竹隱竹數三首》等詩，議論的成分更多，且議論生動，具有深刻的哲理色彩。前者如「山僧雖居山，山豈山僧有？政如多藏家，黃金為誰守？我雖不居山，隨至輒有取」〔註97〕，後者「何以居之安，賴此猗猗綠」，「錢多論以屋，畜多論以谷。我獨何為者，個個數修竹。竹個雖不多，是亦我所欲」〔註98〕，都是感情充沛的議論。兩首詩都融敘事、議論和抒情於一體，表達了對世上貪婪之徒的憎惡與對高情遠志的追求。

　　白描是古典詩歌常見的藝術手法之一，它強調不用雕飾，用最樸素、最簡練的筆墨，忠實地勾勒出描寫對象的內在本質或特徵。趙蕃的詩歌對白描手法運用純熟。其《呈莫大猷令》一詩中描寫了江南水鄉的美景說：「阡陌東西隔，人家遠近連。針青秧出水，穗長麥搖煙。犬吠稀逢客，牛耕不廢鞭。幽啼催穀布，午霽起蠶眠」，〔註99〕描摹細膩生動，尤其是水稻秧田裏那青綠可愛的秧苗，剛剛從水中冒出針狀的葉片，農民家裏剛從睡眠中醒來的蠶兒，伸著頭不停地搖擺、尋找桑葉等精細的描寫，表現了詩人觀察的細緻入微和對水鄉優美風光

〔註95〕　《初寒無衾，買紙被以紓急，作四絕》之二，《全宋詩》第 49 冊，第 30928 頁。
〔註96〕　《呈審知》，《全宋詩》第 49 冊，第 30505 頁。
〔註97〕　《再宿合龍山》，《全宋詩》第 49 冊，第 30484 頁。
〔註98〕　《檢校竹隱竹數三首》，《全宋詩》第 49 冊，第 30433 頁。
〔註99〕　《呈莫大猷令》，《全宋詩》第 49 冊，第 30663 頁。

的陶醉。《詠筍用昌黎韻》一詩，描述竹筍「雨後競添孫」的情形：「有朋如角立，布陣似爭驀。戢戢株雖短，駸駸勢已存」、「驟驚疑九合，還訝若車奔」〔註100〕，生動形象的描寫，逼眞的展示了竹筍旺盛的長勢和詩人內心的陶醉和興奮。

五、豐富的修辭手法

趙蕃的詩歌善於運用各種修辭手法，增強詩歌的表達效果，其中，使用最多的修辭手法有對比、比喻、擬人和誇張等。

詩歌中恰當地使用對比的藝術手法，可以達到精警、深刻的藝術效果，給人鮮明的形象和強烈的感受。趙蕃的詩歌就經常使用對比的手法，抒發強烈的思想感情。在詠物詩中，他讚揚菊花雖然身處荒遠的大山深處或環境惡劣的路邊草叢，卻不以爲意，仍能頑強不屈的生長、開花，向人展示自己的美麗和堅貞：「山行漸欲墮荊榛，夾道黃花獨爾新。野外籬邊非失所，尙能寒眼動詩人」〔註101〕、「七盤八疊辰州路，賴爾相看作故人」〔註102〕，荒遠惡劣的環境與菊花燦爛的笑容、堅貞的品格，形成鮮明的對比，不但給詩人和路人，也給讀者留下了強烈的印象。詩人讚揚狂風暴雨來臨時寧折不屈的竹子說：「是時凡草木，掩抑若自衛。惟君獨傲然，略不威嚴霽」〔註103〕，竹子的傲然挺立與平凡草木的紛紛掩抑倒伏，形成鮮明的對比，昭示了竹子堅貞不屈的氣節。詩人在描述自己窮愁潦倒的生活境遇時，也經常使用對比的藝術手法，達到精警感人的效果，如「我今鬢髮衰且殘，君乃春秋富未闌」〔註104〕狀寫衰老境況，「羨君聚首共文書，憐我離形屢寒暑」〔註105〕抒發漂泊他鄉的感慨和思念兄弟的情懷，「萬錢固

〔註100〕　《詠筍用昌黎韻》，《全宋詩》第49冊，第30669～30670頁。
〔註101〕　《賦道傍菊》之三，《全宋詩》第49冊，第30927頁。
〔註102〕　《賦道傍菊》之四，《全宋詩》第49冊，第30927頁。
〔註103〕　《悼竹》，《全宋詩》第49冊，第30455頁。
〔註104〕　《次韻斯遠夜歸自溪南之作》，《全宋詩》第49冊，第30523頁。
〔註105〕　《王伯玉兄弟皆用叔文韻作詩見示答之》，《全宋詩》第49冊，第

無相，三韭聊自詭」〔註106〕、「傭販人人有閭廬，借居如我絕無娛」
〔註107〕寫生活窮困。這些鮮明的對比，凸顯了詩人不幸的境遇，強
烈地傳達了詩人內心的悲傷與無奈。

　　比喻是一種形象生動的修辭手法，趙蕃《和折子明丈閒居雜興
十首》其五是一首論詩詩：「詩有江西派，首書江夏黃。精神如有
得，形似直堪忘。拱把至合抱，江流由濫觴。屹然成巨室，勇若泛
飛艎」〔註108〕，詩人認為作詩要追求詩歌的內在神韻，要從源頭
積纍學問和詩歌素養，好比涓涓細流彙集成滔滔大河，又好像拱把
小樹長成合抱大樹，最後被製作成大船在江河湖海劈波斬浪。詩人
用這兩個比喻，形象地說明了詩歌創作從源頭開始積學以養氣、從
小家到大家、名家的過程，以及抓住詩歌特點、掌握其本質規律的
重要性。再如「雍熙淳化太宗年，治道度越唐漢前」〔註109〕，把
南宋孝宗朝的淳熙中興比喻為北宋的淳化年間和漢唐之盛；「官居
如穴還如巢，數間編竹仍結茅」〔註110〕，把寒冷簡陋的官居比為
動物的巢穴，意味深長。

　　擬人手法的使用，在趙蕃詩中也很常見，這與宋詩強烈的人文色
彩和指向密切相關。從題材來看，宋人的詠物詩使用擬人手法非常普
遍，趙蕃同樣不例外。他不但大量吟誦竹子，而且經常把竹子擬人化：
「今當捨竹去作吏，竹為嘿嘿如抱辱」〔註111〕、「山中乏朋友，捨爾
復誰親」〔註112〕，對於生長在宅舍門口妨礙進出的竹筍，他在挖掘
時與竹筍款款「對話」：「莫言無罪充庖宰，自汝為生託地疏」〔註113〕。

　　　　30524 頁。
〔註106〕　《書事》之四，《全宋詩》第 49 冊，第 30443 頁。
〔註107〕　《次韻斯遠二十六日三絕》之二，《全宋詩》第 49 冊，第 30832 頁。
〔註108〕　《全宋詩》第 49 冊，第 30629 頁。
〔註109〕　《永豐令括蒼章君、尉上蔡謝君，以淳熙改元二月晦日，勸農於負郭
　　　　　祖印院。事已，率蕃為泛舟之役，《全宋詩》第 49 冊，第 30489 頁。
〔註110〕　《連雨即事》，《全宋詩》第 49 冊，第 30515 頁。
〔註111〕　《同成父過章泉，用前韻示之》，《全宋詩》第 49 冊，第 30518 頁。
〔註112〕　《新竹》，《全宋詩》第 49 冊，第 30532 頁。
〔註113〕　《以筍送諸公二首》之一，《全宋詩》第 49 冊，第 30775 頁。

其《悼竹》詩整首詩把竹子擬人化，把被風吹折的竹子當作人來悼念：
「初飛佛場花，繼灑鮫人涕」、「是時凡草木，掩抑若自衛。惟君獨傲
然，略不威嚴霽」〔註114〕，草木和竹子都被詩人賦予了人的行為、
感情。趙蕃詩中有時也使用擬物的修辭手法，如「徐子崖根竹，風雪
不掩綠」〔註115〕，把外表清瘦、品格拔俗的徐文卿比擬為高潔的竹
子。

　　值得注意的是，趙蕃經常同時使用兩種或兩種以上的修辭手
段，以增強表達效果和感染力。「芙蓉山上芙蓉尖，向人咫尺分毫纖。
或如冠劍或鳥獸，令我左右煩窺覘」〔註116〕，描寫芙蓉山的千姿百
態，使用了比喻兼擬人兩種手法；其《詠筍用昌黎韻》一詩中，描
寫竹筍「有朋如角立，布陣似爭騫」、「驟驚疑九合，還訝若車奔」
〔註117〕的喜人長勢，同時使用了擬人、比喻、誇張三種手法，可見
詩人對竹子的喜愛；他描繪懷玉山的雪景與寒冷情形：「霰聲欻成
跳，雪陳翻已舞」、「山差丈人行，鳥絕兄弟語」、「恍疑群仙下，直
謂陰靈聚」、「履穿不能曳，筇凍莫可拄」〔註118〕，也使用了比喻、
擬人和誇張三種手法。

〔註114〕　《悼竹》，《全宋詩》第 49 冊，第 30455 頁。
〔註115〕　《蕃與斯遠季奕同生於十二月，蕃初五日，季奕初十日，斯遠十八
　　　　　日。近辱季奕覘詩，猶未獲報，茲及斯遠之壽，並此奉頌二首》之
　　　　　一，《全宋詩》第 49 冊，第 30440 頁。
〔註116〕　《芙蓉道間二首》之一，《全宋詩》第 49 冊，第 30502 頁。
〔註117〕　《詠筍用昌黎韻》，《全宋詩》第 49 冊，第 30669～30670 頁。
〔註118〕　《雪中讀誠齋荊溪諸集成古詩二十韻奉寄並呈吳仲權》，《全宋詩》
　　　　　第 49 冊，第 30855 頁。

第九章　趙蕃詩歌的藝術淵源、
　　　　缺陷、歷史地位與影響

趙蕃詩歌的藝術淵源深廣，既有《論語》、《詩經》、《孟子》等儒家經典的滋潤，也吸收了《史記》、《漢書》、《後漢書》、《三國志》等史書的精華；在詩歌藝術的傳承與發揚上，他廣泛汲取了陶淵明、杜甫、韓愈、蘇軾、黃庭堅、呂本中、曾幾等作家的創作思想與藝術風格，尤其深得江西詩派詩歌藝術的精髓，取得了很高的成就。

從詩歌鑒賞的角度來看，趙蕃的詩歌有兩個明顯的藝術缺陷：一是廊廡不寬，氣象不大，二是部分詩歌用典繁多，以至詩意深奧隱晦。

趙蕃畢生以道自任，重視氣節，他的詩歌內容豐富、藝術成就很高，是一個德藝雙馨的著名詩人，在南宋中期詩壇影響很大，正如朱熹所言：「昌父志操文詞，皆非流輩所及」〔註1〕。趙蕃詩歌在當時廣為流傳，深受寵愛。其田園詩被宋代的包恢等詩人奉為模範。其詩，在元代仍被人喜愛與珍藏。

〔註1〕〔宋〕朱熹《晦庵先生朱文公文集》卷54《答徐斯遠》，朱傑人、嚴佐之、劉永翔主編《朱子全書》（第23冊），上海古籍出版社、安徽教育出版社，2002年，第2579頁。

第一節　綿遠深廣的思想、文化與藝術淵源

一、思想與文化淵源

　　在思想與文化傳承上，趙蕃不但對《論語》、《詩經》、《孟子》、《禮記》等儒家經典虔誠以待、奉若神明，而且詩歌中採擷自《論語》、《詩經》中的意象、詞句俯拾即是。

　　趙蕃對《詩經》不但很熟悉，而且高度重視《詩經》反映生活的現實主義精神，他說「六義極淵源，一貫相授受」〔註2〕，爲《詩經》的現實主義精神在南宋的衰落而呼號：「正聲久欲絕，作者徒紛如。」〔註3〕他不但發揚《詩經》的風雅精神，寫作了很多反映當時現實生活的敘事詩、抒情詩，還寫作了大量反映民生疾苦的田園詩。他自覺吸納《詩經》的賦、比、興等表達方法，運用於詩歌創作中（請詳見本書《趙蕃詩歌的風格與技法》部分）。趙蕃詩歌採擷自《詩經》的意象與詞句也很豐富，如「閉窗念從公，兩腳如縶維」〔註4〕、「清朝求士正側席，可使白駒詠空谷」〔註5〕，以「白駒」比喻賢人隱士，「縶維」比喻挽留賢人隱士，均出自《白駒》篇中「皎皎白駒，食我場苗。縶之維之，以永今朝」；「四海推鳴鳳，孤生悵跕鳶」〔註6〕中「鳴鳳」出自《卷阿》篇中「鳳皇鳴矣，於彼高岡」。

　　作爲虔誠的儒士，趙蕃對《論語》的要義非常熟悉，他的人生理想與道德規範，幾乎完全以《論語》爲依據。他懷著儒家的仁厚思想，「物物寓吾仁」〔註7〕；他安貧守賤，沉醉於簞瓢之樂：「公如再廊廟，我亦遂簞瓢」〔註8〕、「忍使簞瓢獨屢空」〔註9〕，嚮往

〔註2〕　《重陽近矣，風雨驟至，誦邵老「滿城風雨近重陽」之句，輒爲一章，書呈教授沅陵》，《全宋詩》第 49 冊，第 30418 頁。

〔註3〕　《夜讀子肅詩再用前韻》，《全宋詩》第 49 冊，第 30441 頁。

〔註4〕　《有懷子肅，讀其詩卷，因成數語》，《全宋詩》第 49 冊，第 30419 頁。

〔註5〕　《次韻呈審知》，《全宋詩》第 49 冊，第 30494 頁。

〔註6〕　《寄誠齋先生》，《全宋詩》第 49 冊，第 30668 頁。

〔註7〕　《靜春堂》，《全宋詩》第 49 冊，第 30920 頁。

〔註8〕　《問候周子充丈》，《全宋詩》第 49 冊，第 30667～30668 頁。

「幾度挐舟湘水西，風雩亭下詠而歸」﹝註10﹞的人生自得境界。他詩中採自《論語》的意象與詞義比比皆是，如「嗟予晚聞道，未易等級推」﹝註11﹞中，「聞道」源於《里仁》篇中「朝聞道，夕死可矣」﹝註12﹞；「志合成三益」﹝註13﹞中「三益」源於《季氏》篇中「孔子曰：益者三友，損者三友。友直，友諒，友多聞，益矣」﹝註14﹞；「君子惡居惟下流」﹝註15﹞比喻眾惡所歸的地位，源自《子張》篇中「紂之不善，不如是之甚也。是以君子惡居下流，天下之惡皆歸焉」﹝註16﹞，等等，足見《論語》給趙蕃的人生和詩歌提供了無比豐富的營養。此外，《孟子》、《禮記》等儒家經典也對趙蕃影響很大，他詩中取自《孟子》或《禮記》的語詞也不在少數，如「要識平治端有道，不知論奏孰為先」﹝註17﹞中「平治」，取自《孟子·公孫丑下》「如欲平治天下，當今之世，舍我其誰也」﹝註18﹞；「吾曹與物自多忤，頌詩讀書猶論古」﹝註19﹞，化用《孟子·萬章下》「以友天下之善士為未足，又尚論古之人。頌其詩，讀其書，不知其人可乎？是以論其世也，是尚友也。」﹝註20﹞儘管對《論語》、《孟

﹝註9﹞　《別范建康》，《全宋詩》第49冊，第30729頁。
﹝註10﹞　《鄭仲理送行六首》之二，《全宋詩》第49冊，第30840頁。
﹝註11﹞　《有懷子肅，讀其詩卷，因成數語》，《全宋詩》第49冊，第30419頁。
﹝註12﹞　〔清〕劉寶楠撰，高流水點校《論語正義》，中華書局，1990年，第146頁。
﹝註13﹞　《次畢叔文見貽二首》之一，《全宋詩》第49冊，第30605頁。
﹝註14﹞　〔清〕劉寶楠撰，高流水點校《論語正義》，中華書局，1990年，第657頁。
﹝註15﹞　《次韻秉文初九日過先壟》之二，《全宋詩》第49冊，第30777頁。
﹝註16﹞　〔清〕劉寶楠撰，高流水點校《論語正義》，中華書局，1990年，第748頁。
﹝註17﹞　《送潘湖南二首》之一，《全宋詩》第49冊，中華書局，1987年，第30716頁。
﹝註18﹞　〔清〕焦循撰，沈文倬點校《孟子正義》，中華書局，1987年，第311頁。
﹝註19﹞　《次韻斯遠同彥章見過之作》，《全宋詩》第49冊，第30504頁。
﹝註20﹞　〔清〕焦循撰，沈文倬點校《孟子正義》，中華書局，1987年，第

子》等儒家的經典耳熟能詳，但是他在晚年仍然感到不滿足，「學道了無得處，空云《孟子》《魯論》」〔註21〕，既表明趙蕃晚年謙遜的胸襟，也說明他對儒家之道的孜孜以求。

　　趙蕃還廣泛吸收了《史記》、《漢書》、《後漢書》、《三國志》等史書的精華，他對兩漢人物耳熟能詳，尤其對那些節操高尚、不慕榮利的隱逸之士或忠臣良將，更是心馳神往。趙蕃詩中的兩漢人物多姿多彩，有忠君愛國、才能卓著卻命途多舛的政治家賈誼、晁錯、蕭望之，有武帝時上書言事一起拜為郎中的嚴安、徐樂，有以明經起家歷位至丞相的韋玄成，還有居職公廉的「大馮君」馮野王、鴻儒胡廣、公正辦案的于公、為民爭利的卜式等。不慕榮利的高士有韓伯休、黃叔度，叔侄同拜太傅、少傅的二疏（疏廣、疏受），以及東漢「儈牛自隱」的王君公、垂釣富春江畔的嚴光、廉潔隱退的二仲（羊仲、裘仲）和「南州高士」徐稚（字孺子）等。文學家有司馬相如、揚雄，文武雙全的將軍有「何以家為」的霍去病、征服南蠻的馬援等。當然，也有禍國殃民、被牢牢釘在歷史的恥辱柱上的奸臣石顯等，是作為忠臣良將的反面典型出現的。上述許多人物，大多在趙蕃的詩中被多次述及，可見《史記》、《漢書》、《後漢書》等史書對趙蕃的人生和詩歌創作影響之大，給他提供了豐富多彩的題材。

二、藝術淵源

　　在詩歌藝術的傳承與發揚上，趙蕃廣泛汲取了陶淵明、杜甫、韓愈、蘇軾、黃庭堅、呂本中、曾幾等作家的創作思想與藝術風格，尤其是江西詩派的詩歌理論與藝術。

　　陶淵明及其創作對趙蕃的影響，首先是陶淵明「不為五斗米折腰」的精神和淡泊嫻靜的人生思想，在趙蕃的心靈深處深深的紮下

726 頁。
〔註21〕《次韻斯遠別後見寄六言四首》之三，《全宋詩》第 49 冊，第 30763頁。

了根。其次是陶淵明的作品中吟誦貧窮、隱逸等內容的詩歌，趙蕃在詩中經常提及的具體篇目，有吟唱隱逸的《歸去來辭》、歌頌世外桃源生活的《桃花源記》和著名的「採菊東籬下，悠然見南山」詩句等。趙蕃與陶淵明同爲隱逸詩人，他的感懷詩和田園詩等題材的詩歌，頗有陶淵明詩歌沖淡渺遠、恬靜自然的風格特質。

　　趙蕃對杜甫、韓愈、李白、王維、韋應物、孟郊、賈島等唐代的大詩人非常尊崇，這些人在他心中擁有崇高的地位。他讚揚杜甫說：「少陵當日猶無語，而我何人敢漫狂」〔註22〕、「帆來鳥去蘇州句，落木長江老杜詩。得意寫圖那辦此，驚人吐句或能之」〔註23〕；他崇拜杜甫「頻年青阪陳陶恨，到處陽春白雪留」〔註24〕的憂國憂民情懷，欽敬杜詩反映社會生活的現實主義精神，他讚揚杜甫其人其詩說：

> 杜陵心喜歸茅宇，無復長安歎今雨。
> 事雖聊向朱阮論，身蓋自與稷契許。
> 胡爲流落不稱意，長鋏貂裘遍南土？
> 我嘗細把遺詩讀，大半悲傷聞戰鼓。
> 徒空至德至大曆，田車竟絕維庚午。
> 區區清醽與肥羊，何似松根茯苓煮。
> 是翁獨破念吾廬，太息明光誰避暑？
> 詩窮如是僅得名，欲作詩人寧易語？
> 要呼同志共討論，客裏那知酒家嫗。
> 便從甕側覓茂世，誰復尊中似文舉。
> 共將險韻搜崛奇，要逼蛟龍起飛舞。〔註25〕

趙蕃對杜甫的生平事跡、人生理想、詩歌內容與風格的變化軌跡，

〔註22〕　《沅陵見招賞海棠，病不能往，輒爾言謝三首》之二，《全宋詩》第49冊，第30794頁。
〔註23〕　《十九日雨中》，《全宋詩》第49冊，第30685頁。
〔註24〕　《張涪州出詩數軸，皆紀用兵以來時事，有感借其韻》，《全宋詩》第49冊，第30912頁。
〔註25〕　《叔文再用韻賦詩，亦復用韻答叔文，兼呈伯玉昆仲》，《全宋詩》第49冊，第30524頁。

非常熟悉，在詩中經常化用杜詩含義與詞句，如「不能懲創在，猶後強裁詩」〔註26〕，裁詩即作詩，杜甫《江亭》詩云：「故林歸未得，排悶強裁詩」〔註27〕。他如「呼燈自舉一厄酒，顛倒海濤尋破裘」〔註28〕，化用杜甫《北征》中「海圖坼波濤，舊繡移曲折」〔註29〕；「我漫參軍作蠻語，公能詩賦動江關」〔註30〕，化用杜甫「兒童解蠻語，不必作參軍」〔註31〕；「至日長為客，天涯空浩歎」〔註32〕，化用杜甫《冬至》中「年年至日長為客，忽忽窮愁泥殺人」〔註33〕；「我家為庶為清門，早因昭德容攀援」〔註34〕，化用杜甫《丹青引》中「將軍魏武之子孫，於今為庶為清門」〔註35〕，「挽鬚無用只嗔喝，念我只兒同短檠」〔註36〕，化用杜甫《北征》中「生還對童稚，似欲忘饑渴。問事競挽鬚，誰能即嗔喝」〔註37〕，等等。趙蕃對杜詩形象生動、內涵豐富的詩歌非常熱愛，化用起來渾然無痕，可以說是參透了杜詩的句法特點。

〔註26〕《秋陂道中三首》之二，《全宋詩》第49冊，第30582頁。
〔註27〕〔唐〕杜甫《江亭》，〔清〕仇兆鰲《杜詩詳注》卷十，中華書局，1979年，第801頁。
〔註28〕《成父期以十八日至，已而爽約》，《全宋詩》第49冊，第30408頁。
〔註29〕〔唐〕杜甫《北征》，〔清〕仇兆鰲《杜詩詳注》卷五，中華書局，1979年，第399頁。
〔註30〕《別約之舅》，《全宋詩》第49冊，第30693頁。
〔註31〕〔唐〕杜甫《秋野五首》之五，〔清〕仇兆鰲《杜詩詳注》卷二十，中華書局，1979年，第1734頁。
〔註32〕《僕自乙酉至今，凡四冬至，皆在覊旅。感慨成詩》，《全宋詩》第49冊，第30639～30640頁。
〔註33〕〔唐〕杜甫《冬至》，〔清〕仇兆鰲《杜詩詳注》卷二一，中華書局，1979年，第1823頁。
〔註34〕《別韓尚書》，《全宋詩》第49冊，第30493頁。
〔註35〕〔唐〕杜甫《丹青引》，〔清〕仇兆鰲《杜詩詳注》卷十三，中華書局，1979年，第1148頁。
〔註36〕《己亥十月送成父弟挈兩房幼累歸玉山五首》之二，《全宋詩》第49冊，第30922頁。
〔註37〕〔唐〕杜甫《北征》，〔清〕仇兆鰲《杜詩詳注》卷五，中華書局，1979年，第400頁。

趙蕃對李白、韓愈、蘇軾等大文豪及其作品，趙蕃也心嚮往之。他對韓愈的散文和詩歌藝術敬佩有加，尤其欣賞韓愈詩歌豪放雄奇的風格，「公曾數載潮陽掾，筆力怪來韓與蘇」〔註38〕、「新詩明勝錦，健筆快於錐。工部深陶冶，昌黎雜怪奇」〔註39〕、「怪底不同東野耄，政由深得退之奇」〔註40〕。在詩中他經常提及韓愈詩歌的怪奇特點，還次韓愈詩韻作詩，如其《用韓文公送鄭尙書韻寄雷朝宗兼屬歐陽全眞》一詩，用韓愈《送鄭尙書赴南海》詩韻；《詠筍用昌黎韻》一詩，用韓愈《和侯協律詠筍》詩韻。不過，趙蕃認爲韓愈的詩歌也有缺點，他說「昌黎詠雪故雄健，取喻未免收瑣屑」〔註41〕，體現了對韓詩深刻的瞭解。他在詩中也曾化用韓愈的詩句，如「以晏名齋懼不安，居閒從仕莫殊看」〔註42〕，化用韓愈《從仕》詩中「居閒食不足，從仕力難任」。

趙蕃詩歌還自覺繼承了江西詩派的詩法藝術，他對黃庭堅、呂本中、曾幾、韓駒、徐俯、潘大臨等江西詩派大家的詩學理論、詩歌藝術非常虔誠，其詩深得江西詩派詩歌藝術的精髓。他對江西詩派的歷史淵源、發展歷程和各階段的主要傳人，心有靈犀，他說：「少陵在大曆，涪翁在元祐。相去幾百載，合若出一手？流傳到徐洪，繼起鳴江右。遂令風雅作，千載亡遺究」〔註43〕，又說：「詩

〔註38〕　《簡沈沅陵求潮州韓文公廟碑並抄山谷碑詩二首》之一，《全宋詩》第49冊，第30922頁。

〔註39〕　《玉汝從溧陽來辱李晦庵以詩問訊次韻寄答二首》，《全宋詩》第49冊，第30640頁。

〔註40〕　《去非尉曹於廨舍之側鑿池種竹，爲亭其上名曰有竹。取文公詩云也》，《全宋詩》第49冊，第30711頁。

〔註41〕　《二十七日復雪用東坡聚星堂雪韻禁物體作詩約諸友同賦》，《全宋詩》第49冊，第862頁。

〔註42〕　《晏齋，余自名也，故常以榜自隨，乃以名廳事之東。偏廳之後，舊有一室，面對竹，余山居富此物，亦以竹隱名，對此竹而有思於山中，故以思隱名之。思隱之東，又闢屋丈許，連以爲齋，乞名於張君伯永爲名曰容齋。並作三絕誌其事》之一，《全宋詩》第49冊，第30824頁。

〔註43〕　《挽宋柳州綬》，《全宋詩》第49冊，第30417頁。

家初祖杜少陵，涪翁再續江西燈。陳潘徐洪不可作，闈奧晚許東萊登」〔註44〕，對江西詩派在北宋的傳揚以迄傳入南宋的軌跡、主要的作家很清楚。他說「康州涪翁我所師」〔註45〕，他的詩歌創作深受黃庭堅等人詩學藝術的影響，他在詩中大量用典，且所用大部分典故能與全詩意境和諧統一，增強了詩歌的內涵與人文輻射力，可以說是深得黃庭堅用典藝術的奧妙。他化用黃庭堅詩句也很多，如趙蕃在《慈泉》一詩的後面注釋說：「山谷《食蓮》詩有『分甘念母慈』之句，竹亦有以慈名者，故云」〔註46〕；他的「示以斜斜並整整，故知莫莫復休休」〔註47〕中的「斜斜並整整」，意爲詩歌作品、手跡，化用了黃庭堅「忽書滿窗紙，整整復斜斜」〔註48〕詩意，可見他對黃庭堅詩歌的熟悉程度，以及對黃庭堅詩歌藝術的自覺繼承與運用。他還說「潘子夙所尙」〔註49〕，對潘大臨的高潔操守和「滿城風雨近重陽」詩句非常稱賞，認爲「好詩不在多，自足傳不朽」〔註50〕，對潘大臨詩歌情景交融的藝術倍加欣賞。他對韓駒、徐俯、「四洪」（即黃庭堅外甥洪朋、洪芻、洪炎、洪羽四兄弟）等江西詩派的主要作家也很稱賞。他稱讚徐俯的詩歌說：「五言眞有律，徐稚是吾師。不但時相似，還能猛出奇。平生誤學處，深恐不能醫」〔註51〕，認爲徐俯的詩歌具有韓愈詩歌奇壯的風格特質，給人耳目一新的感受，一般人難以企及，所以他崇拜至極，讀來手不

〔註44〕《書紫微集後》，《全宋詩》第 49 冊，第 30859 頁。

〔註45〕《落星寺》，《全宋詩》第 49 冊，第 30585 頁。

〔註46〕《慈泉》，同上頁。

〔註47〕《次韻斯遠二十六日三絕》之三，《全宋詩》第 49 冊，第 30833 頁。

〔註48〕〔宋〕黃庭堅《次韻張仲謀過酺池寺齋》，《全宋詩》第 17 冊，第 11355 頁。

〔註49〕《人愛九日，多以靖節之故。僕以邠老七字爲可以益其愛者，且連日不雨即風，尤覺此句妙處，賦詩八韻》，《全宋詩》第 49 冊，第 30474 頁。

〔註50〕《重陽近矣，風雨驟至，誦邠老「滿城風雨近重陽」之句，輒爲一章，書呈教授沅陵》，《全宋詩》第 49 冊，第 30418 頁。

〔註51〕《讀〈東湖集〉二首》之一，《全宋詩》第 49 冊，第 30586 頁。

釋卷：「萊爾破孤悶，讀之惟恐殘。行間雖舊熟，句外得新看。已後平生學，懸知欲到難。堂堂寧復有，凜凜故疑寒」〔註52〕。

「少陵衣缽在涪翁，傳述東萊得正宗」〔註53〕，趙蕃對江西詩派在南宋的旗幟人物呂本中、曾幾二人，敬佩得五體投地，奉如神明。他認爲呂本中是江西詩派在南宋的傳人，對呂本中的活法理論心悅誠服：「活法端知自結融，可須琢刻見玲瓏。涪翁不作東萊死，安得斯文日再中」〔註54〕，又說「東萊老先生，曾作江西派。平生論活法，到底無窒礙。微言雖可想，恨不床下拜。欲收一日功，要出文字外」〔註55〕。呂本中的活法理論和曾幾的清新活潑的詩風，與黃庭堅的點鐵成金理論相比較，對趙蕃的影響同樣很大，也很明顯。趙蕃的詩歌，有一半左右的詩歌沒有使用典故或用典的痕跡不明顯，詩風或清新自然，或委婉含蓄，不少詩歌甚至達到「無法」的境界，詩風圓融通脫。

此外，在藝術淵源上，孟郊和陳師道詩歌啼饑號寒的內容與酷寒色調，對於趙蕃也有一定的影響。趙蕃說：「黃陳有正派，捨是復何求？」〔註56〕事實上，他不僅學習並實踐了二人的詩歌藝術，其詩中啼饑號寒詩歌的數量和淒涼悲苦的感情色彩，也頗類孟郊和陳師道的詩歌。趙蕃《離家》詩云：「饑來驅我去何之，束擔垂行卻住時。幼女亦知離別感，挽衣端欲問歸期」〔註57〕，抒發纏綿悱惻的離別之情，就有陳師道《別三子》詩的情境，而他的「官居如穴還如巢，數間編竹仍結茅。淫霖更值七八月，涼冷不待秋多交」〔註58〕的呼號，甚至比孟郊和陳師道的窮愁還要淒苦。

綜上所述，趙蕃的詩歌廣泛汲取了陶淵明、杜甫、韓愈等前代作家的詩學思想與詩歌藝術，尤其是江西詩派作家的詩歌理論與創作藝

〔註52〕《讀〈東湖集〉二首》之二，同上頁。
〔註53〕《寄劉凝遠巒四首》之三，《全宋詩》第 49 冊，第 30836 頁。
〔註54〕《琛卿論詩用前韻示之》，《全宋詩》第 49 冊，第 30783 頁。
〔註55〕《論詩寄碩父五首》之五，《全宋詩》第 49 冊，第 30836 頁。
〔註56〕《秀奕以文編垂示簡之》，《全宋詩》第 49 冊，第 30536 頁。
〔註57〕《離家》，《全宋詩》第 49 冊，第 30408 頁。
〔註58〕《連雨即事》，《全宋詩》第 49 冊，第 30536 頁。

術，取得了很高的成就。

第二節　趙蕃詩歌的藝術缺陷

　　從詩歌鑒賞的角度來看，趙蕃的詩歌存在明顯的藝術缺陷，概其要點，有兩個方面：一是廊廡不寬，氣象不大。他的詩歌充滿窮愁之悲，以蒼涼沉鬱的感情基調為主。其詩歌多抒寫個人窮愁潦倒的悲苦生活，他還經常吟誦唐代的孟郊、賈島、方干等落魄之士。主要原因在於他堅守儒家的道德操尚，不願喪失氣節與小人合流。尤其是國家山河淪喪，故土難回的局勢，讓他鬱鬱不樂，而官場的黑暗、讒佞小人的陰險伎倆等，也使他膽戰心驚，長期不願出仕。其詩歌在題材上，既沒有陸游、辛棄疾詩詞中壯闊的意象，也很少楊萬里詩歌的詼諧幽默。濃郁的苦寒色調和偏於狹隘的詩歌境界，削弱了他詩歌的影響力。

　　二是部分詩歌用典繁多，詩意深奧隱晦。趙蕃一生孜孜以求理學的風範，年近五十，還前往朱熹處問學，可以說是一位書卷氣很濃的儒生和標準的飽學之士。因此，他的詩歌人文色彩很強，其詩歌以學問為詩的痕跡很重。他一半以上的詩歌都使用典故，而且使用典故的頻率和數量都很高，有時，即使是一首短短的絕句，他可能也要使用兩個典故。他的少數詩歌，用典生僻，含義隱晦難懂。如他緬懷先賢或朋友的《寒雨感懷呈斯遠三首》之二：「平生幾交遊，念往常恍惚。始從五州數，郤自他邦述。徐州殞川魚，葉縣飛鳧鳥。吳興罷童迎，漢殿空履跡。鯨魚渺洪波，長城隳立壁。元龍漫豪氣，子雲終執戟。詩壇絕韓呂，詩友無道釋。文章固能傳，事業竟何得？是皆我深知，半亦君舊識。更將寫其心，悲甚不能筆。」〔註59〕至於所懷念者為何人，他在該詩後注釋說：「謂賈季承、周畏知、賈元放、施文叔、趙文鼎、韓南澗、趙介庵、劉遠齋、陳擇

〔註59〕《寒雨感懷呈斯遠三首》之二，《全宋詩》第49冊，第30855頁。

之、陳明叔、楊壽岡、楊無逸、曾艇齋、嚴黎二師，他蓋不能一一。」
從中可知，詩中所言都是他已經去世的好友或景仰的前輩。不過，
由於該詩中間的幾句含義如謎語一般隱晦，要想把「徐州殞川魚，
葉縣飛鳧舄。吳興罷童迎，漢殿空履跡。鯨魚渺洪波，長城墮立壁。
元龍漫豪氣，子雲終執戟」這幾句徹底搞懂，則既要瞭解這些典故
原來的含義，還要瞭解他注釋中所述及人物的生平、籍貫和名號
等，否則很難把人物與詩句對應起來。趙蕃的部分詩歌資書以爲
詩，用典頻繁，以至詩意深奧隱晦、難以理解，影響了普通受眾對
它的理解與接受。清代李慈銘對趙蕃詩歌藝術評價很高，同時也認
爲趙詩「惟根柢太淺，語多槎枒，時墮江湖、擊壤兩派」〔註60〕，
所論甚是。

第三節　趙蕃詩歌的歷史地位與影響

一、趙蕃詩歌在當時詩壇的地位與影響

　　趙蕃畢生以道自任，甘貧力學，博極書傳，重視氣節。他的詩歌
內容豐富、藝術成就很高，在南宋中期詩壇影響很大，是一個德藝雙
馨的著名詩人。葉適讚揚他「固窮一節」、「視榮利如土梗，以文達志」
〔註61〕；劉克莊稱讚他「一生官職監南嶽，四海詩名主玉山」〔註62〕；
方回稱譽趙蕃是宋代官位不高而詩歌成就斐然的三大詩人之一：「宋
人高年仕宦不達，而以詩名世，予取三人焉：曰梅聖俞，曰陳無己，
曰趙章泉。」〔註63〕他不但與當時知名的中興四大家陸游、楊萬里、

〔註60〕〔清〕李慈銘《越縵堂詩話》卷下《趙昌父詩集》，由雲龍輯《越縵
　　　　堂讀書記》，中華書局，1963 年，第 652 頁。
〔註61〕〔宋〕葉適《徐斯遠文集序》，陳夢雷編纂《古今圖書集成》第 60
　　　　冊《理學彙編・經籍典》，中華書局、巴蜀書社，2008 年，第 72998
　　　　頁。
〔註62〕〔宋〕劉克莊《寄趙昌父》，《全宋詩》第 58 冊，第 36145 頁。
〔註63〕〔元〕方回《送胡植芸北行序》，李修生主編《全元文》第七冊，江

范成大、尤袤有密切的交往和眾多的詩文唱和，還與曾幾、趙彥端、韓元吉、朱熹、辛棄疾、周必大、葉適、趙汝愚、李處全等名賢兼文學家往來密切。如楊萬里讚揚他「詩人與竹一樣瘦，詩句與竹一樣秀」〔註64〕。范成大在建康（今江蘇南京市）帥府盛情招待趙蕃，「既以賓客見，復叨尊俎陳。談間必文字，愧我非比論。雖知愧公厚，猥誦終慚新」〔註65〕，與趙蕃一起討論詩文創作，興之所至，還吟誦起趙蕃的詩文。

陸游評論趙蕃詩文超凡拔俗：「高吟三千篇，一字無塵土」〔註66〕，認為他是老成博學之士，長期退隱向學，雖然沒有獲得顯耀的地位，卻擁有拔俗的志操，對趙蕃的節操、學識稱賞不已，對趙蕃詩文成就的評價很高。在趙蕃隱居信州期間，陸游曾經向朝廷舉薦趙蕃說：「文林郎監潭州南嶽廟趙蕃，力學好修，杜門自守，入仕以來，惟就祠祿。今已數任，若將終身。或蒙朝廷稍加識拔，足以為靜退之勸，抑躁競之風，於聖時不為無補」〔註67〕，可見陸游對趙蕃的推崇。陸游有一首寫給趙蕃的詩歌，題為《故人趙昌甫久不相聞，寄三詩，皆傑作也，輒以長句奉酬》，該詩云：「海內文章有阿昌，數能著句寄龜堂。就令覿面成三倒，未若冥心付兩忘」〔註68〕，稱讚趙蕃的發論談吐一再令人傾服，能使人泯滅俗念、心境寧靜。辛棄疾與趙蕃往來密切，其詞集中與趙蕃的酬唱詞有七首，從辛棄疾詞的題目或小序中，可知二人交遊酬唱的部分情形，如《驀山溪·趙昌父賦一丘一壑，格律高古，因效其體》，《清平樂·呈趙昌甫》

蘇古籍出版社，1998年，第33頁。

〔註64〕〔宋〕楊萬里《題太和主簿趙昌父思隱堂》，《全宋詩》第42冊，第26267頁。

〔註65〕《寄范建康》，《全宋詩》第49冊，第30425頁。

〔註66〕〔宋〕陸游《寄趙昌甫並簡徐斯遠》，錢仲聯校注《劍南詩稿校注》，上海古籍出版社，1986年9月，第2762頁。

〔註67〕〔宋〕陸游《薦舉人材狀》，《陸游集》，中華書局，1976年11月，第2017頁。

〔註68〕〔宋〕陸游《故人趙昌甫久不相聞，寄三詩，皆傑作也，輒以長句奉酬》，《陸游集》，中華書局，1976年，第1353頁。

序云：「時僕以病止酒，昌甫日作詩數篇，末章及之」，《水調歌頭·趙昌父七月望日，用東坡韻敘太白、東坡事見寄，過相褒借，且有秋水之約。八月十四日，余臥病博山寺中，因用韻爲謝，兼寄吳子似》等，可見辛棄疾在上饒隱居時，兩人往來頻繁，酬唱頗多。

　　眾多文學大家和名賢與趙蕃的密切交往唱和，尤其是他們對趙蕃詩文、人格的稱賞，說明趙蕃的詩歌成就受到廣泛的認可，在南宋中期詩壇地位很高。

二、對南宋中後期及其後詩壇的影響

　　趙蕃卓越的文學成就及其對儒家道德人格和理學風範的孜孜以求，最終成爲當時士人欽慕的楷模，加之他壽命很長，一直活到八十六歲，所以對南宋中、後期詩壇影響很大。劉宰（字平國）是一位操行卓著的大家，在南宋中、後期影響很大，曾與趙蕃一起被朝廷徵召。他描述了南宋時天下士人對趙蕃的仰慕與追捧的熱烈盛況說：「諸老淪謝，文獻之家，典刑之彥，巋然獨存，猶有以繫學者之望者，章泉先生一人而已。」〔註69〕天下士人學者趨之若鶩，甚至有人因爲能與趙蕃有一次詩文唱和而倍感榮幸：「故先生雖退，然不敢以師道自任，而天下學者凡有一介之善，片文隻字之長，皆裹糧負笈就正函丈。其限以地，屈於力，而不能至者，詩筒書函，左右旁午，往往以一酬酢爲榮。」〔註70〕可見趙蕃的道德文章在當時名聲卓著，影響很大。陳起與趙蕃經常有交遊酬唱，他對趙蕃的生平與詩文很瞭解，在寫給趙蕃的詩中，也讚揚趙蕃「新詩將遠意，千里附文鱗」〔註71〕的文學成就與廣泛影響。浙江與江西毗鄰，當時很多浙江詩人紛紛前往江西尋訪趙蕃，「永嘉四靈」徐照、徐璣、趙師秀和翁卷，都曾前往江西與趙蕃同遊唱和，對趙蕃的道德文章非常敬仰，高度稱讚趙蕃的高情遠

〔註69〕〔宋〕劉宰《章泉趙先生墓表》，《漫塘文集》第 11 冊，文物出版社，1982 年，第 17 頁。

〔註70〕同上。

〔註71〕〔宋〕陳起《答趙章泉》，《全宋詩》第 58 冊，第 36774 頁。

致和詩歌成就。徐照說趙蕃「譜接江西派，聲名過浙間」〔註72〕，趙師秀不但欽慕他「高風時所繫，新集世方傳」〔註73〕，更讚賞趙蕃「文章出晚歲，字畫猶壯齡」、「幸翁良未衰，吾黨存典型」〔註74〕的不同一般的文行成就與典範意義。趙蕃在詩中也流露了當時的一些青年才俊對他的追慕，其《孝顯追送至沙溪，書所見以別》詩云：「白雲英英行空山，白鷺矯矯去復還」〔註75〕，敘述俞孝顯送別他以後，重又返回再次追送，還說「經年擾子曾未厭，更煩車馬相追牽」，可見俞孝顯對他的敬慕。徐審知比趙蕃小十歲，也是趙蕃的知音，經常向趙蕃請教讀書中遇到的疑難。趙蕃有多篇詩記述與徐審知的交遊：「重憐別來不我舍，連日追隨訪林谷」〔註76〕，可見徐審知對趙蕃的仰慕之深。

趙蕃詩歌在當時廣為流傳，姚鏞的《見趙章泉》之一，記述了趙蕃詩歌廣泛流傳、深受時人寵愛的情形：「秉芳獨向章泉老，四海兒童以字傳。特詔難更高士服，好詩多入賈人船」〔註77〕，從中可知趙蕃的詩歌流傳廣泛，連商人和孩子都很喜愛。由於趙蕃詩歌成就卓著，而且他對詩歌創作藝術也有自己獨特的見解，所以當時向他請教詩藝的人很多。《詩人玉屑》記述說，當趙蕃在詩壇聲名遠播時，眾多的求教者紛紛向他討教作詩的方法，趙蕃苦於反覆回答、不勝其問，於是就把呂本中對曾幾說過的一番話，寫成一首論詩詩，當有人前來求教時，即出示該詩：「蕃嘗苦人來問詩，答之費辭，一日閱東萊詩，以此語為四十字，異日有來問者，當謄以示

〔註72〕〔宋〕徐照《題信州趙昌父林居》，陳增傑校點《永嘉四靈詩集》，浙江古籍出版社，1985年，第28頁。

〔註73〕〔宋〕趙師秀《寄趙昌父》，陳增傑校點《永嘉四靈詩集》，浙江古籍出版社，1985年，第229頁。

〔註74〕〔宋〕趙師秀《敬謝章泉趙昌父二十韻》，陳增傑校點《永嘉四靈詩集》，浙江古籍出版社，1985年，第221～222頁。

〔註75〕《孝顯追送至沙溪，書所見以別》，《全宋詩》第49冊，第30495頁。

〔註76〕《再次韻呈審知》，《全宋詩》第49冊，第30495頁。

〔註77〕〔宋〕姚鏞《見趙章泉》，《全宋詩》第59冊，第37091頁。

之云」〔註78〕。這段記述足見趙蕃在當時的詩名與影響之大。

　　趙蕃的田園詩數量頗豐，成就斐然，被當時的一些詩人奉為模範。宋代的包恢就酷愛趙蕃田園詩的藝術風格及其憂國憂民、關心百姓疾苦的情感內蘊，寫作了《二月道中效趙章泉體四首》，有的描寫「鳴蛙一部不虛鳴，知為農人奏樂聲」〔註79〕的田園風光，反映農民「一歲勤勞方此始，侑他南畝饁時情」〔註80〕的辛勞；有的揭露富人對農民的殘酷剝削與壓榨，以及貧富懸殊的社會現狀：「耕者勞筋苦骨餘，富家倉廩始多儲。及饑合發方牢閉，不識私家得食諸」〔註81〕，頗得趙蕃田園詩反映現實生活、關心民生疾苦的精神。

　　趙蕃的詩歌在元代還被人喜愛並流傳。方回不但把趙蕃與北宋的梅聖俞、陳與義並稱為兩宋「高年仕宦不達，而以詩名世」〔註82〕的三大詩人，還在《瀛奎律髓》一書中的春日類、冬日類、晨朝類、節序類、晴雨類、梅花類、雪類、送別類和著題類等九類詩中，分別引用了趙蕃《小園早步》、《梅花》等十八首詩，逐一品評，高度稱賞趙蕃的詩歌藝術。據元代魯貞《題趙章泉詩後》介紹，元朝程希茂喜愛趙蕃詩，曾攜帶趙詩請求魯貞為趙蕃詩寫作跋語。由於元代農民起義不斷、兵連禍結，魯貞保存的許多詩稿遺失，但是趙蕃的詩歌得以僥倖保存。魯貞敘述說：「未亂前，程希茂攜趙章泉詩二紙，求予書其後，置之篋笥中，未及歸而盜起。又十年矣，予家所藏書，為之一空。暇日拾所遺簡冊中，惟此詩尚存，欲訪希茂，歸之而已。亡一日，徐文淵至予家，書程公謹所賦《萬青軒》詩，予因思此詩，可以歸之公謹，蓋公謹於希茂為一家，而其尊人紫崖

〔註78〕〔宋〕魏慶之《詩人玉屑》卷一《趙章泉謂規模既大波瀾自闊》，上海古籍出版社，1978年，第6～7頁。
〔註79〕〔宋〕包恢《二月道中效趙章泉體四首》之一，《全宋詩》第56冊，第35326頁。
〔註80〕同上。
〔註81〕〔宋〕包恢《二月道中效趙章泉體四首》之四，同上頁。
〔註82〕〔元〕方回《送胡植芸北行序》，李修生主編《全元文》第七冊，江蘇古籍出版社，1998年，第33頁。

先生嘗與章泉遊故也」〔註83〕，可見趙蕃詩歌的影響之遠。

　　直到明、清兩代，趙蕃及其詩歌仍然得到文史學家很高的評價，如明代朱明鎬在《史糾》一書中稱讚趙蕃「為正學之望，堅不仕之節」(《史糾》卷五《宋史總論》)，明代單宇在《菊坡叢話》讚揚趙蕃說：「昌父當行本色詩人」(《菊坡叢話》卷一)。清代紀昀等四庫館臣評論趙蕃不同凡俗的人格與詩歌說：「恬淡自守，人品本高，宜其詩之無俗韻」〔註84〕，清代李慈銘不但高度讚賞趙蕃的五言古詩和律詩的藝術成就，還評論趙蕃詩「筆墨間亦時覺蕭然塵外」，具有不同流俗的超逸之氣；計大受《史林測義》評價趙蕃「非但詩賦翰墨聞於當世」，更以「恬於仕進，惟學是務，而敦氣誼」〔註85〕聞名儒林。

〔註83〕〔元〕魯貞《題趙章泉詩後》，《桐山老農集》卷三，《四庫全書》第
　　　　1219 冊，第 142 頁。
〔註84〕紀昀等《四庫全書總目》卷一六○集部十三，清乾隆武英殿刻本，第
　　　　2682～2683 頁。
〔註85〕計大受《史林測義》卷三六，清嘉慶十九年楓溪別墅刻本，第 233
　　　　～234 頁。

結　論

　　南宋隆興元年以後的乾道、淳熙年間，是宋代文學繼北宋元祐年間繁榮發展之後的又一個高峰。趙蕃的主要創作活動，即發生於「乾淳之盛」年代（其詩集分別以「乾道」、「淳熙」年號命名，且占其詩歌總量的絕大部分：有《乾道稿》二卷、《淳熙稿》二十卷），與朱熹、辛棄疾和「中興四大詩人」幾近於同時，又因長壽後於朱熹等二十多年去世，文學活動時間較長，平生創作的詩歌達一萬餘首。劉克莊記述說：「坐客有曰：『趙章泉詩踰萬首，韓仲止、鞏仲至幾半之』」〔註1〕，這與劉宰和黃宗羲說他作詩「援筆立成」相互印證。不過，流傳至今的僅有不到四千首，儘管如此，這個數量在宋代詩人中也位居前列。可見，趙蕃是一位詩思敏捷、才華卓越的詩人，頗有北宋大文豪蘇軾「隨物賦形，信筆揮灑，不拘一格」（趙翼《甌北詩話》卷十一）的風采，而並非作詩一味苦吟的江西詩派末流。

　　趙蕃雖然一生困頓，卻秉承儒家民胞物與的情懷，懷著仁政德治和民惟邦本的政治理想，心憂天下蒼生社稷，忠誠於南宋朝廷與封建帝王，堅決支持抗金恢復失地，痛恨黨爭與奸臣誤國，反對殘

〔註1〕　〔宋〕劉克莊《韓隱君詩序》，曾棗莊、劉琳主編《全宋文》第329冊，上海辭書出版社，2006年，第419頁。

暴統治、主張仁政德治，並在許多詩中熱情讚美施行惠政的賢明官吏。在個性氣質上，趙蕃沒有陸游、陳亮等人的狂放精神和豪放氣質。在人生思想上，他畢生注重內心涵養，斂情約性，孜孜以求於儒家和理學的風範：「朝聞夕可死，何敢廢居諸」〔註2〕，崇尚泊然無營、安貧處約、不慕榮利的人生境界。他倡導刻苦讀書，通過力學達到誠明直諒、文章與德行雙馨的充實之美，不懈追求理學「以積累為功，以涵養為正，晬面盎背」〔註3〕的內在心性超越。為了實踐理學格物致知、正心誠意的理想，他年且五十還跟從朱熹請益。可見，趙蕃是一位熱忱的理學之士，因此，明代的朱明鎬認為《宋史》不該把趙蕃列入「文苑傳」，而應該列入「儒林傳」，他說：「趙蕃為正學之望，堅不仕之節，宜入儒林傳，而顧殿文苑之末。」（《史糾》卷五《宋史總論》）清代李慈銘也認為，趙蕃「官至祕閣，沒得諡文節，可謂儒生殊遇」〔註4〕。可見，趙蕃的理學思想淵源端正，造詣醇厚，卓然屹立於宋代儒林之中。

治心養氣是宋代儒、佛、道三家思想的合流會通處，也是當時士人重要的人生素養。趙蕃的人生思想，也融合了佛、道的通脫，在社會政治危機四伏，官場污濁，世風日下的情況下，他直諒誠信的品格必定經常碰壁，以至有時對現實失望至極，產生了「其生若浮，其死若休」〔註5〕的人生如夢的虛無思想。不過，與大部分宋代士人一樣，趙蕃不但堅持了儒家安身立命的德性之知，也吸收了佛、道頓悟解脫的禪理氣術，陶醉於內省觀照與逍遙自適，從而養成了虛靜高潔的心靈和淡泊雅逸的人格。他的許多詩歌，忠實地抒

〔註2〕 《寄送潘文叔恭叔二首》之一，《全宋詩》第49冊，第30891頁。
〔註3〕 〔宋〕陳亮《又甲辰秋書》，《陳亮集》，中華書局，1974年，第278頁。
〔註4〕 〔清〕李慈銘著，由雲龍輯《越縵堂讀書記》，上海書店出版社，2000年，第334頁。
〔註5〕 《莊子·刻意》，王世舜《莊子注譯》，齊魯書社，1998年，第203頁。

寫了詩人注重內在修養和道德境界提昇的心靈歷程，表現了儒家重
視道德人格挺立的社會倫理價值和維繫社會倫理綱常的道德自律，
也抒寫了對適意逍遙的自由生活的追求。其人生思想與哲學思想，
無疑以儒家和理學思想的影響爲主導，同時，他對莊子、陶淵明和
蘇軾等超逸拔俗之士的人生思想、道德品格以及作品的讚美，對魏
晉風度的欣賞，尤其是他一生主要過著隱逸的生活，都表明莊禪的
出世思想對他也有深刻的影響。在融合併平衡儒、道、佛三家學說
的影響與治心養氣方面，蘇軾無疑是一位成功的典範，他「以超然
物外、隨緣自適的佛老思想澡雪精神」〔註6〕，「幾經磨難而沒有放
棄對人生對藝術的執著追求，喜愛佛老莊禪而又對佛老莊禪持冷靜
的批判態度，就在於他思想中具有儒家那種充滿社會責任感和歷史
使命感的積極入世精神。」〔註7〕趙蕃非常欽敬蘇軾與黃庭堅的人
生修養與文學成就，受其影響明顯，他雖然無法達到蘇、黃的風神
瀟灑與清曠胸襟，但是在兩宋詩壇，可以說也是一位典型的入世而
超世、超世而入世的詩人。尤其是其後半生，朝廷屢召不就，出世
思想更是居於主導地位，這與當時陸游、辛棄疾和陳亮等人重事功、
以入世爲主的人生思想，有著明顯的差別。

　　趙蕃的詩學理論，與江西詩派一貫的創作旨趣具有同一性，也
主張在廣泛師法前人的基礎上抒寫內心的眞情氣韻。作爲虔誠的理
學之士，趙蕃的詩學思想與儒家詩論一脈相傳，比如，他認爲「學
詩如學道，先須養其氣」〔註8〕，強調氣是詩歌的本體，即詩歌是
儒家的道或程朱理學所謂理或氣的外化，他贊成窮而後工與江山之
助的觀點，還認爲詩歌是現實生活的反映。在詩歌創作論方面，身
處儒、佛、道三家合流的文化氛圍，也因爲以禪論詩的傳統風尚的
影響，他強調詩人自己養氣、悟入或飽參，認爲「學詩渾似學參禪」

〔註6〕　張毅《宋代文學思想史》，中華書局，2006年，第81頁。
〔註7〕　同上，第84頁。
〔註8〕　《論詩寄碩父五首》之二，《全宋詩》第49冊，第30474頁。

〔註 9〕；他重視創作時靈感的呈現和創造波瀾自闊的渾成之境，經常歡賞潘大臨「滿城風雨近重陽」的渾厚意境。與此相應，他推崇自然天成的詩歌，認爲「詩句亦天成」〔註 10〕、「秋菊春蘭寧易地？清風明月本同天」〔註 11〕，反對堆砌誇飾的描繪，也正因此，他讚賞別人「作詩匪雕琢」〔註 12〕，評論自己「平生作詩忌大巧」〔註 13〕。他稱賞和諧自然的活法詩，認爲作詩不應過分講究律法：「欲從鄙律恐坐縛，力若不加還病弱。眼前草樹聊渠若，子結成陰花自落〔註 14〕。這些思想鮮明的詩論，與呂本中主張的錘鍊中不失平易圓活、曾幾倡導的清新自然等詩論一脈相承，也與「中興四大詩人」中同樣出自江西詩派的楊萬里、陸游等人的詩學思想十分相諧。楊、陸等人在創作上雖最終跳出江西詩派，但對詩派的某些主張，如講究法度，強調悟入，注重錘鍊而歸於平淡等詩論，是始終服膺的。如楊萬里「不聽陳言只聽天」（《讀張文潛詩》），陸游「大巧謝雕琢」（《夜坐示桑甥十韻》）、「文章本天成，妙手偶得之」（《文章》）等平淡自然的審美理想，與趙蕃反對雕琢、主張自然天成等詩學思想完全一致。可是，由於個性氣質與生活閱歷的不同，雖然他們詩學主張相近，但詩歌藝術風貌迥然有異，所取得的成就也有一定的差異。比如，在詩歌風格上，趙蕃也崇尙雄奇壯美的風格特質，但是，他缺乏楊萬里詩歌那種幽默風趣中體現出來的樂觀自信，也缺少陸游詩中理想的熱情和壯大的情思，他自己的詩歌創作也鮮有豪壯慷慨的

〔註 9〕 〔宋〕魏慶之《詩人玉屑》卷一《趙章泉學詩》之三，上海古籍出版社，1978 年，第 6 頁。

〔註 10〕 《贛丞曾幼度相邀過明叔買江天閣，幼度有詩，明叔與成父弟皆和之，亦次韻》，《全宋詩》第 49 冊，第 30611 頁。

〔註 11〕 〔宋〕魏慶之《詩人玉屑》卷一《趙章泉學詩》，上海古籍出版社，1978 年，第 8 頁。

〔註 12〕 《挽宋柳州綬》，《全宋詩》第 49 冊，第 30417 頁。

〔註 13〕 《宿合龍山達觀寺，用張澄達明壁間韻》，《全宋詩》第 49 冊，第 30502 頁。

〔註 14〕 〔宋〕魏慶之《詩人玉屑》卷一《趙章泉詩法》，上海古籍出版社，1978 年，第 6 頁。

詩篇。

　　受制於官位卑微，仕宦時間也不長，以及仕宦經歷的不同，趙蕃既沒有陸游、辛棄疾等人曾身處抗金前線的從軍經歷，也沒有楊萬里、范成大作爲朝廷要員出使金朝或迎接金使而到過前線或淪陷區的經歷，因此，在題材內容上，其詩歌有關國計民生和重大社會問題的作品不及陸游，也趕不上范成大。但是，他的詩歌，不但數量很多，而且題材廣泛，含蘊了酬贈詩、感懷詩、行役詩、田園詩、山水詩、詠物詩、論詩詩、挽悼詩和狹義範圍的敘事詩等豐富的內容。其感懷詩，既抒寫了對儒家道德倫理操尙的堅守、對個人艱難困窘境遇的無限悲慨，也抒發了對當時內憂外患的政治形勢和日趨衰落的社會風氣的深沉憂慮。其田園詩，既有不少描寫農村田園風光、自然景物和農民勞動生活等內容的狹義範疇的田園詩，還有數量眾多的反映農民勞動的艱辛或遭受嚴重的雨澇災害，以及被官府剝削壓榨而民不聊生的社會現實。前者描繪田園風光的溫潤秀美，富有濃郁的生活氣息；後者揭露農村問題的深刻雋永，都頗有范成大田園詩的特色。同時，趙蕃的田園詩中，還有范成大、楊萬里和陸游等人的田園詩中鮮見的、描述南宋的良吏下鄉勸農或設壇求雨等情景，以及少數民族地區的幽美風光和地域風情的篇章，題材上具有一定的歷史價值。可以說，在南宋詩壇乃至中國文學史上，趙蕃完全稱得上一位出色的田園詩人。

　　其詠物詩，吟詠最多的是竹子、梅花、菊花和松柏等植物，形神兼備地刻畫了所觀照對象格高韻勝的氣質，反映了詩人超逸高潔的人格追求，堪稱宋代詠物詩中的佳作。如趙蕃對梅花形狀與品質的詠歎，承繼了北宋林逋詠梅詩在描繪梅的形狀特徵的基礎上，更傳達出梅之精神的寫意筆法，情韻幽美，完全可以與姜夔筆下爲數眾多、韻致深美的詠梅詞媲美。趙蕃的行役詩，忠實地紀錄了旅程的行蹤、見聞與困苦，抒寫了羈旅中對時光流逝、世事變遷和衰老貧病的深沉感慨。其山水詩，反映了宋人寄意山水、尋求人生與文

學創作的「江山之助」的特定內涵，具有形象生動的繪畫美特徵。狹義範疇的酬贈詩，反映了南宋士人非常活躍的文化生活和深廣豐富的精神世界。此外，趙蕃挽悼詩中的《挽趙丞相汝愚》、《哭蔡西山》，以及題詠詩中的《題韓府》等詩，反映了南宋慶元黨禁、奸臣誤國等重要事件，具有一定的史詩意義。總體上看，在題材內容上，趙蕃的很多詩歌描寫了自然景物和生活感受，頗類於曾幾、楊萬里等人的取材特點，卻欠缺楊萬里這類詩中規模宏放的氣度或機敏幽默，相反，更多一些「四靈」詩的幽雅平淡和姜夔詩中飄零江湖的寂寞淒苦。

趙蕃詩歌總的思想傾向，一是忠實於反映社會現實，二是重視親情與人倫，三是流露出濃厚的避世鄙俗、遺世獨立思想。前兩點反映了趙蕃主要受儒家思想的支配與影響，第三點則主要受釋、道思想的影響。與此相應，趙蕃詩歌的主題憂世與憂生並存。具體來說，憂世表現在客觀地抒寫了對南宋社會內憂外患形勢的深沉憂慮，憂生表現在忠實記錄了南宋中下層士人貧病交加的生活狀況，抒寫了中下層士人對儒家道德倫理規範的堅守不渝、對隱逸生活的熱烈嚮往，以及對超逸脫俗的高尚節操的追求；歌唱了朋友之間患難與共、堅貞不渝和豪爽仗義的情誼，反映了身處內憂外患的政治情勢與窮愁潦倒處境中的寒士對情感慰藉的強烈需求。從思想、文化和藝術傳承的角度看，一是來自儒家和理學思想的薰陶：理學家以詩作為吟詠性情、涵養道德的工具，追求內斂的主體人格和自我完善。趙蕃在南宋中期以氣節著稱，且交遊廣泛，是當時中下層士人的代表詩人。二是受到宋代詩人群體，尤其是江西詩派退避社會政治而潔身自好，講究淡泊自甘的人格操守等思想的影響。趙蕃詩中對蘇、黃的讚賞，對江西詩派中呂本中、曾幾、韓駒、徐俯、潘大臨、饒節、善權和「二謝」等許多士人讚佩不已，其主要原因就在於此。方回說：「宋人高年仕宦不達，而以詩名世，予取三人焉：

曰梅聖俞，曰陳無己，曰趙章泉。」〔註15〕黃宗羲《宋元學案》記述
趙蕃「喜作詩，書箋往復，多以詩代，援筆立成，不甚經意而閒遠自
得，讀者以爲有陶靖節之風。」〔註16〕晚清李慈銘爲人耿直得近乎苛
刻，讀書治學非常嚴謹，卻給予趙蕃及其詩歌很高的評價，說他「以
祖蔭得官，不過簿宰之秩，平生大半隱居而以老壽」〔註17〕，「詩中
多言梅花及山林閒適之趣，故筆墨間亦時覺蕭然塵外」〔註18〕，認爲
趙蕃是一位甘於清貧、淡泊灑脫的名士。可見，趙蕃也是一位典型的
隱逸詩人。

　　體裁上，趙蕃詩歌眾體兼備，各體皆工，數量上以五言律詩和
七言絕句最多。古體詩，多爲感懷、酬贈、行役之作：五言古詩，
篇幅長短不一而又有常態的規律，而且組詩很多，風格多典雅凝
重；七言古詩，多稱賞友人堅守超逸不凡的人格，風格上有的悲淒
深婉，有的散漫縱恣。律詩，頗有中唐灑脫自然的風格特質，體現
了趙蕃對杜詩與江西詩派詩學思想的繼承與悖離：五律，組詩和長
律很多，章法上多用氣韻連貫的全篇單行體，句法上喜用流水句，
對仗上常有三聯或三聯以上用偶句，對仗自然精工；七言律詩，充
溢著對人生境遇蒼涼悲苦的感受，大部分中間二聯對仗工整，而其
他兩聯不對仗，技法上大部分不用典。絕句，題材內容豐富，組詩
很多，七絕組詩尤其多；少部分絕句刻畫至微、含蓄雋永，大部分
絕句章法多呈直下之勢，體現了宋詩重理求氣的特點；對仗上，五
絕常用對仗的偶句，七絕很少用偶句；句法上，大量使用流水句，
部分七絕轉折的變化與實虛結合的藝術很高。總體上看，趙蕃的五

〔註15〕〔元〕方回《送胡植芸北行序》，李修生主編《全元文》第七冊，江
　　　　蘇古籍出版社，1998年，第33頁。
〔註16〕〔清〕黃宗羲《宋元學案》卷五九《文節趙章泉先生蕃（附子遴）》，
　　　　中華書局，1982年，第1945頁。
〔註17〕〔清〕李慈銘著，由雲龍輯《越縵堂讀書記》，上海書店出版社，2000
　　　　年，第334頁。
〔註18〕同上，第917頁。

言律詩和絕句多用對仗句，較多地沿襲了江西詩派的傳統；而七言絕句大多不用對句，七言律詩大部分僅中間二聯用對仗句，因此，與五言詩相比，趙蕃的七言絕句和古詩，氣韻與形式上更自由灑脫，更多地表現出對江西派詩風的悖離。七言詩中，趙蕃七律的成就較弱，這與「中興四大詩人」有一定的相似性，除了陸游七言尤工（包括七律），楊、范二人都長於七絕與七古而律詩成就較差。

　　風格上，趙蕃詩歌以冷然世外的出塵之姿和灑落自然的風格爲主，同時又多姿多彩：或莊重典雅，或婉轉含蓄，或清新自然，或圓融通脫。不可否認，趙蕃的少部分詩歌，確實存在瘦硬僻澀的江西詩風缺陷，但其大部分詩歌平淡清奇，氣韻流轉輕快，避免了江西末流的粗豪枯硬，而兼有晚唐與「四靈」詩的工巧精緻和平淡綿邈。這是因爲他才情卓異，不僅對江西派強調悟入和自然天成等內核體悟深透，還能廣泛汲取陶淵明、杜甫、韓愈、蘇軾、黃庭堅、呂本中和曾幾等作家的文學思想與藝術特質，師法廣泛，淵源眾多，在一定程度上自覺地超越門戶之見，自出機杼而有所樹立。這與南宋「中興四大家」和姜夔等開始學詩都是從江西詩法入手有共性。技法上，他重視章法、句法與字法，常用比興、虛實相生、以文爲詩等技法，以及比喻、誇張、對比等修辭手法。趙蕃詩歌，不但思想、文化和藝術淵源深廣，而且在當時廣爲流傳，詩名與影響很大。在南宋之後，從元到明清直至近代，趙蕃及其詩歌受到著名文史學家方回、朱明鎬、四庫館臣和李慈銘等人很高的評價。

　　綜上所述，趙蕃在南宋中期，交遊廣泛，是當時中下層士人的代表詩人。他「學道而工詩」，不但以內斂堅定的道德人格與氣節聞名於世，也是江西詩派的重要傳人與影響較大的詩人；不僅對江西派文學思想體悟深透，還師法廣泛，淵源眾多，詩歌眾體兼備，各體皆工。

　　他的詩歌創作融合了蘇軾的才情與黃庭堅的學識，是一位富有才情與個性的詩人，而不是作詩一味強調用典或苦吟的詩人。他與

楊、陸和姜夔等人在創作上最終完全跳出江西詩派不同，趙蕃只是部分地跳出江西詩派：他的少部分詩歌，確實存在瘦硬僻澀的江西詩風缺陷，但其大部分詩歌平淡清奇、氣韻流轉輕快，避免了江西末流的粗豪枯硬。

　　他是一位典型的入世而超世、超世而入世的詩人，一位出色的田園詩人，一位猶如林逋、姜夔那樣富有才情、甘於清貧、淡泊灑脫的名士或瀟散的高士，也是一位典型的隱逸詩人。從其詩歌的總體藝術成就和在中國詩歌史上的典型意義上看，幾可比肩「中興四大詩人」和姜夔等大家。但是，由於他生平仕宦不顯，與當時陸游、辛棄疾和陳亮等人重事功、以入世為主的人生思想有著明顯的差別，長期以來，我們對趙蕃詩歌藝術成就和地位欠缺客觀的評價和足夠重視。

附錄一　趙蕃年譜

　　趙蕃（1144～1229），字昌父，又字伯昌，號章泉，謚文節，南宋信州玉山（江西省上饒市玉山縣）人。章泉的名號，是源於居住的地名，趙蕃的父親「歿葬玉山之章泉，先生因家焉，故世號章泉先生。」〔註1〕

　　趙蕃的籍貫爲鄭州。《宋史・趙蕃傳》說：「蕃字昌父，其先鄭州人」〔註2〕。據劉宰《章泉趙先生墓表》介紹，他的祖籍可以追溯至杭州，「其先自杭徙汴，由汴而鄭，南渡居信之玉山」〔註3〕。

　　趙蕃在其詩中也曾多次述及家鄉在河南省鄭州：「我家與君同鄭圃」〔註4〕。鄭圃即鄭之圃田，相傳爲列子所居。《列子・天瑞》說：「子列子居，四十年人無識者。」〔註5〕趙蕃在其詩中還把鄭州稱東里，這是因爲春秋時鄭州屬鄭，稱管邑，爲鄭大夫子產的採邑，

〔註1〕　〔宋〕劉宰《章泉趙先生墓表》，《漫塘文集》第11冊，文物出版社，1982年，第18頁

〔註2〕　〔元〕脫脫等撰《宋史》卷四四五，中華書局，1977年，第13146頁。

〔註3〕　〔宋〕劉宰《章泉趙先生墓表》，《漫塘文集》第11冊，文物出版社，1982年，第18頁

〔註4〕　《王伯玉兄弟皆用叔文韻作詩見示答之》，《全宋詩》第49冊，第30524頁。

〔註5〕　圃田是古澤藪名，也稱「圃澤」，據《周禮・夏官・職方氏》：「河南曰豫州，其山鎮曰華山，其澤藪曰圃田。」

又稱東里：「故國聞江左，名家數建隆。南遊新識內，東里舊鄉中」〔註6〕，「君之曾祖我高祖，想像聞風謂千古。書藏東里罔或存，集喜西臺刊未覿」〔註7〕。

趙蕃曾祖趙暘，「朝散大夫，直龍圖閣，提舉江州太平觀。」〔註8〕《宋史·文苑·趙蕃傳》：「建炎初，大父暘以秘書少監出提點坑冶，寓信州之玉山」〔註9〕。祖父趙澤，「迪功郎，海州朐山縣主簿，賜承議郎」。父親趙淏，「奉議郎，通判沅州，贈朝奉郎，龍圖」。〔註10〕

一一二六，靖康元年，丙午，靖康之難，祖父趙澤舉家從河南鄭州（今河南鄭州），遷至江西信州玉山（今上饒市玉山縣）。

靖康之難中，為躲避戰亂，趙蕃祖父舉家從鄭州（今河南鄭州市）逃至江西，寓居信州玉山（今上饒市玉山縣）。趙蕃有《王伯玉兄弟皆用叔文韻作詩見示答之》詩云：「我家與君同鄭圃，流落異方緣丙午。」〔註11〕丙午為欽宗靖康元年。

一一四四，紹興十三年，癸亥，十二月初五日（公元 1144 年 1 月 11 日）趙蕃出生，一歲。

趙蕃《台州謝子暢義田續記》說：「予與子暢同生於紹興癸亥」〔註12〕，又趙蕃有詩題曰：「蕃與斯遠季奕同生於十二月，蕃初五日，

〔註6〕《王璠伯玉攜詩見過二首》之二，《全宋詩》第49冊，第30566頁。

〔註7〕《畢叔文攜坡帖及與季真給事倡酬詩卷，見訪於邢大聲家，相與觀之，明日次韻。淳熙癸卯正月二十有一日也》，《全宋詩》第49冊，第30504頁。

〔註8〕〔宋〕劉宰《章泉趙先生墓表》，《漫塘文集》第11冊，文物出版社，1982年，第18頁。

〔註9〕〔元〕脫脫等撰《宋史》卷四四五，中華書局，1977年，第13146頁。

〔註10〕〔宋〕劉宰《章泉趙先生墓表》，《漫塘文集》第11冊，文物出版社，1982年，第18頁。

〔註11〕《王伯玉兄弟皆用叔文韻作詩見示答之》，《全宋詩》第49冊，第30524頁。

〔註12〕趙蕃《台州謝子暢義田續記》，林表民《赤城集》卷十二，《四庫全

季奕初十日，斯遠十八日……」〔註13〕，可知趙蕃生於紹興癸亥年十二月初五日，公曆爲公元 1144 年 1 月 11 日。

一一六六，乾道二年，丙戌，二十三歲。冬春之際，久病臥床。初春，病稍愈，作《小園早步》詩。

方回《瀛奎律髓》卷十錄趙蕃《小園早步》詩，並稱讚此詩工麗如晚唐詩：「章泉乾道丙戌詩，猶少年作也，亦頗似晚唐，已工麗如此。其後日益高古清瘦，乃不肯作此體。」〔註14〕乾道丙戌即乾道二年（1166）。又據該詩中「今朝欣雨止，天氣漸柔和。籬落小桃破，階除馴雀多。占方移果樹，帶土數蔬科。農務侵尋及，吾寧久臥痾」，小桃是初春即開花的一種桃樹，可知趙蕃此年冬春之際久病臥床。初春，病稍愈，到園中散步賞春，目覩鳥雀嬉戲於階除、小桃衝破籬笆盛開和蔬菜萌芽生長等景象，想到農務將至、春事日盛，感到心情愉悅。

一一七〇，乾道六年，庚寅，二十七歲。與著名詩人曾幾之子、知秀州曾逢交遊。

與著名詩人曾幾之子、知秀州曾逢交遊。有詩《投曾秀州逢四首》，爲曾逢德才兼備卻官位不高鳴不平。曾逢是著名詩人曾幾的長子，他還有一個弟弟曾逮：「茶山先生曾文清公名幾，字吉父，贛人也……其子逢，字原伯，徽猷閣待制。逮字仲躬，大理卿。皆爲時名卿」〔註15〕。趙蕃在《投曾秀州逢四首》中也稱譽曾逢、曾

書》第 1356 冊，第 722 頁。

〔註13〕《蕃與斯遠季奕同生於十二月，蕃初五日，季奕初十日，斯遠十八日。近辱季奕覛詩，猶未獲報。茲及斯遠之壽，並此奉頌二首》，《全宋詩》第 49 冊，第 30440 頁。

〔註14〕〔元〕方回選評，李慶甲集評校點《瀛奎律髓（上冊）》卷十，上海古籍出版社，1986 年，第 353 頁。

〔註15〕〔明〕王禕《跋曾茶山帖》，《王忠文集》卷十七，傅璇琮編著《黃庭堅和江西詩派卷》，中華書局，1978 年，第 880 頁。

逮是「宗武宗文賢弟兄」〔註16〕，事實上，趙蕃在這首詩後有注釋：「茶山寄公兄弟詩云：『欲寄宗文與宗武，一春風雨大江橫』」，可見曾幾生前對自己的兩個兒子也很讚賞，所以化用杜甫的詩句勉勵他們。又，據《宋會要輯稿》記述：(乾道六年六月二十六日)「曾逢差知衢州，胡堅常差知秀州。逢與堅常兩易」〔註17〕，可知曾逢知秀州在是年。〔註18〕

一一七一，乾道七年，辛卯，二十八歲。九月，作《菊》詩。

方回《瀛奎律髓》卷二十七錄趙蕃《菊》詩，並評述云：「菊花不減梅花，而賦者絕少，此淵明之所以無第二人也。歷選菊花詩，僅得此首，乃章泉乾道七年辛卯九月所賦。」〔註19〕《菊》詩云：「潭水解令胡廣壽，夕英何補屈原饑？我今漫學潯陽隱，晚立寄懷空有詩」，抒發了高潔的隱逸情懷，也流露出對貧困與不遇的淡淡哀愁。

一一七二，乾道八年，壬辰，二十九歲。八月作《施衢州除浙西提刑以詩寄餞三首》贈施元之。十二月，自玉山還章泉山居。

八月，施元之在知衢州任上除直秘閣、權發遣兩浙西路提點刑獄，趙蕃作《施衢州除浙西提刑以詩寄餞三首》贈之。施元之，吳興人，張孝祥榜同進士出身，善詩文，有《注東坡詩》四十卷，今存。宋代陳騤《南宋館閣錄》云：「施元之，字德初，吳興人，張孝祥榜同進士出身，治詩，(乾道)五年(1169)六月除(著作佐郎)，十月為起居舍人」〔註20〕。施元之除兩浙西路提點刑獄公事在乾道八年八

〔註16〕《投曾秀州逢四首》之一，《全宋詩》第 49 冊，第 30769 頁。

〔註17〕〔清〕徐松《宋會要輯稿》職官六一之五四，中華書局，1957 年 11 月，第 3733 頁。

〔註18〕按，《宋會要輯稿·職官》六一之五二：「〔乾道〕六年六月二十六日，殿中侍御史徐良能箚子奏：伏觀關報，曾逢差知衢州，胡堅常差知秀州。若使逢與堅常兩易，庶幾杜絕猜嫌，盡公莅職。從之。」

〔註19〕〔元〕方回《瀛奎律髓》卷二七，上海古籍出版社，1986 年，第 1210 頁。

〔註20〕〔宋〕陳騤《南宋館閣錄》卷七，中華書局，1998 年，第 98 頁。

月,《宋會要輯稿》云:「(乾道八年八月)二十六日,詔權發遣衢州施元之除直秘閣、權發遣兩浙西路提點刑獄公事」〔註21〕。在贈給施元之的詩中,趙蕃高度讚揚其知衢州期間的政績:「我客懷玉山,有如梓與桑。地故隸江東,與衢蓋鄰疆。自公剖符來,亦既閱雨霜。非惟衢人安,我民亦小康」〔註22〕,希望他繼續爲民請命:「吏惡必剪刈,士良必吹噓」〔註23〕。

　　冬,十二月,趙蕃自玉山還章泉山居。應俞季揚之邀,歸途中爲王叔毅的畫題寫七律一首。趙蕃先是盛情難卻,無奈俞季揚陪他一起上路請他題詩,目的是「要遣題詩與當價」。趙蕃終於寫作《題王叔毅畫》一詩。該詩題後有趙蕃序云:「乾道八年歲壬辰,秋旱,八日才微有雪意,晚復快晴。予時秣馬且行。湍石俞季揚以此畫二紙示予,云臨川王叔毅所作也。予即折簡問名於晉陵孫子進,子進以欲雪弄晴名之。季揚令予作詩,予且迫歸,有所不暇,季揚強之以俱。道間無事,欲爲下語,而耳目所接率如畫者。自惟詩材素屏,而又厭以此境,若勉有所作,亦何能工。遂書八句,聊記其實,不復加檃括也。」〔註24〕

一一七三,乾道九年,癸巳,三十歲。冬,謁李處全於長臺山,得三絕句,書於毛龔州庵壁間。與周文顯相識,作《用老謝丈立春韻贈周文顯》詩。

　　冬,謁見李處全於長臺山,得三絕句,書於毛龔州庵壁間。趙蕃有詩《蕃以乾道癸巳冬,謁先生於長臺山間,道中得三絕句,書之毛龔州庵……》。趙蕃對這次拜見活動難以忘懷,十多年後,在

〔註21〕　〔清〕徐松《宋會要輯稿》選舉三四之二八,中華書局,1957年11月,第4756頁。

〔註22〕　《施衢州除浙西提刑以詩寄餞三首》之三,《全宋詩》第49冊,第30460頁。

〔註23〕　《施衢州除浙西提刑以詩寄餞三首》之一,《全宋詩》第49冊,第30460頁。

〔註24〕　《題王叔毅畫》,《全宋詩》第49冊,第30859頁。

辰州爲官時期，還歷歷在目地追憶「往過襄州庵，凍筆書吟呻。公來辱繼作，春氣動壁塵」﹝註25﹞。李處全，字粹伯，號晦庵，祖籍徐州豐縣，南渡後僑居溧陽（今屬江蘇）。高宗紹興三十年（1160）進士。歷宗正寺簿，太常寺丞，孝宗乾道元年（1165）以事罷﹝註26。﹞起知沅州，提舉湖北茶鹽。乾道六年，除秘書丞，累遷侍御史﹝註27﹞。淳熙二年（1175）知袁州（今江西宜春），以賄罷﹝註28﹞。淳熙七年，權發遣處州。移贛州，改舒州。淳熙十六年卒於任，年五十九。有《晦庵詞》。李處全有個堂兄李處權（？～1155），字巽伯，號崧庵惰夫，洛陽（今河南洛陽）人。南渡後定居溧陽。生平未獲顯仕，轉輾各地爲幕僚，以詩遊士大夫間。高宗紹興二十五年卒於荊州（今屬湖北）。自編有《崧庵集》，不傳。趙蕃自認爲是二李的門生，曾自言：「我是兩翁門下客」﹝註29﹞，終生懷有感恩之心。尤其與李處全（晦庵）交遊頗多，感情深摯，李晦庵在趙蕃病危時，曾給予熱情援助，趙蕃詩云：「知公蓋深仁。憫我抱奇疾，不救死且瀕。稍加匕寸施，庶使屈得伸」﹝註30﹞。趙蕃對李晦庵的詩歌創作水平給予很高的評價：「先生句法從江夏，今代詞人孰比肩？戲出小詩還會否，要收萬斛作泓泉」﹝註31﹞。趙蕃現存詩集中，與李晦庵唱和的詩共有二十五首。趙蕃對已經去世的李處權（崧庵）也飽含深情，認爲李崧庵對待他如同自己的孫輩，昔日交談的情景仍然歷歷在目：「崧庵視我亦諸孫，已矣無從作九原。每聽先生談舊事，怳如秉燭對羌村。」﹝註32﹞

﹝註25﹞《寄李晦庵》，《全宋詩》第 49 冊，第 30424 頁。
﹝註26﹞〔清〕徐松《宋會要輯稿》職官七一之一一，中華書局，1957 年 11 月，第 3972 頁。
﹝註27﹞〔宋〕陳騤《南宋館閣錄》卷七，中華書局，1998 年，第 88 頁。
﹝註28﹞〔清〕徐松《宋會要輯稿》職官七二之一五，中華書局，1957 年 11 月，第 3972 頁。
﹝註29﹞《次韻李袁州絕句七首》序，《全宋詩》第 49 冊，第 30834 頁。
﹝註30﹞《寄李晦庵》，《全宋詩》第 49 冊，第 30424 頁。
﹝註31﹞《次韻李袁州絕句七首》之四，《全宋詩》第 49 冊，第 30835 頁。
﹝註32﹞《次韻李袁州絕句七首》之五，同上頁。

與周文顯相識，後來兩人成為詩歌酬唱的忘年之交。趙蕃作《用老謝丈立春韻贈周文顯》詩，該詩題後有注釋：「蕃與文顯以癸巳歲是日相識，始有倡酬，故及之。」〔註33〕癸巳歲即1173年。

一一七四，淳熙元年，甲午，三十一歲。二月，與信州永豐縣令括蒼章君、縣尉謝子暢泛舟遊，泛舟，作有勸農詩。

二月三十日，與信州永豐縣令括蒼章君、縣尉謝子暢，以淳熙改元勸農於靠近城郭的祖印院。趙蕃應好友之邀「佇立觀盛舉」，欣然作詩描述勸農時熱鬧的情景：「前村後村桃李空，牡丹酴醾當春風。令君無暇問許事，親率僚吏行勸農。清晨小隊東郊出，宿雨初開泥尚濕。白頭扶杖稚子旁，不待符移自相集。令君盛服臨致言，國因肆赦新改元」。他欣喜若狂地感慨自己遇上了「雍熙淳化太宗年，治道度越唐漢前」的盛世，慶幸自己「爾曹何幸生此世，身不知兵無橫稅」，甚至於萌發了「徑欲傭田買牛具」的衝動。〔註34〕

按，趙蕃與永豐縣尉謝子暢是表兄弟關係：趙蕃的祖母是崇福公晁詠之的女兒，謝子暢的伯祖母是景迂公晁說之的女兒（晁說之、晁詠之是兄弟），同時，兩人也是同遊共處的好夥伴。謝子暢於淳熙改元前一年，即乾道癸巳（1173）年，已經任永豐（今屬江西）縣尉。趙蕃《台州謝子暢義田續記》記述云：「上蔡謝敷經子暢，乾道癸巳為信州永豐尉，參議公就養焉。予時寓居縣之祖印寺，以予之祖母乃崇福晁公之女，子暢之伯祖母乃景迂晁公之女，講通家之好。進，拜參議公於堂；退，從子暢遊相好也。」〔註35〕

〔註33〕《全宋詩》第49冊，第30684頁。
〔註34〕《永豐令括蒼章君、尉上蔡謝君，以淳熙改元二月晦日，勸農於負郭祖印院。事已，率蕃為泛舟之役》，《全宋詩》第49冊，第30489頁。
〔註35〕趙蕃《台州謝子暢義田續記》，林表民《赤城集》卷十二，《四庫全書》第1356冊，第722頁。

一一七五,淳熙二年,乙未,三十二歲。三月,在信州,作《代成父送趙信州移知台州》。與李處全同遊秋禪,並為其溧陽之行送別,作《次韻李袁州絕句七首》、《送李袁州泛舟入浙》詩。

　　三月,在信州,寫作《代成父送趙信州移知台州》。據《赤城志》記載:「趙汝愚,淳熙二年三月二十一日以左奉議郎自信州改知(台州)。番陽人。十月二日除江西路轉運判官。」另外,詩題中的成父即趙成父,是趙蕃的胞弟。趙信州指趙汝愚,後來參加擁立趙擴(宋寧宗)為帝的重大事件,官至右丞相。趙汝愚與趙蕃兄弟同為宋宗室,不過,在輩分上,趙汝愚是趙蕃的叔叔,趙昌父、成父兄弟稱呼趙汝愚叔叔或一叔,這可以從趙蕃其他寫給趙汝愚的詩歌看出,如《送趙叔自吏部知福州四首》、《送趙一叔江西漕赴召三首》。

　　作《次韻李袁州絕句七首》、《送李袁州泛舟入浙》詩。李處全知袁州時間不長。《袁州志》云:「李處全,淳熙二年任。」《宋會要輯稿》:(淳熙二年十二月十三日)「新知袁州李處全放罷」〔註36〕。可見,李處全知袁州和被免職都在該年。

　　與李處全同遊秋禪,並為其溧陽之行送別。期間,他們唱和頗多。趙蕃《次韻李袁州絕句七首》詩序,記錄了他們此次交遊酬唱的具體經過:「……今春先生因遊秋禪,過而見之,乃蒙寵招,並作四絕句,語皆見及。先生時有溧陽之行,蕃來別,並沐錄贈歸,因繼作以獻,『崧庵已老杜陵樹,家世斯文屬晦庵。我是兩翁門下客,未傳活法且深參。』蕃舊詩中篇也,前後二首已逸去,此篇以晦庵曾寫以與人,故存。」〔註37〕

一一七七,淳熙四年,丁酉,三十四歲。正月,有浙江常山之遊,作《題白龍洞三首》詩。

〔註36〕〔清〕徐松《宋會要輯稿》職官七二之一五,中華書局,1957年,第3972頁。
〔註37〕《次韻李袁州絕句七首》序,《全宋詩》第49冊,第30834頁。

正月，有浙江常山之遊，作《題白龍洞三首》。趙蕃的《題白龍洞》和《題白龍洞三首》分別作於不同時間。其中，《題白龍洞》一詩題目後有注釋云：「丁酉首春過此嘗有句，辛丑歲除前三日再來」〔註38〕。丁酉爲淳熙四年（1177），可知《題白龍洞三首》應作於此年。另外，《題白龍洞三首》詩題後趙蕃亦有注釋云：「洞在常山，負郭有俞叔夜留題」云云，詩中讚揚「俞君昔行倦，曾此見留題」〔註39〕，與注釋互證。

一一七八，淳熙五年，戊戌，三十五歲。過江西西山生米市，遊施肩吾釣磯，題釣磯和胡柏詩二首。十月，在豐城寶氣亭遊，作《白髮三首》。俞氏妻去世。

七月初六，乘船經過江西省西山（今江西省新建縣西），至生米市，停船上岸洗浴，暢遊唐代著名道士施肩吾〔註40〕釣磯。趙蕃因讚賞華邦直曾經留題詩（一首），當即抄錄。趙蕃也爲釣磯和胡柏題詩二首，其題釣磯詩云：「枕水危磯峙不流，是誰曾此被羊裘。遺蹤幾覓無從問，落日清風過樹頭」〔註41〕表達了對施肩吾的仰慕之情。趙蕃的詩題詳述了此次憑弔活動的詳細過程：

> 過生米市，艤舟求浴。望山巓有屋歸然，至石岸數步宛轉荒級，榜曰：釣磯。入門，古壇，對江上則有獨柏，餘屋，悉具體問之，云：「施肩吾嘗垂綸於此。」柏則唐胡天師所植，他無碑記，惟華邦直則留題，有石刻。因用其韻題釣磯，又復用小閣壁間韻留題胡柏，並書柱間。浴罷，理棹而去。時淳熙戊戌七夕前一日也。華詩句云：「一簇亭臺瞰碧流，坐無塵土染衣裘。舟人來往風波裏，指點神仙在上

〔註38〕《題白龍洞》，《全宋詩》第49冊，第30818頁。

〔註39〕《題白龍洞三首》之三，《全宋詩》第49冊，第30593頁。

〔註40〕按，施肩吾，字希聖，自號棲真子，因趣尚煙霞，慕神仙輕舉之學，詩人張籍稱他爲「煙霞客」。長慶（821～824）中，隱於洪州西山（今江西南昌）學仙，養性林壑。著有《西山群仙會眞記》、《太白經》、《黃帝陰符經解》、《鍾呂傳道集》等，另有詩《西山集》十卷。

〔註41〕《全宋詩》第49冊，第30809頁。

頭。」閣詩不佳，故不錄。〔註42〕

　　十月十四日，在豐城（今江西省豐城市）之寶氣亭遊覽，有感於時光流逝、功業無成的現實，情不自己，慨歎「少年志願立修名，隱顯悠悠略未成」〔註43〕、「人如草木空多智，一老寧聞再少時」〔註44〕。在《白髮三首》詩序中，總結自己三十六年的人生道路：「始余髭髮未白時，詩中多與言之。今乃信然，不足怪也，作三絕句。戊戌十月十四日，豐城之寶氣亭。」〔註45〕

　　是年，俞氏妻去世。趙蕃《己亥十月送成父弟絜兩房幼累歸玉山五首》之二云：「去歲歸營丘嫂葬，今年那復以家行。」〔註46〕趙蕃與弟弟成父只有兄弟二人。丘嫂（亦寫作邱嫂）為長嫂，指趙成父的大嫂，即趙蕃的妻子，應是趙蕃的第一任妻子俞氏。劉宰《章泉趙先生墓表》記述：「娶俞氏，繼邢氏」〔註47〕。己亥為公元1179年，「去歲」為1178年，可知趙蕃的俞氏妻去世於是年，弟弟趙成父從外地歸來幫助趙蕃料理喪事。

一一七九，淳熙六年，己亥，三十六歲。趙汝愚在江西轉運判官任上赴召，作《送趙一叔江西漕赴召三首》送行，並提及自己亦被拜官。作詩送周必達赴袁州知州任。夏秋之交，赴太和主簿任。

〔註42〕《全宋詩》第49冊，第30809頁。按，周必大也曾到此一遊，不過是在冬天，所述也略有不同：「庚辰五鼓雨雪交作，乘風而行。辰時，至生米鎮。玉隆人轎未至，以小舟遊至德觀。觀在洲上，四面皆水，相施肩吾釣臺，唐則天時彗超置。觀兵火後重造，尚未備。惟壇上栢一株，甚大，云彗超所種也。有軒，臨江可觀……」（《文忠集》卷一六九《泛舟遊山錄》）。

〔註43〕《白髮三首》之三，《全宋詩》第49冊，第30777頁。

〔註44〕《白髮三首》之二，同上頁。

〔註45〕《白髮三首》之三，同上頁。

〔註46〕《全宋詩》第49冊，第30922頁。

〔註47〕〔宋〕劉宰《章泉趙先生墓表》，《漫塘文集》第11冊，文物出版社，1982年，第18～19頁。

趙汝愚在江西轉運判官任上赴召，到朝廷任敷文閣待制。趙蕃爲其送行，作有《送趙一叔江西漕赴召三首》，同時提及自己也同時被詔命拜官：「我捧江西檄，公乘使者車。飛騰今已去，留落又何如。誰敢懷離闊，惟思讀詔除。九州期大庇，寧獨愛吾廬」〔註48〕。趙蕃在代替弟弟寫作的《送趙一叔江西漕赴召代成父作二首》之二中，明確提到阿兄（哥哥）即將赴任的是「太和官」：「阿兄今得太和官，買舟同載初不難。公持使節豫章郡，蘄以過公道窘寒。公今召節趨日邊，我雖失望猶欣然。」〔註49〕至於趙蕃到太和縣所任的具體職務，楊萬里在次年前往廣州任職時，經過太和縣時所作《題太和主簿趙昌父思隱堂》明確說明是主簿：「西昌主簿如禪僧，日餐秋菊嚼春冰」〔註50〕，西昌即指太和。

不過，在趙蕃「九州期大庇，寧獨愛吾廬」的豪言壯語背後，還可以發現他內心隱藏的複雜思想，且聽他在臨行前，他與一生鍾愛的竹子有一番對話：「十年保我章泉竹，木枕布衾供易粟。家貧縱爾不自給，且不知榮安取辱。今年誰令起作官？此路向來非所熟。……少時已無鞍馬志，老矣豈堪消髀肉？但令詩與故人期，此外聲名甘碌碌！」〔註51〕坦白了爲官的原因在於生計所迫，眞實地抒發了內心的矛盾與掙扎之情。他甚至預見自己未來坎坷不平的仕途：「此路向來非所熟」、「且不知榮安取辱」？自年少時就無意仕宦，此行必將碌碌無爲、一無所成，直言自己出仕簡直是自取其辱。

送周必達赴袁州知州任，作《送周袁州赴鎮三首》。

秋，赴任太和（今江西省泰和）縣主簿。其《己亥十月送成父

〔註48〕《送趙一叔江西漕赴召三首》之三，《全宋詩》第 49 冊，第 30596頁。

〔註49〕《送趙一叔江西漕赴召代成父作二首》之二，《全宋詩》第 49 冊，第 30509 頁。

〔註50〕〔宋〕楊萬里《題太和主簿趙昌父思隱堂》，《全宋詩》第 42 冊，第26267 頁。

〔註51〕《審知以詩送行借韻留別》，《全宋詩》第 49 冊，第 30495 頁。

弟絜兩房幼累歸玉山五首》之一：「已辦知津送去舟，重臨快閣亦
悠悠。黃知橘柚江行好，此去況經龍霧洲。」已亥爲公元 1179 年，
快閣在太和縣，據此可知是年十月前趙蕃已經在太和主簿任上。其
《有懷二首》之一云：「憶我官白下，梅藥破臘前。」〔註52〕可推
知其啓程赴任約在是年秋。

一一八〇，淳熙七年，庚子，三十七歲。春，與楊萬里等一起
登臨快閣賞景，楊萬里作《題太和主簿趙昌父思隱堂》。追送楊
萬里，作《次韻楊廷秀太和萬安道中所寄七首》。五月，再往西
山生米磯，參觀至德觀，題詩四詩。

　　春，楊萬里前往廣州任職，經過太和，與趙蕃等一起登臨快閣賞
景，其《遠明樓記》云：

　　　予淳熙庚子之官五羊，道西昌，泊跨牛庵，據胡床小睡，
　　　思昏昏也。縣尹李公垂、簿趙公昌父傳呼而來，予攝衣躡
　　　履出迎，坐未定，二君曰：「先生欲登乎快閣？」予謝曰：
　　　「幸甚。」即聯騎疾往。是時，春欲半，憑欄送目，一望
　　　無際，綠楊拂水，桃杏夾岸，澄江漫流，不疾不徐，遠山
　　　爭出，平野自獻。視山谷登臨之時晚晴落水之景，其麗絕
　　　過之，而公程駿奔不得久留……〔註53〕

楊萬里離開太和後，與趙蕃之間的交往與詩歌酬贈也開始了。且看
他給趙蕃風趣幽默的留言：「西昌主簿如禪僧，日餐秋菊嚼春冰。
西昌官舍如佛屋，一物也無惟有竹。俸錢三月不曾支，竹陰過午未
晨炊。大兒叫怒小兒啼，乃翁對竹方哦詩。詩人與竹一樣瘦，詩句
與竹一樣秀。故山蒼玉搖綠雲，月梢風葉最閒身。勸渠未要先思隱，
且與西昌作好春！」〔註54〕趙蕃此時的心情也彷彿因此開朗了許

〔註52〕《有懷二首》之一，《全宋詩》第 49 冊，第 30853 頁。
〔註53〕〔宋〕楊萬里《遠明樓記》，《楊萬里詩文集》中，江西人民出版社，
　　　　2006 年，第 1189 頁。
〔註54〕〔宋〕楊萬里《題太和主簿趙昌父思隱堂》，《全宋詩》第 42 冊，第
　　　　26267 頁。

多，他甚至安慰起楊萬里：「記得詩來半說花，不言長道苦風沙。知公不薄嶠南使，政似昔人何以家」〔註55〕。可見，兩人確實是惺惺相惜的知音。趙蕃在楊萬里走後，還追出很遠送行，可見他對楊萬里的敬仰與欽佩之深：「追送寧辭遠，乖離故在茲。無嗔白頭舊，一見有深知。」〔註56〕

五月八日，再次前往江西省西山（今江西省新建縣西）生米磯，參觀至德觀，並應主持至德觀的道士請求，題詩四首：《生米磯之至德觀，余舊遊也。嘗有〈題釣磯〉、〈胡柏〉七言二絕句。庚子夏五月八日再來，道士復向余乞賦仙洲、平遠、濯風、湧月四題，因各與一首。仙洲則新建簿嚴造道名之》。〔註57〕庚子即一一八零年。

一一八一，淳熙八年，辛丑，三十八歲。太和主簿任職期滿，與陳明叔、楊願等贈詩惜別；與周愚卿、丁永年、陳明叔餞別於距太和縣城十里的致嚴堂。路過袁州北，遊覽崇勝寺，作《袁州北崇勝寺二首》。歸途中，遇知袁州周必達，作《送周守二首》。回家後，作《聞春》詩。秋冬之際，到建康帥府訪問范成大，成大盛情款待趙蕃，席間，成大誦趙蕃詩。冬，遊衢州。歲除前三日，再遊常山。

約夏秋之際，趙蕃太和主簿任職期滿回鄉。在太和主簿任上，趙蕃與「臨川三隱」交往密切。

回鄉前，趙蕃與好朋友陳明叔、楊願（字謹仲）等互贈詩歌，依依惜別：「我去孰君友，君留誰我遊」〔註58〕。趙蕃還多次總結了三年的仕宦生涯，直接抒發了對自由自在的煙霞生活的嚮往：「三年渾

〔註55〕《次韻楊廷秀太和萬安道中所寄七首》之一，《全宋詩》第 49 冊，第 30830 頁。

〔註56〕《追路送誠齋到灘頭驛》，《全宋詩》第 49 冊，第 30598 頁。

〔註57〕《全宋詩》第 49 冊，第 30598 頁。

〔註58〕《留別陳明叔兼屬胡仲威五首》之一，《全宋詩》第 49 冊，第 30555 頁。

易爾，此別各蒼然」〔註59〕、「簿領三年吏，江天百里居。我非拘鳲
鷃，君乃傲樵漁」〔註60〕、「我覓祠官俸，君攜異縣書」〔註61〕。與
周愚卿、丁永年、陳明叔餞別於距太和縣城十里的致嚴堂，作《周愚
卿同丁永年、陳明叔見餞於去城之十里致嚴堂，經夕乃別》。

　　歸途中，路過袁州北，遊覽崇勝寺，作《袁州北崇勝寺二首》，
其二云：「蹭蹬我今慚薄宦，飛騰君合趁明時」，「借問還家底為計？
兒能樵木婦能炊。」

　　回鄉途中，巧遇解秩回家的知袁州周必達，趙蕃作詩二首贈
之：「昔我移官皇恐灘，緘詩送公因阿連。轉頭梅事兩飄忽，我亦
解秩當返轅。豈期邂逅客歸舍，逢公政成朝日邊。可無一語道離闊，
顧待別後空欄干」〔註62〕，高度讚揚周必達不追求考課政績、待民
如父母的德仁政治理念，以及寬嚴有度、治理無跡的吏道與效果：
「我聞袁人道路言，往者頗病吏道煩。袁人徯公以為治，如赤子待
父母安。問公治袁竟何如，寬不至弛嚴不殘。不惟民絕催科瘵，吏
亦不急惠文冠。太平官府見今日，珥筆舊俗略不存。人言循吏治無
跡，有如春風被田園。」〔註63〕

　　回到家鄉，作《聞春》詩，敘述歸家後的貧苦生活：「歸乃值歲
歉，半菽了不供。餬口於四方，指困其誰逢」，以及「晴天得曬暴，
雨日還燎烘。晝役薪水事，故嘗多夜舂。時時付手碓，玉粒勝腐紅」
的辛勤勞作，並感慨三年仕宦生活，流露歸隱園田的願望云：「三年
食官倉，塵土填腹胸。啼號暫遠耳，夢寐深有攻。宦遊竟何得，不如

〔註59〕《別楊謹仲》，《全宋詩》第49冊，第30819頁。

〔註60〕《留別陳明叔兼屬胡仲咸五首》之三，《全宋詩》第49冊，第30555
　　　頁。

〔註61〕《留別陳明叔兼屬胡仲咸五首》之四，同上頁。

〔註62〕《送周守二首》之一，《全宋詩》第49冊，第30499頁。按，據《袁
　　　州志》：「周必達，朝散郎。淳熙六年任。」又《袁州志》：「沈正度，
　　　朝請大夫。淳熙八年任。」可知周必達知袁州時間，是從淳熙六年
　　　至淳熙八年。

〔註63〕《送周守二首》之一，《全宋詩》第49冊，第30499頁。

學爲農。」〔註64〕

　　是年秋冬之際，到建康府（今江蘇南京市）訪問范成大。范成大是淳熙八年（1181）四月到建康任所，次年八月離任。又據趙蕃《寄范建康》：「去年此何緣，乃獲身造門。公蓋廊廟貴，我乃褌褐貧。」以及「一再將書託置郵，渺然殊未亦湛浮。平生願識才能見，別去於今歲又周」〔註65〕，推知趙蕃到建康訪問范成大應在淳熙八年（1181）下半年，也就是趙蕃從太和主簿任上返回後。從這首詩中，可以看到范成大對趙蕃的熱情友好：「既以賓客見，復叨尊俎陳。談間必文字，愧我非比論。雖知愧公厚，猥誦終慚新。」范成大不但盛情招待趙蕃，還與他一起討論詩文創作，興之所至，還吟誦起趙蕃的詩。告別時，趙蕃高度讚揚范成大詩歌的高妙境界：「如公久已獨步外，顧我何堪猥誦中」〔註66〕。

　　冬，遊衢州，爲衢州久旱逢雨歡呼，作有《與李衢州嶧四首》。按，據《衢州志》記載，李嶧知衢州在淳熙八年（1181）：「李嶧，淳熙八年。朝散郎」。次年二月，李嶧在知信州任上，因在知衢州期間驗災放賑弄虛作假，遭到朱熹等彈劾被罷官。《宋會要輯稿》記載：（淳熙九年）「二月十三日，知信州李嶧罷新任。以監察御史王藺言其昨知衢州，浙東提舉朱熹按其檢放不實」〔註67〕。

　　歲除前三日，再次遊覽浙江常山，作詩《題白龍洞》：「流水疏梅我有詩，偶來重見雪離披。五年不踏常山路，咫尺寧乖一赴期」〔註68〕，表達了故地重遊的喜悅之情。按，該詩題後有注釋云：「丁酉首春過此嘗有句，辛丑歲除前三日再來。」辛丑即淳熙八年（1181）。

〔註64〕　《聞春》，《全宋詩》第49冊，第30845頁。
〔註65〕　《范參政自建康德資政宮祠六詩寄呈》之四，《全宋詩》第49冊，第30767頁。
〔註66〕　《別范建康》，《全宋詩》第49冊，第30729頁。
〔註67〕　〔清〕徐松《宋會要輯稿》職官七二之三三，中華書局，1957年，第3972頁。
〔註68〕　《題白龍洞》，《全宋詩》第49冊，第30818頁。

一一八二，淳熙九年，壬寅，三十九歲。作《壬寅元日》詩。
七月，送趙汝愚自吏部知福州，作《送趙叔自吏部知福州四首》
等詩。到杭州拜謁周必大。冬，到辰州任司理參軍。作《寄范
建康》與成大。作詩贈鍾子崧。作《寄趙湖州》等五首詩送知
湖州趙善扛。

作《壬寅元日》詩一首。壬寅是淳熙九年（1182），元日即正月
初一。在農曆新年來臨之際，「歷數堯年永，條章漢詔寬」，詩人希
望國家能夠政治清明，經濟繁榮發展，同時感慨自己「壯歲頻覊宦」、
「何路接鵷鸞」〔註69〕，表現了對仕宦生涯的厭惡和對賢者的渴望。

七月，趙汝愚自吏部知福州，趙蕃作《送趙叔自吏部知福州四
首》詩。〔註70〕此時，趙蕃已經接到前往辰州任職的官書：「憶昨
過辭公，云有湖外役。」〔註71〕當趙汝愚到達福州境內時，久旱不
雨的天空發生了奇跡。趙蕃作詩記述云：《玉山久旱，七月一日雨
作。望者云：從常山來時，趙吏部赴福州。適入境，已聞境上大雨。
取書邦人歡喜之詞，為口號二首呈之》〔註72〕。

前往辰州（今湖南省沅陵縣，下同）為官，行前到杭州拜謁了時
任參知政事的周必大，並作《留別周參政詩二首》，表達了自己鍾情
於隱逸生活的人生理想：「長沙更欲訪沅湘」，「黃塵倦馬久非地，野
水白鷗終是鄉！」〔註73〕

行前，還走訪了一些親友，但是苦於糧食匱乏、飢饉難耐的現
實，所以遲遲沒有動身。他還擔心自己到任後生活上面臨的困難：
「湖外米雖賤，旱歲賈者多。賈多米必貴，吾饑其奈何？」〔註74〕

〔註69〕《壬寅元日》，《全宋詩》第 49 冊，第 30526 頁。
〔註70〕按，據《三山志》云：（淳熙）「九年七月，（趙汝愚）以朝奉郎、充
　　　　集英殿修撰知（福州）。」（見《福州府志》卷三一，乾隆十九年刊
　　　　本，第 2427 頁）
〔註71〕《送趙叔自吏部知福州四首之四》，《全宋詩》第 49 冊，第 30413 頁。
〔註72〕《全宋詩》第 49 冊，第 30801 頁。
〔註73〕《留別周參政詩二首》之二，《全宋詩》第 49 冊，第 30713 頁。
〔註74〕《送趙叔自吏部知福州四首》之四，《全宋詩》第 49 冊，第 30413

趙蕃身爲南宋州縣級的官吏，生活尚且如此困難，則普通百姓的生活境況更可想而知。

冬，作《寄范建康》詩：「平生聞石湖，謂是千載人。」〔註75〕聞知范成大在建康任所，因救災賑濟以致積勞苦於頭暈，上五十章求閒，被授予資政殿閒學士，再領宮祠，趙蕃盛讚范成大竭盡職守、急流勇退的高風亮節：「出處如公亦甚都，不攜西子不思鱸。三高異日當爲四，不見方嚴與范俱」〔註76〕，以史上三位品格超逸、襟懷灑脱的隱者范蠡、張翰、陸龜蒙，比擬辭遜雍容的范成大。

作詩深情寄贈仕途多舛的鍾子崧：《鍾子崧己丑歲簿秩滿去，今自饒州教授還，猶選人也，感歎之餘賦詩以別鍾子崧》，爲其不遇於時鳴不平：「十四年中三別君，別君每輒歎離群。案惟占位崔斯立，客乃無氈鄭廣文。」〔註77〕

與知湖州趙善扛〔註78〕以文字交遊。趙蕃寫給趙善扛共五首詩，分別題爲《寄趙湖州》、《寄趙文鼎》、《用斯遠韻寄趙湖州三首》。

按，趙善扛以朝散郎知湖州僅七個月，在淳熙九年二月至八月。《吳興志》云：「趙善扛，朝散郎。淳熙九年二月到，八月以憂去職。」〔註79〕趙蕃寫給趙善扛的詩云：「故人今五馬，薄宦乃南夷」〔註80〕，前句指趙善扛爲湖州太守，後句指自己仕宦於辰州。

頁。

〔註75〕《寄范建康》，《全宋詩》第49冊，第30425頁。

〔註76〕《范參政自建康德資政宮祠六詩寄呈》之三，《全宋詩》第49冊，第30767頁。

〔註77〕按，己丑爲公元1169年，據「十四年中三別君」，推知該詩寫於1182年。又，崔斯立、鄭廣文均爲唐代居官清寒的寒士，趙蕃藉以指代仕途蹭蹬的鍾子崧。

〔註78〕按，趙善扛，字文鼎，宋太宗七世孫，別號解林居士。《御選歷代詩餘》云：「善扛字文鼎，號解林居士，太宗七世孫」（《御選歷代詩餘》卷一百六）。《宋詩紀事》云：「趙善扛，字文鼎，宋宗室，別號解林居士」（厲鶚《宋詩紀事》卷八五）。

〔註79〕李之亮撰《宋兩浙路郡守年表》，巴蜀書社，2001年，第201頁。

〔註80〕《寄趙湖州》，《全宋詩》第49冊，第30620頁。

再如，「別去雖天外，書行每便中」〔註81〕、「殷勤寄謝湖州牧，五馬誰能鬢未斑」〔註82〕等句所述，也含有此意。

一一八三，淳熙十年，癸卯，四十歲。正月，在辰州邢大聲家，與畢叔文、邢大聲兄弟等觀賞蘇東坡書帖，作詩。

正月二十一日，在辰州邢大聲家，與畢叔文、邢大聲兄弟等觀賞蘇東坡書法帖，作《畢叔文攜坡帖及與季眞給事倡酬詩卷，見訪於邢大聲家，相與觀之。明日次韻。淳熙癸卯正月二十有一日也》〔註83〕詩。在觀賞東坡書法書跡時，趙蕃稱讚坡帖如精金美玉，定能永遠流傳，同時感慨世事變化無常，有如白衣蒼狗。

一一八五，淳熙十二年，乙巳，四十二歲。五月，作《寄誠齋先生》詩，祝賀楊萬里除吏部郎中。辰州知州居住的郡齋夾牆坍塌，發現前知州凌景夏隱藏的詩集，趙蕃賦六絕句。作《呈劉子後趙行之司理舅二首》。

五月，楊萬里除吏部郎中，趙蕃作詩祝賀：「長安近抵日，蜀道遠如天。邇日使嶺表，歷論無此賢。誰歟記南海，久矣賦貪泉。已上蓬山直，還居吏部銓。」〔註84〕在詩中「蜀道遠如天」句後，趙蕃自注：「辰故黔中郡地。」辰州秦朝時隸屬於黔中郡，可知趙蕃此時在辰州司理參軍任上。

辰州知州居住的郡齋夾牆，因雨坍塌，從而發現了前知州凌景夏（後官至吏部尚書）隱藏於夾牆中的詩集。趙蕃賦詩六首記錄此事，並表達對凌景夏堅守抗金大義的崇敬，詩題爲《知府提舉訪求前守凌

〔註81〕《用斯遠韻寄趙湖州三首》之三，《全宋詩》第49冊，第30619頁。

〔註82〕《寄趙文鼎》，《全宋詩》第49冊，第30735頁。

〔註83〕《畢叔文攜坡帖及與季眞給事倡酬詩卷，見訪於邢大聲家，相與觀之。明日次韻。淳熙癸卯正月二十有一日也》，《全宋詩》第49冊，第30503頁。

〔註84〕《寄誠齋先生》，《全宋詩》第49冊，第30668頁。

公遺跡，忽於庭廡雨壓複壁中，得公所題詩，賦六絕句》。〔註85〕

　　作《呈劉子後趙行之司理舅二首》，慨歎「南渡凄涼六十年，故家遺俗日蕭然」，「斗食我今悲白髮，束書今喜繼青氈！」〔註86〕含蘊著強烈的生命意識和無奈的現實處境。

一一八六，淳熙十三年，丙午，四十三歲。約春天，辭辰州司理參軍職，泊家潭州。閏七月，到衡州，與知州劉清之遊石鼓山、向園。十一月，到袁州分宜，與主簿劉公度相會，公度作六言絕句四首送別趙蕃。十二月，作《送趙成都五首》，送趙汝愚赴四川制置使。

　　春天，在辰州司理參軍任上，因為與知州對某案件的判決分歧很大，雖然據理力爭，但是知州堅持己見。趙蕃於是辭掉辰州司理參軍職務，上書請求奉祠，移居湘西潭州待命，時間達二年。

　　按，《宋史·趙蕃傳》記載：「調辰州司理參軍，與郡守爭獄罷。人以蕃為直。」〔註87〕趙蕃《寄韓仲止主簿》（三首）其一云：「舊來絕歎茶山竹，今日重悲南澗泉」；其三云：「介室於余亦外家，二年朝夕向長沙。聞君往會臨川葬，我不及前空歎嗟。」韓仲止名淲，號澗泉，韓元吉之子，與趙蕃並稱「信上二泉」，其父韓元吉（1118～1187），字無咎，去逝於淳熙十四年（1187），是年韓淲歸葬其父，趙蕃詩中說自己「二年朝夕向長沙」，可知趙蕃赴長沙在淳熙十三年（1186）。據《宋史》卷五十六《志》第九：「淳熙十三年閏七月戊午，五星皆伏」，可知是年閏七月；又據趙蕃《閏七月二十日，侍知府寺簿先生為石鼓山向園之遊》：「今年五溪歸，邇日三湘役」〔註88〕，可知他於是年七月在衡陽，因此，他移居潭州（長沙為府治所在）待奉祠之命應在此

〔註85〕按，詳見本書第二章《趙蕃生平》「為官辰州」部分。
〔註86〕《呈劉子後趙行之司理舅二首》之一，《全宋詩》第 49 冊，第 30722頁。
〔註87〕〔元〕脫脫等撰，《宋史》卷二九，中華書局，1977 年，第 546 頁。
〔註88〕《全宋詩》第 49 冊，第 30485～30486 頁。

年秋季之前，約在是年春夏，其《衡山道中懷清江舊遊寄長沙諸公》亦云：「去年五溪歸，泊家長沙國」〔註89〕，可與此相印證。

閏七月，到衡州（今湖南衡陽），與自己的恩師、知州劉清之遊石鼓山、題字於西溪、泛舟向園，作《閏七月二十日，侍知府寺簿先生為石鼓山向園之遊》，詩云：「今年五溪歸，邇日三湘役。先生喜其至，舍以江亭闊」、「西溪命題字，東岩俾開徑」、「已焉興未休，棹舟放中流。」〔註90〕

冬十一月，到袁州分宜（今江西省分宜縣），與主簿劉公度見面，劉公度作六言絕句四首送別趙蕃。

按，據趙蕃《寄題分宜簿舍懷古閣為劉公度賦》，可知公度名劉公度，時任分宜縣主簿。又據《蕃丙午冬，分宜見公度簿公尊兄，已而邂逅於宜春。蒙以蕃與徐斯遠志別六言之韻作詩為贈，久未和答；今日東歸，乃克賦之四首（蕃欲自澗舖過廬陵謁雲臺先生，又惟公度亦不可不別，故寧迂來問安福路云）》，該詩作於 1188 年秋天趙蕃自湖南辭官返回江西的途中，他回憶丙午（1186）年冬與劉公度相見，劉公度作六言絕句送別自己，趙蕃當時未及回贈。直到 1188 年回江西的途中，才作此六言絕句四首和答，並迂迴至分宜縣再會劉公度。又，該組詩其二云：「往別政當冬仲，今來再閱新涼」，冬仲即仲冬，為冬季的第二個月，即農曆十一月，因處於冬季之中，故名。可知趙蕃於 1186 年 11 月（農曆）在分宜縣見公度。

十二月，趙汝愚移四川制置使任，趙蕃作《送趙成都五首》。〔註91〕

一一八七，淳熙十四年，丁未，四十四歲。二月，周必大任右丞相，趙蕃聞之甚為欣喜。韓元吉去世，作《寄韓仲止主簿》

〔註89〕《全宋詩》第 49 冊，第 30482 頁。

〔註90〕《全宋詩》第 49 冊，第 30485～30486 頁。按，是年閏七月，〔元〕脫脫等撰《宋史》卷五六云：「淳熙十三年閏七月戊午，五星皆伏。」

〔註91〕按，據《三山志》：淳熙「十三年丙午十二月，汝愚移四川制置使。」

悼念。作《呈劉子卿四首》，賀劉荀知盱眙軍。產生強烈的歸鄉隱居之志。

　　二月，周必大任右丞相，趙蕃高興之情溢於言表。趙蕃在寫給劉荀的詩中說：「近喜周公相，初傳薦士章。」〔註 92〕周必大上任後，即向朝廷薦舉人才，劉荀名列其首。〔註 93〕

　　韓元吉去世，趙蕃寫作《寄韓仲止主簿》（三首）寄韓元吉之子韓淲，表示沉痛的哀悼之情：「聞君往會臨川葬，我不及前空歎嗟」〔註 94〕，並讚揚韓氏父子的高標逸韻說：「儒雅風流眞不愧，兩賢眞可作三賢。」〔註 95〕

　　劉荀知盱眙軍（今屬江蘇），趙蕃寫作《呈劉子卿四首》寄之，表達敬仰與親近之情，認爲劉荀是罕見的德才兼備的人才：「如公不一二，安得亦相於？」〔註 96〕

　　有感於旅居西北的苦寂等，產生強烈的歸鄉隱居之志。「王氣東南盛，流風西北疏。往猶稱旅寓，今乃逐鄉閭。要熟兒童聽，惟傳父祖書。」〔註 97〕

一一八八，淳熙十五年，戊申，四十五歲。八月，在湘西，與鄭仲理、吳德夫、周伯壽、黎季成、邢廣聲、王衡甫等作別。

〔註 92〕《呈劉子卿四首》之二，《全宋詩》第 49 冊，第 30554 頁。

〔註 93〕按，據《江西通志》記載：「劉荀，字子卿，清江人。……淳熙中，知餘干縣，未滿，適周必大入相，以荀爲首薦，改判德安，知盱眙軍。」（《江西通志》卷七三《人物》之八，《四庫全書》第 515 冊，第 529 頁。）

〔註 94〕《寄韓仲止主簿》之三，《全宋詩》第 49 冊，第 30923 頁。

〔註 95〕《全宋詩》第 49 冊，第 30583 頁。按，韓元吉（1118～1187），南宋詞人，字無咎，開封雍邱（今河南杞縣）人，一作許昌（今屬河南）人。宋室南渡後，寓居信州上饒（今屬江西）。乾道九年（1173）爲禮部尚書出使金國，後晉封潁川郡公，歸老於信州南澗，因自號南澗翁。其子韓淲（1159～1224），字仲止，號澗泉，爲趙蕃摯友，與趙並稱二泉。

〔註 96〕《呈劉子卿四首》之三，《全宋詩》第 49 冊，第 30554 頁。

〔註 97〕同上。

歸途中，作《八月八日發潭州後得絕句四十首》；取道廬陵，看望家居的恩師劉清之；又再次迂迴至分宜縣見主簿劉公度，作六言絕句四首贈公度。歸來後，與辛棄疾唱和；冬暮，作詩四首與辛棄疾，分別題為《呈辛卿二首》、《以歸來後與斯遠倡酬詩卷寄辛卿》。

　　劉荀移官鎮江，趙蕃寫作《贈劉子卿，時劉將赴官鎮江並以道別三首》寄之，並對自己求監安仁（今屬江西）酒庫，即將擔任卑微的保管倉庫的役吏發出悠長的慨歎：「堂堂公可作，岌岌我何衰。孰有入門冠，而淹管庫卑。」〔註98〕

　　八月，趙蕃在湘西。他有詩題為：「蕃艤舟湘西之明夕，鄭仲理、吳德夫、周伯壽、黎季成共置酒於書院閣下。追餞者邢廣聲、王衡甫。時戊申仲秋七日」〔註99〕。在異地為官時，趙蕃思鄉念友心切，在與好友王伯玉酬唱時，羨慕王伯玉兄弟同氣相求，盼望家書能早日寄來：「羨君聚首共文書，憐我離形屢寒暑。江南豐歉未可知，安得書來相告語？」同時，還表達了「我歸當事力田科」〔註100〕的堅定歸隱信念

　　八月八日，自潭州出發。歸途中，作《八月八日發潭州後得絕句四十首》，紀錄歸途見聞，抒發對隱逸生活的愉快嚮往；取道廬陵，看望家居的恩師劉清之，並迂迴至分宜縣再會主簿劉公度，作六言絕句四首與劉公度，題為《蕃丙午冬，分宜見公度簿公尊兄，已而邂逅於宜春。蒙以蕃與徐斯遠志別六言之韻作詩為贈，久未和答；今日東歸，乃克賦之四首》。按，該題目後趙蕃有小序云：「蕃欲自潤鋪過廬陵謁雲臺先生，又惟公度亦不可不別，故寧迂來問安福路云。」

〔註98〕《贈劉子卿，時劉將赴官鎮江並以道別三首》之一，《全宋詩》第49冊，第30583頁。

〔註99〕《全宋詩》第49冊，第30569頁。

〔註100〕《王伯玉兄弟皆用叔文韻作詩見示答之》，《全宋詩》第49冊，30524頁。

冬十二月，與辛棄疾唱和，作詩四首與辛棄疾，分別題爲《呈辛卿二首》、《以歸來後與斯遠倡酬詩卷寄辛卿》（二首）。按，《寄辛卿》、《呈辛卿》二詩皆本年冬暮之作，時周子充尙爲右相，故注云「頃聞右揆」。後者其一云：「我曹饋歲復何有，酬倡之詩十餘首」，「狂餘更欲誰送似，咫尺知音稼軒是」，其二云：「歲雲暮矣勿歎窮，梅花爛漫行春風」，明確交代了與辛棄疾唱和的時節與具體情形。

一一八九，淳熙十六年，己酉，四十六歲。正月，回到信州。作《寄賀周子充除左相、留正除右相、王謙仲除參政》詩。知信州莫障登門訪問。閏五月，作《賀吳仲權召試館職》詩，賀吳鎰入朝輪對。

正月，回到家鄉信州，傳來周必大除左相、留正除右相、王謙仲除參政的喜訊，趙蕃「喜甚屐且折」，寫作《寄賀周子充除左相、留正除右相、王謙仲除參政》詩，記述了當時欣喜若狂的情形：「淳熙十六年，正月十九日。雪餘雨更作，有客方抱疾。忽傳底處書，昏暮叩蓬蓽。問之何許人，乃是吾家侄。書中道何爲，除目報甲乙。要令二父知，此意深所悉。我方盤谷歸，詎應聞黜陟？雖云在田野，又可忘輔弼？」〔註101〕聞聽喜訊，不但盛讚周必大等人的德行，更希望他們輔佐皇上行仁德之政。

回鄉後，喜悅之情溢於言表：「故喜來歸逢稔歲，況於遊倦得閒身」，時知信州莫障登門訪問，趙蕃喜出望外：「公爲州牧我州民」，「奈何造請尙趨晨？」〔註102〕

閏五月，吳鎰被授予秘書正字，在入朝輪對時，趙蕃作《賀吳仲權召試館職》贈之，詩云：「詎敢疏風義，欣聞有詔除。圖書天

〔註101〕《全宋詩》第 49 冊，第 30414 頁。
〔註102〕《呈莫信州障二首》之二，《全宋詩》第 49 冊，第 30680 頁。按，知信州莫障的障應爲漳。《宋會要輯稿·職官》七二之五四：「（淳熙十六年十一月）二十一日，詔知信州莫漳放罷。」淳熙十六年爲公元一一八九年。

祿閣，文陣玉堂廬。秘記資讎校，人材務養儲。」趙蕃認爲，「秘記資讎校，人材務養儲。端如策晁董，不比召嚴徐」〔註103〕，吳鎰不但詩文創作成就突出，政治才能也要超過漢武帝時上書言事、被拜爲郎中的嚴安與徐樂二人，堪比傑出的政治家晁錯和董仲舒。

一一九〇，淳熙十七年，庚戌，四十七歲。與李處全唱和，作《呈李贛州四首》。

　　與李處全唱和，作《呈李贛州四首》，回憶「見自長臺數，於今十五年」〔註104〕，「憶昔重湖北，逢人問處州。寄書寧盡達，覓使苦無由」〔註105〕。

一一九一，紹熙二年，辛亥，四十八歲。與徐文卿等唱和。

　　與徐文卿等和詩：「玉山斯遠作《蕭秋詩》，四言九章，章四句。趙蕃昌甫而下，和者十三人，紹熙辛亥（1191）也，趙汝談履常亦與焉。」〔註106〕

一一九六，慶元二年，丙辰，五十三歲。正月，趙汝愚暴死衡州，作《挽趙丞相汝愚》詩。

　　正月，趙汝愚卒於衡州，趙蕃悲痛欲絕，作《挽趙丞相汝愚》：「吾王不解去三思，石顯端能殺望之。未到浯溪讀唐頌，已留衡嶽伴湘累。生前免見焚書禍，死後重刊黨籍碑。滿地蒺藜誰敢哭，漫留楚些作哀辭。」〔註107〕以蒙冤受屈的屈原、漢代被石顯迫害致死的忠臣蕭望之作比，忠奸善惡昭然若揭。

一一九八，慶元四年，戊午，五十五歲。蔡元定在道州病逝，趙蕃作《哭蔡西山》，被譽爲「當時哭詩，推此篇爲冠」

〔註103〕《賀吳仲權召試館職》，《全宋詩》第49冊，第30669頁。
〔註104〕《呈李贛州四首》之二，《全宋詩》第49冊，第30541頁。
〔註105〕《呈李贛州四首》之一，同上。
〔註106〕馬端臨《文獻通考》，商務印書館，1936年，第1963頁。
〔註107〕《挽趙丞相汝愚》，《全宋詩》第49冊，第30918頁。

蔡元定病逝貶所，作《哭蔡西山》哀悼之。蔡元定（1135～1198），字季通，學者稱西山先生，建寧府建陽縣（今屬福建）人。朱熹理學主要創建者之一。朱、蔡生長同邑，年齡相仿，政見一致，學術同趣，互爲師友，終身相交相知。慶元二年（1196），朱、蔡同黨罹禍，元定以處士謫貶道州（今湖南道縣），慶元四年病逝貶所。

趙蕃的《哭蔡西山》，被譽爲「當時哭詩，推此篇爲冠」〔註108〕。其詩云：「鵑叫春林復遞詩，鴈回霜月忽傳悲。蘭枯蕙死迷三楚，雨暗雲昏礙九嶷。早歲力辭公府檄，暮年名與黨人碑。嗚呼季子延陵墓，不待鑱辭行可知？」〔註109〕渲染了詩人內心的深悲巨痛，更描摹了當時惡劣恐怖的政治氣氛。

一二○七，開禧三年，丁卯，六十四歲。作《丁卯除夕寓瀘南，獨坐舟中，有感去歲此夕》詩。

作《丁卯除夕寓瀘南，獨坐舟中，有感去歲此夕》詩：「米倉山寨雪連雲，不見椒盤見賊塵。今日江城聞爆竹，莫嫌杯酒不沾脣」〔註110〕，反映了當時農民起義風起雲湧的現實。

一二一四，嘉定七年，甲戌，七十一歲。秋，到大明山，營葬徐天錫。

秋，到大明山，營葬天錫。按，陳文蔚《祭趙章泉文》云：「甲戌之秋，營葬天錫於大明之山，兄來留止，予亦往會，朝夕綢繆，論心話舊，回首以思，怳然夢寐之不可追耶！」〔註111〕。甲戌爲嘉定

〔註108〕　〔宋〕魏慶之《詩人玉屑》卷十九《趙章泉》，上海古籍出版社，1978年，第422頁。
〔註109〕　《哭蔡西山》，《全宋詩》第49冊，第30919頁。
〔註110〕　《丁卯除夕寓瀘南，獨坐舟中，有感去歲此夕》，《全宋詩》第49冊，第30933頁。
〔註111〕　〔宋〕陳文蔚《克齋集》卷十一《祭趙章泉文》，《四庫全書》第1171冊，第88～89頁。

七年（1214）。

一二一五，嘉定八年，乙亥，七十二歲。真德秀向朝廷舉薦趙蕃，對趙蕃讚賞有加。

　　真德秀向朝廷舉薦趙蕃爲官，對趙蕃讚賞有加。其薦舉書云：「臣等伏讀嘉定八年九月辛未明堂大禮赦書內一項」，「竊見文林郎監潭州南嶽廟趙蕃，元祐故家，學有源委，識慮深遠，節操清高。蚤歲得官，臨事有立。年踰四十即上祠請隱居求志垂三十載矣。安貧處約，泊然無營。少工於詩，晚益平澹。身雖閒退，而愛君憂國之念未嘗少忘。其在州里，誘掖後進，一以孝悌忠信爲本。蕃雖名在吏部，然其行誼學識，素爲鄉曲所推，不求聞達，正應詔旨。臣等既深知其爲人，又其家居適在所部，庸敢輒以名聞。伏望朝廷更加察訪，如臣等所舉不妄，即乞特加旌擢以屬士俗，其於世教，蓋非小補。」〔註112〕高度評價了趙蕃的高潔品格。

一二一七，嘉定十年，丁丑，七十四歲。十月，為劉學箕《方是閒居士小稿》作序。

　　十月二十九日，爲劉習之《方是閒居士小稿》作序。序末署有「嘉定丁丑（1217）十月二十九日東里趙蕃昌父書」。按，劉學箕，字習之，崇安人，是劉子翬之孫，劉玼之子。隱居不仕，自號種春子，家居上饒，池館有堂，名曰方是閒，故又號方是閒居士。

一二二三，嘉定十六年，癸未，八十歲。作《小重山·寄劉叔通先生》詞，述晚年自得生活。

　　作《小重山·寄劉叔通先生》，描述晚年優遊自得的隱居生活。該詞有序云：「《小重山》一闋，傳聞叔通吾兄，間留建城。銜杯之際，可令歌以酹我否？」其詞云：「何地無溪只欠人，有翁年八十，住其

〔註112〕〔宋〕真德秀《因明堂赦薦趙監嶽（蕃）》，《真西山先生集》，中華書局，1985年，第4～5頁。

濱。直鉤元不事絲緡，優遊爾，聊以逐吾身。陶令賦歸辰，未嘗輕出入，犯風塵，江州太守獨情親，廬山醉，誰主復誰賓？」〔註113〕劉淮，字叔通，號溪翁。

一二二五，嘉定十五年，乙酉，八十二歲。有旨除太社令，三辭不拜。改奉議郎直祕閣、主管建昌軍仙都觀，又三辭。

有旨除太社令，三辭不拜。「今天子御極之元年，歲己酉，宰相以先生名聞，有旨除太社令，三辭不拜。特改奉議郎直祕閣、主管建昌軍仙都觀，又三辭，不允。」〔註114〕

一二二八，紹定一年，戊子八十五歲。作《何夫人墓表》。把與徐斯遠倡酬詩一卷寄錢伯同。

作《何夫人墓表》。眞德秀《跋趙章泉作何夫人墓表》曰：「章泉趙公，以八十有五作此表。」〔註115〕

把與徐斯遠倡酬詩一卷寄錢伯同運使。其《以予與斯遠倡酬詩一卷寄錢伯同運使郎中二首》之一云：「公作廣信牧，我爲辰陽掾。長沙趣歸程，臨汝甫再見。我今華嶽祠，公乘江東傳。雖能遞尺書，未易重會面。錢晁固世親，貴賤寧異眷。復此候寒溫，因之致詩卷。」〔註116〕

一二二九，紹定二年，己丑，八十六歲。奉祠得致仕，轉承議郎，依前直秘閣。九月，卒，年八十六。葬永豐縣富城鄉，距章泉五里。

奉祠得致仕，轉承議郎，依前直秘閣。卒，年八十六。卒於是年

〔註113〕唐圭璋《全宋詞》，中華書局，1986年，第2066頁。

〔註114〕〔宋〕劉宰《章泉趙先生墓表》，《漫塘文集》第11冊，文物出版社，1982年，第18～19頁。按，己酉應是乙酉，即公元1225年。

〔註115〕〔宋〕眞德秀《跋趙章泉作何夫人墓表》，《西山題跋》，中華書局，1985年，第40頁。

〔註116〕《全宋詩》第49冊，第30466頁。

九月甲申，葬於永豐（今江西省永豐縣）富城鄉之葉塢。〔註117〕

一二六二，景定三年，壬戌。鄭協等請謚，因謚文節。

　　秘閣修撰鄭協等請求給予趙蕃謚號，因謚文節。《宋史·趙蕃傳》：「景定三年，秘閣修撰鄭協等請謚，乃謚文節。」〔註118〕

〔註117〕〔宋〕劉宰《章泉趙先生墓表》，《漫塘文集》第 11 冊，文物出版社，1982 年 10 月，第 20 頁。

〔註118〕〔元〕脫脫等撰《宋史》卷四四五，中華書局，1977 年，第 13146頁。

附錄二　趙蕃詩集《全宋詩》本校勘記

　　趙蕃（1144～1229），字昌父，號章泉先生，與澗泉韓淲有「二泉先生」之稱。著作已佚，清四庫館臣據《永樂大典》輯爲《乾道稿》二卷、《淳熙稿》二十卷、《章泉稿》五卷（其中詩四卷）。《全宋詩》輯錄的趙蕃詩，即以影印文淵閣《四庫全書》本爲底本（以下簡稱爲「四庫本」），參校清武英殿聚珍叢書本（以下簡稱爲「殿本」）和《永樂大典》殘本等，新輯集外詩編爲第二十七卷。本書對《全宋詩》收錄的二十七卷趙蕃詩，參以殿本和四庫本等，進行文字資料的校勘整理。從校勘的結果來看，《全宋詩》本、殿本和《四庫全書》都有文字方面的錯訛，比較而言，殿本的錯訛最少，絕大部分文字更可靠。此外，本書正文部分出現的頁碼，如果沒有特別說明，均指《全宋詩》第49冊的頁碼。

1、趙蕃《乾道稿》校勘記

　　第30389～30390頁：《東坡在惠州窘於衣食，以重九近，有樽俎蕭然之歎，和淵明貧士七詩。今去重九三日爾，僕以新穀未升方絕糧，是憂至於樽俎，又未暇計也。因誦靖節〈貧士詩〉及坡翁所和者輒復用韻》其五：「去年迫重九，倦遊正長干。稅駕僧屋古，無

從借船官。今年山中居,朝暮無續餐。」詩中的「正」字,四庫本和殿本均作「止」字。長干指南京,詩人在重陽節前,回想去年此時漫遊至南京,借宿於古老的寺廟,苦於沒有官府的船隻搭乘過江,今年隨家居,卻貧困如昔。所以,「正」字應爲「止」字之誤。

第30394頁《落星寺》:「我自廬山十五載,奔走坐受世迫隘。」句中的「自」字,四庫本和殿本均作「辭」字。此詩敘述詩人辭別家鄉、外出爲官等經歷,所以應爲「辭」字。

第30395頁《成父以子進釀法爲酒。酒成,許分貺趣之以詩,並呈子進昆仲》:「便須健步速持似,預恐看核窮搜索。」句中的「似」字,四庫本和殿本均作「至」字。「似」有與、給的含義,如晏幾道《長相思》詞:「欲把相思說似誰,淺情人不知。」趙蕃希望其弟成父趕快把釀好的酒送給他暢飲,所以,「似」、「至」皆通。

第30398頁《清明》:「寒食又清時,連陰得暫晴。」句中的「時」字,四庫本和殿本均作「明」字。此詩的詩題名曰《清明》,這兩句詩抒寫清明時節雨多,題目與內容吻合,所以,「時」字應爲「明」字。

第30399頁《端峰往還三首》:「端峰」應爲「瑞峰」。

同上頁《小園早步》:「今朝欣雨止,天氣漸清和。籬落小桃破,階除馴雀多。占方移果樹,帶土數蔬科。」其中「帶土數蔬科」句中的「土」字,四庫本和方回的《瀛奎律髓》本均作「玉」字,殿本作「雨」字。考全詩意思,寫詩人在雨剛剛停止後的清晨,漫步小園,看見一些蔬菜的幼芽破土而出,芽葉上還黏附著些微泥土,於是吟唱說「帶土數蔬科」,且首句已明確交代「雨止」,故「土」字恰當。

第30399~30400頁《閏月二十日離玉山,八月到餘干。易舟又二日,抵鄱陽城。追集途中所作,得詩十有二首》其五:「汭口成孤泊,章岩說舊遊。徵商毋見挽,日暮自應休。」句中的「毋」字,四庫本和殿本均作「母」字。考此詩的意思,應爲「毋」字。其九:「喚渡風殊懷,穿林日向中。」詩中的「懷」字,四庫本和殿本均作「憬」

字。詩寫秋風凜冽，所以，「風殊懷」應爲「風殊懍」，即「懷」字應爲「懍」字之誤。

第30401頁《將宿天心寺以失路遂止野人家》：「勢以雞晨待，聊安虎落間」，詩中的「以」字，四庫本和殿本均作「必」字，考此詩的意思，應爲「必」字。

第30401～30402頁《喜公擇之歸兼懷子崧三首》其三：「建德老斯立，近來雙鯉魚。殷勤數稱子，交友未慚予。」詩中的「子」，殿本作「予」；詩中的「予」，四庫本作「余」。此詩中的「老斯立」，指在浙江建德爲官的鍾子崧，他先後兩次來信稱讚趙蕃，趙蕃也感到與他交友彼此相契合，即「殷勤數稱予，交友未慚余」。所以，「子」應爲「予」、「予」應爲「余」，。

2、趙蕃《淳熙稿》校勘記

第30412頁《常州先生以太守入對五首》之二：「爭觀蘇翰林，未識李北海。獨能親話言，異彼想風采。彷徨計拍馬，留滯搴蘭茝。匹馬候南還，輕舟即東檥。」詩中的「匹馬」，殿本作「五馬」。考「五馬」的含義，因漢朝時太守乘坐的車用五匹馬駕轅，於是以五馬借指太守的車駕，也作爲太守的代稱。而匹馬即一匹馬，常指單身一人。顯然，「五馬」切合詩題所述「常州先生以太守入對」事實。詩中的「匹馬」應該爲「五馬」，即「匹」字應爲「五」字。

第30414頁《寄曾運使》：「知名必曹劉，乃可暗中索。無聞若我遭，過眼誰復憶。」詩中的「遭」，殿本作「曹」。此詩抒發詩人默默無聞的感慨，「我曹」爲詩人自指，故「曹」字恰當。

第30416頁《送梁仁伯赴江陵丞三首》之一：「往者左司公，曾作荊州牧。君時雖從行，所志惟聖讀。今爲去爲吏，與昔當異躅。試以身所經，參之耳曾熟。」詩中的「聖讀」，殿本作「誦讀」。詩中對比了梁仁伯往昔志於讀書、今者志於政事的不同。故「誦讀」恰當，即「聖」應爲「誦」。

第 30422 頁《冬至後五夕頻夢陳擇之》：「所見日雜沓，寧復當我思。我此僻且陋，三夜頻夢之。」詩中的「我此」，殿本作「我友」。考此詩的意思，「我友」乃指詩人「三夜頻夢之」的好友陳擇之。從下文「到蜀今幾日」句可以得知：「僻且陋」指陳擇之當時為官在僻遠的蜀地，故「此」字應為「友」字。

第 30423 頁《寄孫子進昆仲》：「儀也節更苦，凜若誰能幹。臂之於草木，青松蔽春蘭。不願太官賜，自愛苜蓿盤。」詩中的「太官」，殿本作「大官」。考太官含義：秦朝有太官令、丞，屬少府；兩漢因之，掌皇帝膳食及燕享之事；宋代以後，皇帝膳食歸尚食局，太官只掌祭物。詩中稱讚孫子儀不願為官而甘於隱居田園。顯然，詩中的「太官」應為「大官」。不過，古代「太」與「大」通，所以，兩字皆通。

第 30434 頁《得蕙數本有懷斯遠二首》之二：「酒熱無共酌，詩成欠同哦。」句中「熱」字，殿本作「熟」。按此詩的意思，應為「熟」字。

《送昭禮還金陵四首》其四：「誦君贈遺詩，吃吃口不倦。相從曾未款，取別寧我願。竟乖卜鄰約，遂作摶沙散。君如不我忘，我復何所恨？」末句中「恨」字，殿本作「憾」，與該詩所押韻吻合，所以「恨」字應為「憾」字。

第 30445 頁《即事》之二：「廢圃失不治，委積成荊杞。」句中的「失」字，四庫本作「失」，殿本作「久」。此句意為廢圃久未得到治理，所以「失」字應為「久」字。

第 30447 頁《中秋以山居不得與周文對飲，況子暢在數百里外也，悵然有懷》，詩題中「周文」後面，殿本有「顯」字。考趙蕃集中其他詩作，周文顯是其經常酬唱的詩友，故「周文」後面應有「顯」字。

第 30452 頁《連雨獨飲偶書四首》其四：「伯倫無他文，一頌自不朽。」「伯倫」二字後《全宋詩》編者有注釋：「原誤作倫」。考四庫本和殿本，均作「伯論」，有誤，《全宋詩》編者的糾正很正確，伯

倫是魏晉時「竹林七賢」之一劉伶的字，且劉伶作有著名的《酒德頌》，與趙蕃「一頌自不朽」吻合。但是，《全宋詩》的註釋在文字表達上有誤，應爲「原誤作論」。

第 30456 頁《至節矣猶未見梅，頗形思渴，書呈斯遠。滕兄主簿前日書來，亦問梅花消息，並此奉簡》：「翩思接中屨，兀若限林藪。」句中「中」字，四庫本和殿本作「巾」，「巾屨」爲服飾的代稱，符合本詩意思，而「中屨」不通，所以，「中屨」應爲「巾屨」。

第 30460 頁《施衢州除浙西提刑以詩寄餞三首》之一：「如何更持節，未使經綸攄。」句中「使」字，四庫本和殿本作「便」。考兩句詩的意思，作者希望施衢州擔任浙西提刑以後，更有利於施展其才能，因此，「使」字應爲「便」。

第 30463 頁《歐陽全眞生日》：「南見屬初度，杯酒相獻酬。」句中「見」字，四庫本和殿本均作「風」。該聯意爲在歐陽全眞生日那天，有南風與杯酒祝賀，且兩句詩對仗，其中「南風」對「杯酒」，所以，「見」字應爲「風」字。

同上頁《養源齋》：「紅源初濫殤，其末千萬里。」句中「紅源」，四庫本和殿本均作「江源」，該句意思是江在發源地水流很小，逐漸匯合成巨流，所以，「紅」字應爲「江」字之誤。

第 30477 頁《期斯遠不至，登溪亭有懷，並屬雲臺劉先生三首》其三：「先對有遺言，朝聞死可夕。」句中「先對」，四庫本和殿本均作「先聖」。「朝聞死可夕」語出《論語》中名句，此「遺言」爲先聖孔子留傳，顯然，「先對」應爲「先聖」，即「對」字應爲「聖」字。

第 30478 頁《十二日登列岫亭，有設空罋者去之薦福酌淺沙泉，登大楚之秋屏閣而歸。賦詩一首》：詩題中「大楚」，四庫本和殿本均作「大梵」。「大梵」爲寺廟名，關於大梵寺秋屏閣，曾鞏記述云：「最數遊而久乃去者大梵寺秋屏閣，閣之下百步爲龍沙，沙之涯爲章水，水之西涯橫出爲西山，皆江西之勝處也」（《曾鞏全集》卷十四《送王希〈字潛之〉序》）。所以，「楚」字應爲「梵」。

　　第 30486 頁《仙岩道間》：「茲岩如許深，中乃一物無。非仙莫能幻，故即岩之呼。何代有禪衲，子焉寄褐蒲。名字不可考，種松今欲枯。」詩中「子」字，四庫本和殿本均作「于」字。禪衲指僧衣或僧人，褐蒲指蒲團褐衣，詩人向深幽如神仙境地的仙岩發問說，在何時代、又是哪位僧人曾寄居其間，並種植了松樹？所以，僧人（禪衲）「于焉寄褐蒲」，意即居住其中的意思，所以「于焉」更恰當。

　　第 30494 頁《留別子肅》：「欲雪不雪雲雨愁，將行未行心口謀。問胡不去良有由，故人伏枕關我憂。自心初識十年遊，不作世人新白頭。抱關非爲辭挾搜，乃知自欲吾志求。適來遂作兼旬留，昔者公侯今日瘳。」詩中「公侯」二字，四庫本作「公侯」，殿本作「公疾」。「昔者公侯今日瘳」句中，「瘳」爲病癒的意思，「昔疾」與「今瘳」前後對比。因此，「侯」字應爲「疾」字。

　　第 30506 頁《坐間呈曾幼度兼屬陳明叔》：「三年幾度江天閣，我爾相看兩牢落。江山好處欲題詩，下筆逡巡愧吾弱。詩中最愛曾贛丞，恨渠不來俱此登。今最驅車叩吾門，寒漫未了先覓君。乃知吾人同臭味，識面聞風總相契。」詩中「今最驅車叩吾門，寒漫未了先覓君」句中，「今最」二字，四庫本作「今最」，殿本作「今晨」；「寒漫」二字，四庫本和殿本均作「寒溫」。顯然，「今最」、「寒漫」分別爲「今晨」、「寒溫」之誤。

　　第 30515 頁《苦雨感歎而作》：「不肯官嶺海，頗畏瘴癘虞。誰知江西山盡處，亦有嵐霧晝若晡。」詩中「晝」字，四庫本和殿本均作「晝」。「晡」爲傍晚或夜裏的意思，如庾信《對酒》詩云：「牽馬向渭橋，日落山頭晡。」趙蕃「嵐霧晝若晡」句，是說深山中霧氣彌漫，雖在白晝，卻如黑夜一樣昏暗，所以，「晝」字應爲「晝」字之誤。

　　第 30516 頁《贈唐德輿通判》：「今辰何以爲公壽，四世斯文端不朽，匪蜀眉山還有否？」詩中「匪蜀」，四庫本相同，殿本作「西蜀」考西蜀即今四川省，古爲蜀地，因在西方，故稱「西蜀」，眉山就在

蜀地。因此，「匪蜀」應爲「西蜀」。

　　第30520頁《贈於革去非時爲武陵尉》：「憶昨聞君謂君老，及見知君得名早。文章妙處殆夙成，不作揚雄少而好。西山南浦飫搜尋，武陵桃源暫探討。諸公識面爭我出，學子聞風競門掃。」詩中「諸公識面爭我出」句中「我」字，四庫本相同，殿本作「先」。「諸公識面爭我出，學子聞風競門掃」一聯，互文見義。本詩讚揚於革成名很早，詩文藝術精湛，所以士人和學子爭相結交，因此，「爭我出」應爲「爭先出」字，即「我」字應作「先」。

　　第30522頁《比作詩，從成父索不老泉，並簡子進昆仲。今日成父送酒，與子進、子肅、子儀詩俱來，復次元韻》末二句：「出門仰視天雨霜，良夜初沉雲四冪。」句中「良」字，四庫本相同，殿本作「長」，顯然，「良夜」應爲「長夜」，「良」字爲「長」字之誤。

　　第30532～30533頁《堂下梅一枝開遲而花極小，疑地勢使然，感歎而作》：「詎須詩欠興？何用竹相娛？」句中「欠」字，四庫本相同，殿本作「遣」。該聯互文見義，意思是不需要以詩或竹愉悅情興，「欠興」顯然應爲「遣興」。

　　第30533頁《梅未開書四十字》：「如何長至後，不見一杖來？」句中的「杖」字，四庫本和殿本均作「枝」字。詩人想念梅花，遺憾沒有一枝開放，顯然「杖」字應爲「枝」字。

　　同上頁《梅微開復題》：「晨起渾無事，巡簷立久時。不驚新苦瘐，頻憶舊題詩。次第開全樹，攙先見一枝。故園春尚晚，折寄欲因誰。」詩中「瘐」字，四庫本和殿本均作「瘦」字。此詩詠梅花初開，趙蕃詠梅常以「瘦」字形容梅初開，如《次韻何叔信二月臘梅猶盛之作》：「江梅既開瘦欲絕」〔註1〕，而「瘐」的意思是病，所以，「瘐」字應爲「瘦」。

　　同上頁《陳、嚴二先生和前詩見示，次韻報之》，詩題中「先生」，四庫本相同，殿本作「先輩」。二者均通，但趙蕃詩中一般稱呼「嚴

〔註1〕《全宋詩》第49冊，第30943頁。

先輩」，如《嚴先輩送鯉魚》、《簡嚴先輩》、《嚴先輩詩送紅梅次韻》、《植梅一株於廳事之後，招丞及明叔同觀，倪、嚴二先輩送酒，陳簿送茶，因以成集》，而趙蕃詩中未見「嚴先生」的稱呼，因此，稱「嚴先輩」更符合趙蕃的習慣，即「輩」字比「生」字更合適。又，該詩「梅藥何曾見，詩筒已再開」句中「再」字，四庫本同，殿本作「載」。綜觀前文所引《梅未開書四十字》一詩，與《陳、嚴二先輩和前詩見示，次韻報之》的詩意與韻腳相比對，可知陳、嚴二先輩曾唱和趙蕃《梅未開書四十字》詩，趙蕃復次其韻作此詩與陳、嚴二先輩。因此，「再」字比「載」字更貼合。

同上頁《和答曹季永縣尉用前韻見貽》，詩題中「曹」字，四庫本和殿本均作「曾」字。考趙蕃詩集，他與曾季永唱和頗多，而未有「曹季永」的詩友。因此，「曹」字應為「曾」字之誤。

第30534頁《梅驛開旋有落者》：「炯炯方懷璧，依俯遽泣岐。」句中的「依俯」，四庫本和殿本均作「依依」。該詩為五律，「依依」為重疊詞，與上句中的重疊詞「炯炯」相對，因此，「俯」字應為「依」字。

同上頁《同成父弟訪王亢宗遇周欽止，同過圓通看竹二首》之二：「鄰圃代曾經，僧園種得成。不關新雨過，自是絕塵生。疏直能明眼，幽深足敘情。何當共攜被，重此聽秋聲。」句中的「代」字，四庫本和殿本均作「伐」。該詩詠寫竹的生長習性、節操和詩人的襟抱，尤其是首二句敘述鄰圃的竹子雖遭砍伐，但是僧園的竹子卻很茂盛，顯然，「代」字應為「伐」字之誤。

第30536頁《秀奕以文編垂示簡之》。詩題中「秀」字，四庫本同，殿本作「季」字。考趙蕃詩集，他與鄭季奕唱和頗多，而沒有詩友名為秀奕。因此，「秀」字應為「季」字之誤。

第30538頁《呈丘運使三首》之二：「看即自天下，催歸夜席前。」句中的「夜」字，四庫本作「夜」，殿本作「在」。此詩「在」字與上句中的「自」相對應，且詞性相同（同為副詞）。因此，「夜」

字應爲「在」字。

　　第 30543 頁《移官巴陵，行有日矣。書呈唐德輿、程士和、梁和仲、於去非、段元衡、邢大聲七首》其三：「問認書能數，飄流見愈親。」句中的「認」字，四庫本和殿本均作「訊」。顯然，「問認」應爲「問訊」，即「認」字爲「訊」字之誤。

　　第 30549 頁《昭禮書來告其行日再寄以詩》：「莫爲南北恨，天地一蘧廬。」句中的「恨」字，四庫本與之同，殿本作「限」，二字皆通。此句語出《莊子・天運》：「仁義，先王之蘧廬也，止可以一宿，而不可久處」，詩人冀盼早日與昭禮相聚，「莫爲南北限」，所以，「限」字更合適。

　　第 30553 頁《呈宋伯潛》：「學有南軒派，文仍二宋家。」句中的「有」字，四庫本相同，殿本作「自」。此句讚揚宋伯潛曾從學於張栻，並繼承了二宋的家學淵源，顯然，「有」字應爲「自」。又，該詩後有自注云：「伯潛方陞京秩，而云不欲注見次，故云。」句中的「注」字，四庫本與之同，殿本作「往」（且後面無「見次」二字）。顯然，「注」字應爲「往」。

　　第 30564 頁《至日與明叔、逸，及明叔之子涼孫飲》：「至日還爲客，窮愁亦去年。陰陽自昇伏，老壯只推遷。易險安常度，呴濡無妄憐。兒能壽翁酒，不必問遇賢。」末聯中的「遇賢」，四庫本和殿本均作「愚賢」。愚賢即愚與賢，如蘇軾《懷西湖寄晁美叔同年》詩云：「西湖天下景，遊者無愚賢」，且「愚賢」爲名詞，與上句中「翁酒」相對。所以，「遇賢」應爲「愚賢」。

　　第 30566 頁《讀林子仁詩》：「連林泥滑滑，遍地蘋青青。」詩中的「蘋」字，四庫本和殿本均作「草」。該聯上下句對仗，「泥滑滑」對「草青青」，顯然，「蘋」字爲「草」字之誤。

　　第 30568 頁《二詩敬寄致政大夫先生》之二：「安否音書曠，飄零日月還。」詩中的「還」字，四庫本與之同，殿本作「遷」。此詩抒發思念友人之情，感慨時光流逝，所以，「還」字應爲「遷」字之

誤。

第 30571 頁《舟中讀子進昆仲〈西遊集〉，有懷其人，作詩寄之，並示成父弟二首》之一：「君是三珠樹，子非兩玉人。」該聯中「子」字，四庫本相同，殿本作「予」。詩人把孫子進兄弟三人譽爲「三珠樹」，並謙遜地稱自己和弟弟趙成父難爲「兩玉人」。顯然，「子」字應爲「予」字之誤。

同上頁《舟中讀子進昆仲西遊集有懷其人作詩寄之並示成父弟二首》之二：「松筠無異操，繭蕙若同根。」詩中的「繭」字，四庫本和殿本均作「蘭」。該聯上下句對仗，「松筠」（松樹和竹子）對「蘭蕙」（蘭和蕙），顯然，「繭」字應爲「蘭」字之誤。

第 30572 頁《九月二日發舟快閣下》：「拊枕仍推枕，誰知夢覺優。」句中的「優」字，四庫本相同，殿本作「憂」。該詩抒發「到處皆成客，今年未識秋」的羈旅愁苦，「憂」或憖有憂愁、憂慮的意思，與表示充足、和順、悠閒的「優」字意義不同。因此，「優」字應爲「憂」。

第 30575 頁《夜過牛村，李商叟謂不可無所賦。爲作唐律二首》之一：「舊竹茶山宅，新松南澗墳。閑風與識面，老我及夫君。瘦馬政長路，哀鵶仍莫雲。雖然當努力，亡奈復離群。」詩中的「閑（閒）」字，四庫本和殿本均作「聞」。該詩懷念曾幾與韓元吉兩位前輩，回顧與前輩生前「聞風與識面」的交遊情形，顯然，「閑（閒）」字應爲「聞」字。又，詩中的「鵶」字，四庫本和殿本均作「鴻」。鵶是幼鴉，鴻是鴻鵠（即天鵝）或大鴈，是兩種截然不同的鳥。「哀鴻」比喻流離失所的人，如謝惠連《泛湖歸出樓中玩月》詩：「哀鴻鳴沙渚。」趙蕃在此詩中，以哀鴻自況，慨歎「亡奈復離群」。因此，「鵶」字應爲「鴻」字。

第 30576 頁《過石陂，少焉至曲睹寺》：「鳥喚聲何好，雲歸跡故經。」句中的「經」字，四庫本同，殿本作「輕」。此聯對仗，「好」與「輕」詞性相同、相對，所以，「經」字應爲「輕」字。

　　30581～30582 頁《秋陂道中三首》之二：「五斗眞聊爾，百艱誰使之。不能懲創在，猶後強裁詩。」句中的「後」字，四庫本同，殿本作「復」。詩人雖然倍感仕途艱難，甚至產生厭倦之情，但是對詩歌依然懷有深情，所以能勉強撐持精神，訴諸於詩，顯然，「猶後」應爲「猶復」。

　　第 30583 頁《初四日同諸公飲餞共叔於株林。明日再往，共叔爲置飯，歸途賦此寄之》：「一別定不免，重來聊見情。匆匆置朝飯，憒憒困餘醒。會合知何日，昇沉恐異情。毋忘尺書寄，慰此寸心傾。」頸聯中「恐異情」三字，四庫本同，殿本作「愁異程」。根據詩中「一別定不免」、「會合知何日」、「毋忘尺書寄」等句的意思，全詩渲染告別的場面、強調彼此即將踏上迥然不同的旅程，因此，「愁異程」比「恐異情」更切合詩人抒發的感情，也更合情理，而且「程」字與該詩所押韻相合。因此，「恐」字應爲「愁」，「情」字應爲「程」。

　　第 30588 頁《遊彰法寺，打擢秀閣詩以行》：「四海擢秀閣，茲晨彰法遊。名隨寺俱徙，地入道家流。尚喜黃詩在，仍容墨本求。從今茅屋底，自有皖山幽。」詩題中「打」字，四庫本同，殿本作「搨」。「搨」是拓的意思，即在鍾鼎碑碣等器物上蒙上紙，用搨包蘸墨椎印出其文字或圖像。顯然，「打」字應爲「搨」。

　　第 30592 頁《遊茶山廣教寺》：「在昔鴻漸宅，當年東野詩。兩賢雖可象，二士豈難追？」詩中的「難」字，四庫本同，殿本作「能」。考此詩的意思，詩人認爲：陸羽（字鴻漸）和孟郊這兩位古代賢人，雖然可以效法，但是不可能與之比肩。顯然，詩人的意思是「二士豈能追」，而「二士豈難追」的意思則恰好相反。顯然，「難」字應作「能」字。

　　第 30610 頁《子進示〈懷玉詩卷〉，有『歸途見懷，恨不同遊』二詩，次韻》之一：「望壓大江東，茲峰獨著雄。潛珍伏其下，神畫隱於中。舊俗多龐說，因公得髓窮。從今逢有問，身與到山同。」頸聯中「髓」字，四庫本和殿本均作「細」。「舊俗多龐說，因公得髓窮」

上下句意思相對，「龐說」指說法多而雜，「細窮」意為細窮其源，「龐說」正與「細窮」相對，所以，「細」字更恰當。

第30611頁《贛丞曾幼度相邀過明叔買江天閣，幼度有詩。明叔與成父弟皆和之，亦次韻》：「落本千山迥，空江一帶橫。」上句中的「本」字，四庫本和殿本均作「木」。顯然，「本」字應為「木」字。

第30614頁《寄在伯二首》之二：「成我中興年，朝家政急賢。侍臣更論薦，東閣重招延。子去當茲日，才惟莫與先。習軒經濟學，於此定為川。」頸聯中「惟」字，四庫本同，殿本作「佳」。該詩為趙蕃送別好友在伯應朝廷徵召，讚揚其才能出色，所以，「才佳」比「才惟」更恰當。

第30619頁《用斯遠韻寄趙湖州三首》之一：「蟬墮風枝急，蛩鳴露草垂。」句中「墮」字，四庫本和殿本均作「墜」。「墜」與「墮」均含落下的意思，「蟬墮風枝急」，意為蟬落在被風吹拂下的樹枝上鳴叫，所以，「墮」、「墜」皆通。

第30623－30624頁《驟寒二首》之二：「疾病淹時久，新朋枉問稀。」句中「新」字，四庫本和殿本均作「親」。詩人述說自己長期生病，親朋罕有問候，抒發世態炎涼之慨，顯然，「新朋」應為「親朋」，即「新」字應為「親」字之誤。

第30638頁《五月二十一日徙寓智門二首》之一：「來歸迨一載，借屋已三遷。易覺林間寺，難求郭外田。」頸聯中「覺」字，四庫本同，殿本作「覓」。考此詩主旨，詩人意在抒寫辭官歸來後「瓶儲朝乏粟」、「借屋已三遷」的困窘生活，所以「易覓林間寺，難求郭外田」，其中「易覓」與「難求」對仗工整。因此，「覺」字應為「覓」字。

第30640～30641頁《冬日雜興》（八首）其六：「北闕非無怒，東皋且自怡。」句中「怒」字，四庫本與之同，殿本作「慕」。北闕為宮禁或朝廷的別稱；東皋為唐代隱逸詩人王績在家鄉的歸隱地，也是他的別號。該詩抒發了詩人內心的矛盾和隱居田園的志向，因此，

「怒」字應爲「慕」。

　　第 30646 頁《俗有「社日不飲酒變爲豬」之說，作詩示兒曹》：「宰肉非吾事，祈田顧歲儲。」句中「顧」字，四庫本和殿本均作「願」。詩人希望年歲豐收，顯然，「顧」字應爲「願」字。

　　第 30648 頁《示逸二首》之二：「菊種初猶落，及今當梢滋。」句中「落」字，四庫本同，殿本作「短」；句中「梢」字，四庫本和殿本均作「稍」。考此詩的意思，詩人在異地爲官，思念家鄉的菊花，想像家鄉的菊剛剛種下時很小，現如今應當很繁茂了。因此，「落」應爲「短」，「梢」應爲「稍」。

　　第 30659 頁《挽曾達臣二首》之一：「丘壑豈遺物，市朝寧污塵？士當明大節，天下棄斯民。」句中「下」字，四庫本同，殿本作「不」。考此詩的意思，詩人相信老天不會棄置深明大節的士人不管的，所以，「下」字應爲「不」字。

　　第 30663 頁《寄王謙仲、周子充丈》：「雖狐懸釜煮，且益破囊收。憂禹思由溺，阿衡任內溝。」句中「狐」字，四庫本和殿本均作「孤」；句中「憂」字，四庫本同，殿本作「夏」。破囊指破舊的詩囊或錢囊，懸釜意爲架著鍋燒飯，「懸釜煮」、「破囊收」描述了詩人窮困潦倒的生活境況，所以，應是「孤懸釜煮」，即「狐」字應爲「孤」字。「阿衡」指國家輔弼之臣、宰相之職，此詩中指當時身居南宋朝高官的王謙仲、周必大〔註2〕，「夏禹」與「阿衡」相對，所以，「憂」字應爲「夏」字。

　　第 30664 頁《謝張帥》：「七字昔靈鷲，吾言今總持。流傳久已困，收收尚無遺。」句中「吾言」和「收收」，四庫本、殿本和永樂大典本，均作「五言」和「收拾」。根據詩意，「七字」與「五言」均爲詩體，並對仗，故「吾言」和「收收」應分別爲「五言」和「收拾」。

〔註2〕按，趙蕃有《寄賀周子充除左相、留正除右相、王謙仲除參政》詩，見《全宋詩》第 49 冊、第 30414 頁。

第 30666 頁《寄黃子耕》「一官何未試，多雞亦成屯！」句中「雞」字，四庫本和殿本均作「難」。該聯感慨友人黃子耕磨難重重，屯有聚集的意思，所以，「雞」字應爲「難」字之誤。

第 30668 頁《魏辰州生日》：「恩雖予符左，官來繼氈青。」句中「來」字，四庫本和殿本均作「未」。「符左」即左符，指符契的左半，宋代程大昌《演繁露・左符》云：「漢太守之官，必得左符以出，至郡用以爲驗。蓋右符先以留州，故令以左合右也。」氈青即青氈，即青氈故物的縮寫，指仕宦人家的傳世之物或舊業。「未」字有以後、將來的意思，如《荀子・正論》：「凡刑人之本，禁暴惡惡，且徵其未也。」又，從該詩「諭俗書陰德，傳家刻孝經」句可知，魏辰州爲官時的業績，與「官來繼氈青」的事實相符。因此，句中應爲「來」字。

第 30669 頁《賀吳仲權召試館職》：「圖書天祿閣，文陳玉堂廬。」句中「陳」字，四庫本和殿本均作「陣」。文陣猶文壇，如唐代張賁有詩云：「文陣已推忠信甲，窮波猶認孝廉船」（《奉和襲美醉中即席見贈次韻》）。因此，句中「陳」字應爲「陣」字。當然，古代「陳」與「陣」有時通用。

第 30671 頁《挽向參議》：「竟死諸侯客，保留神武冠。」句中「保」字，四庫本和殿本均作「空」。考此詩的意思，因向參議（諸侯客）已死，空留下生前所戴的神武冠，所以，「保」字應爲「空」字。

第 30679 頁《呈莫信州障二首》之一：「稍將書箚報黃堂，僅得官亭繫野航。」句中「僅」字，四庫本作「僅」，殿本作「借」。考此詩的意思，官亭指古代供過往官吏食宿的處所，野航指農家小船，顯然，「僅」字應爲「借」字。

第 30681 頁《賀向伯元通判休致》：「父客同時亦同盛，成都卜宅匪它楊。」句中「楊」字，四庫本和殿本作「揚」。考此詩的意思，「成都卜宅匪它楊」指漢代大膽否定了卜宅吉凶迷信的文學家揚

雄，他是四川成都人，因此「楊」字應爲「揚」字。

　　第 30688 頁《暑甚有懷山居》：「風不能清友病人，睡常忘起更疲神。」句中「友」字，四庫本同，殿本作「反」。據此詩的題目，以及「風不能清」與「病人」之間的相反關係，「友」字應作「反」。

　　第 30690 頁《次韻元衡憶上饒見示七言》：「遠役不應因米屈，秋風政爾悵鱸時。」句中「悵」字，四庫本同，殿本作「憶」。此句化用西晉張翰憶鱸事，也是古詩詞中常用的典故，顯然，「悵」字應作「憶」。

　　第 30693 頁《入夜應潭對岸作示成父》：「往日同舟徂饒信，只今去路落湖湘。」句中「徂」字，四庫本作「但」，成父爲趙蕃胞弟，該聯上句回憶兄弟倆曾同舟前往饒、信二州，應爲「往日同舟徂饒信，只今去路落湖湘」，所以「但」或「但」字，應爲「徂」字之誤。

　　第 30696 頁《溧陽別成父弟，兼寄遠父、秉文》：「別離搖落誰入句，險阻艱難卒歲勞。」句中「入」字，四庫本和殿本均作「人」。據此詩的意思，「入」字應爲「人」字之誤。

　　第 30698 頁《三月十七日以檄出行賑貸，旬日而復反，自州門至老竹，自老竹至鵝口，復回老竹，由乾溪上入浦口泛舟以歸，得詩十首》其八：「非關郵傳憎塵土，自愛江山入畫圖。」句中「關」字，四庫本和殿本均作「關」。「非關」意爲不是因爲、無關；郵傳指傳送文書，即出行賑貸。詩人把官場喻爲骯髒的塵土，但是他喜愛湘西的山水，也不以賑濟災民的征途辛苦，所以說「非關郵傳憎塵土」。反之，「非關郵傳憎塵土」則不通。因此，「關」字應作「關」。

　　第 30699 頁《賦辰州東園水鄉》：「倦遊拓落渾無此，但擬攀搴學製裳。」句中「但」字，四庫本作「但」，殿本作「但」。此聯上下句意義爲轉折關係，「但」字應爲「但」字。

　　第 30702 頁《寄題周霍丘寓齋》：「幾思談妙從人去，人事胡爲苦好乖？」句中「從人」二字，四庫本和殿本作「相從」。「從人」意思是隨從、僕從，「相從」意思是跟隨、交往的意思，兩者意思相近，

皆可通。

第 30704 頁《三月初二日雨人以爲風止之祥》:「讖言雨作風當正,得雨喜如遭旱時。」句中「正」字,四庫本和殿本均作「止」。據此詩的意思,「正」字應爲「止」字之誤。

同上頁《宿柞樹下見趙行之所題詩》:「人道朝霞不出門,今朝失喜見晴暾。」句中「失喜」,四庫本和殿本均作「卻喜」。考此詩的意思,「喜見晴暾」是「人道朝霞不出門」意思的轉折,顯然「卻喜」通順。但是,「失喜」意爲喜極不能自制,亦通。因此,「失」和「卻」俱通。但「卻喜」有前後對比、意義轉折的作用,更恰當。

第 30705 頁《久不領衡州舅氏書,以長句問動靜》:「莫言翰墨繞遊戲,看取毛錐解致君。」句中「繞」字,四庫本和殿本均作「才」。「才」在此詩中有方始、僅只的意思,因此「繞」字應作「才」。

第 30708 頁《挽李子永二首》之二:「半世作民才六考,他年垂世有千篇。」句中「民」字,四庫本和殿本均作「官」。這兩句概括李子永的生平仕歷與文學成就,「半世」即半生、半輩子,「考」指考覈官吏的成績,古代考績決定黜陟,以任滿一年者爲一考,據《宋史・職官志三》:「凡內外官,計在官之日,滿一歲爲一考,三考爲一任」。趙蕃說李子永畢生只有「六考」,說明他爲官僅有六年。所以,「民」字應爲「官」。

第 30709 頁《六月十一夜簡孫子肅、子儀》:「況當風月佳如引,只欠兩公相對談。」句中「引」字,四庫本和殿本均作「此」。詩人面對涼風佳月,引發了與損失兄弟暢談的願望,「佳如引」則不通,所以,「引」字應爲「此」。

第 30711 頁《重懷思隱之作,因回使寄明叔兼呈從禮、景立》:「遙憐初日弄碎影,相見午風傳細香。」句中「相」字,四庫本和殿本均作「想」。考此詩的意思,詩人遙想思隱堂前的竹子在中午隨風飄香,所以「相」字應爲「想」。

《乞竹亡有藥圃主人買以種之》:「時人蘄惜千金費,肯似俞郎買

竹栽。」句中「蘄惜」二字，四庫本和殿本均作「靳惜」。考此詩的意思，靳惜有吝嗇、吝惜、珍惜的意思，如蘇軾「上戶有米者，皆靳惜而不肯出，其勢非大出官米，不能救此患。」（《上執政乞度牒賑濟及因修廨宇書》）。顯然，「蘄」字應爲「靳」。

第 30712 頁《登李叔器家見一亭》尾聯：「一官政爲飢寒計，未免飢寒故不歸。」句中「故」字，四庫本與之同，殿本作「胡」。「一官政爲飢寒計」與「未免飢寒故不歸」意義上爲轉折關係，所以，「故」字應爲「胡」。又因爲「故」通「胡」，所以兩個字都可通。

第 30717 頁《子暢雨中見過且惠以詩，乃用蕃謝文顯載酒之韻，復用韻爲答並簡文顯》：「草本荒涼門半掩，故人誰肯爲予來。」句中「本」字，四庫本和殿本均作「木」。顯然，「草本」應爲「草木」，所以，「本」字應爲「木」字之誤。

同上頁《次韻畢叔文牡丹》：「春來不雨即沖風，紙貴衝陽欠此工。」後句中「衝陽」，四庫本和殿本均作「衡陽」。考此詩的意思，「衝陽」不通，所以應爲「衡陽」，即「衝」字應爲「衡」字之誤。

第 30719 頁《田家即事》：「漫道詩書可起家，未知田舍足生涯。」句中「知」字，四庫本和殿本均作「如」。考趙蕃詩集，有很多詩作抒發了讀書寫詩不及從事農耕聊以爲生的感慨，該詩即爲其中之一。因此，「未知田舍足生涯」應爲「未如田舍足生涯」，即「知」字應作「如」。

第 30719～30720 頁《寄周內翰》：「百年半途過九十，千間大廈豈無廬」句中「年」字，四庫本和殿本均作「里」。古語云：行百里者半九十。趙蕃詩中也多次引用此意抒發人生末路之難的感慨。所以，詩中「年」字應爲「里」字之誤。

第 30721 頁《呈周昭禮二首》之一：「憎余況有年年惡，羨子詩堪句句傳。」句中「美」字，四庫本和殿本均作「羨」。這兩句對仗工整，「憎余」對「羨子」。顯然，「美」字應是「羨」字之誤。

　　第 30725 頁《十一月初五日晨起書呈葉德章司法》：「臥聞落葉疑飄雨，起對空庭蓋卷風。政自摧頹同病鶴，況堪吟颯類寒蟲。」末句中「吟颯」，四庫本和殿本均作「吟諷」。顯然，「颯」字應爲「諷」字之誤。

　　第 30727 頁《久不聞表叔張平子安否覓使寄此》：「一自書題闕寄將，不知今度幾飛霜。空云梅嶺有驛使，可奈衡陽無鴈行。好趁薦章求北闕，莫因文價滯南荒。已今快閣治詩板，準擬歸舟略繫傍。」頸聯中「求北闕」，四庫本與之同，殿本作「來北闕」。從詩中可知，張平子當時滯留南方，趙蕃勸其借助推薦人材的奏章，盡早來到京城（北闕）謀取出路，顯然，「求北闕」應作「來北闕」，即「求」字應作「來」。

　　第 30735 頁《寄黃子耕》：「誰能一枉林間寺，君獨屢過湖上村。」句中「枉」字，四庫本同，殿本作「往」。這兩句詩爲互文句式，敘述黃子耕「一往林間寺」、「屢過湖上村」事。同時，兩句詩對仗工整，其中「一往」對「屢過」。顯然，「枉」字應作「往」。

　　同上頁《寄愚卿兄弟兼屬伯威》：「樓上長江江上山，煙雲鷗鳥尙班班。」句中「樓上」，四庫本同，殿本作「樓外」。考此詩的意思，應爲「樓外長江」，即「樓上」的「上」字應爲「外」。

　　第 30736 頁《李商叟傳錄臨川與黎師侯唱酬懷曾文清公長句，用韻作四首》之三：「向夕相尋昔步遲，坐殘初月見陰移。關心去後幾南北，倒指從前屢合離。君歎我貧猶爲米，我憐君苦但耽詩。三山堂下冰溪水，何日扁舟兩釣絲。」首聯上句中「昔」字，四庫本和殿本均作「苦」。考這組詩第一首的首聯：「欲訪臨川苦恨遲，一官窘束費符移，」不但與此聯意思相近，而且「苦恨遲」與「苦步遲」在句法形式和內涵上也很相近。顯然，「昔」字應爲「苦」字之誤。

　　同上頁《次韻在伯夏夜獨坐見懷之作》：「相逢共說山中月，有贈忽來天未風。」下句中「未」字，四庫本和殿本均作「末」。考此詩

的意思，天末指極遠的地方。顯然，「天未」應爲「天末」。

　　第 30768 頁《奉呈何叔信魏昭甫三首》之三：「春風大屬野櫻朱，樹樹相望綺不如。卻憶山家籬塹畔，十分春日付誰渠？」末句中「日」字，四庫本同，殿本作「色」。考此詩的意思，「日」字應爲「色」。

　　同上頁《次韻劉寺簿二首》之二：「草樹扶疏書滿齋，放窗燈火酒尊開。知公善誘蓋前輩，不以見聞噴去來。」次句中「放」字，四庫本同，殿本作「夜」。「草樹扶疏書滿齋」與「夜窗燈火酒尊開」對仗，「草樹」對「夜窗」，所以，「放」字應爲「夜」字。

　　第 30770 頁《投曾秀州逢四首》其四：「請到江西得正宗，後來曾呂出群雄。大陽遺履歸何處，端欲從公一破聾。」首句中「請」字，四庫本同，殿本作「詩」。考此詩的意思，「請」字應爲「詩」字之誤。

　　第 30771 頁《寄懷二十首》之十一：「春今五日如京兆，風雨更堪攜折之。我病不能知許事，飯餘捫腹細哦詩。」第二句中「攜」字，四庫本和殿本均作「摧」。考此詩的意思，「攜」字應爲「摧」字之誤。

　　第 30772 頁《從趙常德覓鼎帖》：「宇法微芒久失眞，時聞鼎帖尙精神。小詩試向鈴齋乞，近捨遠求公勿噴。」首句中「宇」字，四庫本和殿本均作「字」。顯然，「宇」字應爲「字」字之誤。

　　第 30773 頁《讀二傳作》：「長卿召問自拘監，子雲待詔因王音。」首句中「拘監」，四庫本和殿本均作「狗監」。狗監爲漢代內官名，主管皇帝的獵犬。《史記・司馬相如列傳》：「蜀人楊得意爲狗監，侍上，上讀《子虛賦》而善之，曰：『朕獨不得與此人同時哉！』得意曰：『臣邑人司馬相如自言爲此賦。』」司馬相如因狗監薦引而名顯，故後常用以爲典。顯然，「拘」字應爲「狗」。

　　同上頁《以介庵集遺成父》：「弟曾一識金川驛，兄蓋屢維干越舟。」第二句中「干」字，四庫本同，殿本作「于」。詩中意思是維舟（繫船停泊）於越地，所以「干」字應是「于」字之誤。

　　第 30775 頁《以筍送諸公二首》之二：「昔聞市上三時賣，今已春深見未嘗。莫道寒歷只寒相，及時也復事分張。」第三句中「歷」

字，四庫本和殿本均作「廳」。考此詩的意思，「歷」字應爲「廳」字之誤。

第 30787 頁《作五里霧以藏身仰日谷爲朝飯，坡谷詩也。山中即事頗實斯語，作二十八字》：「無屋藏身霧政昏，飯資日谷欠朝暾。起居飲食難兼享，倘欲不儀須露蹲。」末句中「儀」字，四庫本和殿本作「饑」。考此詩的意思，「儀」字應爲「饑」。

第 30789 頁《知府提舉訪求前守淩公遺跡，忽於庭廡雨壓複壁中得公所題詩，賦六絕句》之三：「不因風雨壁寧隳，雅志安和寓此詩？」詩中的「安和」，四庫本同，殿本作「安知」。按此詩題目和詩意，「安和」應爲「安知」，即「和」字應爲「知」。

同上頁《漁父詩四首》之一：「掉船晨出暮知歸，舉網驚呼魚定肥。傾倒得錢何用許，江頭取醉暮相違。」詩末句中的「暮」字，四庫本同，殿本作「莫」。「莫」爲「暮」的古字，所以，兩字皆通。

第 30790 頁《簡倪秘校覓香》：「雨合篔窗書滿床，坐來頗覺欠爐香。卒然欲買何由得，問遒倪家有異藏。」末句中「問遒（問遒）」，四庫本作「問道」，殿本作「聞道」。考此詩的意思，應爲「聞道」。

第 30791 頁《有聞若管吹者，意兒童爲之。問之乃鳥有名竹管者，其聲政如是云，作三絕》之二：「盡日閒窗運秃翁，自憐虛出管城封。不知爾更何爲者，初聽猶疑似足蚉。」末句中「足蚉」，四庫本同，殿本作「足跫」。足跫指腳步聲，如黃庭堅《送彥孚主簿》詩：「伏藏鼪鼯逕，猶想足音跫。」因此，「蚉」字應爲「跫」字之誤。

同上頁《從蕭君來茶二首》。詩題中「來」字，四庫本和殿本均作「求」，應爲「求」字。該詩後面還有類似的詩題，如《從蕭秀才求茶二首》、《簡莫令求茶》等。

第 30795～30796 頁《祝君適中折所居南山岩花二種，曰玉梅曰含笑者爲況名，乃適中自制，人鮮知之。題五絕以廣焉》之二：「南山含壁盡陽岡，草木朝朝被寵光。」上句中「含」字，四庫本和殿本均作「岩」。考此詩的意思，「南山岩壁」意義明確，「南山含壁」意

思晦解，所以，「含」字應爲「岩」。該組詩之四：「蠟梅當日過蘇黃，名壓西川舊海棠。」上句中「過」字，四庫本同，殿本作「遇」。考黃庭堅初見蠟梅作有二絕，東坡也作有《蠟梅詩》，本詩中「蠟梅當日過蘇黃」即指此。顯然，趙蕃詩說蠟梅幸運地遇見蘇黃兩位大詩人、並被吟詩歌唱而聲名顯著，所以，「過」字應爲「遇」。

　　第30797頁《經旬不作詩，今日霜晴可喜問梅沈園，得兩絕句。此坡所謂痼疾逢蝦蟹也》：詩題中「此坡」，四庫本同，殿本作「此坡公」。「此坡」應爲「此坡公」，指蘇軾。

　　第30814頁《題泰州司理廨舍小亭》：「鑿去爲亭因得池，面池老柳蔽仍虧。」上句中「去」字，四庫本作「去」，殿本作「土」。顯然，應該是「鑿土爲亭因得池」，「去」字應爲「土」字之誤。

　　第30817頁《步北園示沈四弟》：「得趣堂到蓬薈深，主人何惜費千金。」上句中「到」字，四庫本和殿本均作「前」。顯然，應爲「得趣堂前蓬薈深」，「到」字應爲「前」字之誤。

　　同上頁《雨中同曹尉王儻岩二首》，詩題中「曹尉」二字後，四庫本和殿本均有「遊」字，考詩題和該詩意思，詩人寫雨中同曹尉遊覽王儻岩，所以，「曹尉」二字後應有「遊」字。

　　第30828頁《報謁徐大雅仁因以題贈三首》之三：「蘭芽紫坼映青盆，杏藥紅深供佛瓶。何獨春能歸草木？看君已老鬢重青。」首句中「青盆」，四庫本同，殿本作「書盆」。坼指植物的種子或花芽綻開，「蘭芽紫坼映書盆，杏藥紅深供佛瓶」爲對仗，蘭芽紫坼放置於書盆，杏藥紅深供奉於佛瓶」，所以，「青」字應爲「書」字之誤。

　　第30829頁《讀公擇篋中徐季益、孫子進昆仲詩，有懷其人，因以題贈四首》之四：「我貧猶說在有貧，羈旅如君更感人。」上句中「有」字，四庫本和殿本均作「家」。顯然，應是「有懷其人」，且「家懷其人」不通，即「有」字正確。

　　第30831頁《次王照鄰韻二首》之二：「虛憍徒恃井陘歸，空壁爭趨漢鼓旗。」上句中「歸」字，四庫本和殿本均作「師」。此兩句

對仗，「井陘師」對「漢鼓旗」，所以，「歸」字應爲「師」字之誤。

第30834頁《次韻伯元季奕送成父因以見寄五絕句》之四：「懶性作書非所便，憶君回首漫悠然。如聞有弟忽相覓，復道詩簡見附船。」末句中「詩簡」，四庫本和殿本均作「詩筒」。詩筒是盛詩稿以便傳遞的竹筒，詩中說通過船傳遞詩筒，所以，「簡」字應爲「筒」字之誤。

第30835頁《奉寄斯遠兼屬文鼎處州子永提屬五首》之三：「兩賢堂下竹參天，雨後涓涓陸子泉。耆書難忘是曾呂，逸遺更取孟郊篇。」第三句中「書」字，四庫本和殿本均作「舊」。耆舊指年高望重者，此詩指曾幾、呂本中。顯然，「書」字應爲「舊」。又，該詩後有趙蕃自注云：「孟東野有《題陸鴻漸上饒新開山舍》詩云：『驚彼武林狀，移歸此岩邊。……』」其中的「林」字，四庫本和殿本均作「陵」。查孟郊原詩，爲「驚彼武陵狀」，所以，「林」字應爲「陵」。

第30838頁《次張漢卿次房》，詩題中「次房」，四庫本同，殿本作「韻」。顯然，詩題應爲「次張漢卿韻」。

同上頁《人日寄成父》：「人日今年合有詩，還猶成憶近成悲。」下句中「還」字，四庫本和殿本均作「遠」。句中「遠」「憶」與「近」「悲」相對，顯然，「還」字應爲「遠」字。

第30840頁《日者張一麟求詩謾與二絕句》之一：「惶恐離頭住過秋，秋風吹白幾分頭。」上句中「離」字，四庫本和殿本均作「灘」。顯然應爲「惶恐灘」，而「惶恐離頭」不通，所以「離」字應爲「灘」字。

同上頁《日者張一麟求詩謾與二絕句》之二：「袖裏之書辱見捐，細看知是我行年。」上句中「之」字，四庫本和殿本均作「文」。從趙蕃詩可知，張一麟是個熱衷於算卦的道士，「文書」指文字圖籍，「行年」是舊時星命家所謂某人當年所行的運。張一麟袖裏所藏文書，是他爲趙蕃所卜算的卦象，所以，「袖裏之書」應爲「袖

裏文書」，即「之」字應爲「文」。

3、趙蕃《章泉稿》校勘記

第30841頁《鬱孤臺》：「合水自汀庾，更時閱漢唐。鬱孤居嶐特，望闕漫更張。層臺吾家復，壯勢江石望。舊遊那復省，老至增悲傷。里巷盛人物，登臨多發揚。士人皆孫李，必誦蘇與黃。不但山水窟，自是仙佛鄉。扶輿淑氣鍾，寧謂接遐荒。歷訪愁重迹，再來期裏糧。懸知耳目接，故與聞聽詳。」詩中有三處與殿本不同，分別是：一是「士人皆」殿本作「士皆說」，四庫本同，二者皆通。但考慮到與下句「必誦蘇與黃」士人登臨鬱孤臺評論歷史人物，誦讀「孫、李」、「蘇、黃」等留下的詩文作品，所以「士皆說孫李」更合乎原詩意境。二是「不但山水窟」的「不但」，四庫本同，殿本作「定惟」，二者皆通。三是「歷訪愁重跡」的「跡」，四庫本同，殿本作「跡」，「重跡」即「重足」，意思是疊足不前，形容非常恐懼，與詩人歷訪（遍訪）勝迹卻乾糧匱乏之「愁」相吻合，而「跥」（音 tuò）是放蕩不羈的意思，不通，所以，應爲「歷訪愁重跡」，即「跥」字應爲「跡」，二者蓋因字形相近而誤。

第30842頁《除夕古體三十韻》，一是開頭「疾風鏖夜灘，古木撼石壁」，「石壁」，四庫本同，殿本作「古壁」，顯然，「古木撼石壁」通順，而「古木撼古壁」不通，四庫本與《全宋詩》本作「石壁」，正確。二是「弱弟奉齋燈，孤女想在側」中「孤女」，殿本作「孤友」，四庫本同，兩句詩寫母親去世時，作者遠在異鄉，想像弟弟與女兒手捧齋燈，侍奉在側的情景，「弱弟」與「孤女」並舉，而「孤友」只有一個朋友，不通。所以，四庫本與《全宋詩》本作「孤女」，正確。

第30846頁《謝文顯老丈見過》：「寒窗數日款，但有相交導。我姿雖不敏，敢不期勉蹈。」下句中「交導」，四庫本同，殿本作「教導」。此詩敘述文顯老丈來訪，彼此相談甚歡，趙蕃還謙遜地感謝老

人的指教。因此，「交導」應作「教導」。但是，古代「交」通「教」，所以二字皆通。

第 30847 頁《呈嚴造道主簿》：「我行蕭灘上，所食楊與陳。百藥及壽玉，磊落俱可珍。今又見夫子，此邦何多人。」詩中「所食」，四庫本同，殿本作「所識」。「蕭灘」指清江縣蕭灘鎮〔註3〕，清江縣與趙蕃爲官的太和縣相鄰。趙蕃詩中讚揚「楊與陳」、「百藥及壽玉」，都是「磊落俱可珍」的高潔之士，「楊與陳」應分別指楊願和陳明叔，趙蕃在太和主簿任上，與陳明叔、楊願等交遊密切，他寫給楊願的《呈壽岡先生》詩云：「我行上蕭灘，慘淡無與適。肩輿問何詣，揚雄一區宅。地雖占城隅，野澹繞修碧。主人誰何輩，蓋代文章伯」，又如其《叔異章夢與》詩云：「向子識損益，揚雄愛清靜。我行蕭灘上，二宅駕輒命」；詩中的「壽玉」指簡壽玉〔註4〕。這些「所識」之人，與該詩「今又見夫子，此邦何多人」吻合。所以，「所食」應爲「所識」，即「食」字應爲「識」。又，該詩中「一官二十年，鬢髮頗費耘。得非坐詩故，造物主怒嗔。」末句中「主」字，四庫本同，殿本作「生」。造物指創造萬物的神，「造物生怒嗔」指造物神發怒，與該詩內容和詩體內在的韻律（該句爲二一二）都相合。所以，「主」字應爲「生」。

第 30849 頁《送交代吳共叔師禮》：一是「不仁荆州士，四海名未已」中「不仁」，四庫本同，殿本作「不但」，兩句詩說吳共叔聲名不但爲荆州士人熟知，也爲四海之士熟知，所以，「不仁」應爲「不但」。二是「更欲拘君船，江頭已無柳」中「拘」字，四庫本和殿本均作「挽」，「挽君船」合乎詩人依依不捨送別友人之意，而「拘君船」不通，所以，「拘」字應爲「挽」。

〔註3〕《江西通志》引《唐餘紀傳》云：「昇元元年，昇吉州蕭灘鎮爲清江縣，不隸州。」（雍正《江西通志》卷二）

〔註4〕按，趙蕃有《呈簡壽玉》、《留清江蒙簡兄壽玉、徐兄思叔皆以文卷寵教，愧未有以謝，又承壽玉枉示古句，仍用鄙韻，謹次韻並呈二兄》等詩。

　　第 30851 頁《感懷五首》之五：「我生天地間，亦是天地民。造物苦見欺，輕薄隨時人」中「造物」，四庫本同，殿本作「造化」，二者意義相同，皆通。

　　第 30852 頁《連日昏霧感懷》：「朝聽譙鼓微，午聽庭雀讙」中「譙鼓」，四庫本和殿本均作「樵」，「譙鼓」即譙樓更鼓，用以報更，「樵鼓」即譙樓之鼓，「樵」與「譙」相通，所以，二字皆通。

　　同上頁《夜坐懷子肅子儀》：一是「未容侍明光，端合校天祿」中「侍」字，四庫本同，殿本作「待」。「明光」是漢代宮殿名，後亦泛指朝廷宮殿；「天祿」是漢代閣名，後通稱皇家藏書之所。「侍明光」指在朝爲官，所以，四庫本與《全宋詩》本作「侍」，正確。二是「不然被造化，寧忍恣顛覆」，下句中「被」字，四庫本同，殿本作「彼」。這二句抒發了對好友孫子肅、子儀兄弟窮愁際遇的強烈不平之情，可謂呼天搶地般的哀號，實際也是詩人自身遭遇的寫照，顯然「被」字應爲「彼」。同時，古漢語中「被」與「彼」通，所以，二字皆通。

　　同上頁《懷徐審知王彥博審知之侄彥章》：「光陰幾尺璧，書疏闕萬金」中「璧」字，四庫本同，殿本作「壁」。尺璧是直徑一尺的璧玉，言其珍貴，語本《淮南子‧原道訓》：「聖人不貴尺之璧而重寸之陰，時難得而易失也」，所以，四庫本與《全宋詩》本作「璧」，正確，而殿本作「壁」不對（注：《全宋詩》編者在該句後注釋說：「原作『壁』，據殿本改」，有誤）。

　　第 30857 頁《題喻氏萬卷樓》，一是詩題中「喻」字，四庫本同，殿本作「俞」，據詩中「俞君命意何其賢，藏書讀書兩相兼」，可知「喻氏」應爲「俞氏」。二是「俞君命意何其賢」中「命」字，四庫本同，殿本作「用」，命意即寓意、用意的意思，所以「命」、「用」二字皆通；同句中「相兼」，四庫本同，殿本作「相與」，「相與」有互相、交相的意思，所以「相兼」與「相與」皆通。

　　第 30858 頁《明叔同舟見別於永和》：「秋風日夜催落水，我鬢半霜那足倚。」上句中「水」字，四庫本和殿本均作「木」。顯然，應

爲「秋風日夜催落木」，反之，「秋風日夜催落水」不通。所以，「水」字應爲「木」字之誤。

第 30859 頁《次韻斯遠聞蕃移官岳州見寄》：「西南之役凡幾州，行行不已茲登樓。幾懷佳日悵日暮，誰謂澄江驅客愁。」第三句中「佳日」，四庫本同，殿本作「佳人」。此詩中，佳人是指詩人的朋友徐斯遠。因此，「日」字應爲「人」。

第 30861 頁《懷趙蘄州文鼎》：「李今作舟大如斗，公更蘄春方待守。」上句中「舟」字，四庫本同，殿本作「州」，下句說趙善扛（字文鼎，號解林居士）將知蘄州，上句說李公已經爲某大州的知州（筆者注：應指李處全），所以，「舟」字應爲「州」。

同上頁《再用韻呈斯遠》：「看君鵠舉且鴻飛，而我孤奔仍鼠竄」中，「孤」字，四庫本同，殿本作「狐」，上句稱讚友人徐斯遠境遇很好，如鴻鵠飛舉；下句歎息自己境遇不佳，到處漂泊不定，如狐鼠奔竄。「鵠舉且鴻飛」與「狐奔仍鼠竄」對舉，比喻生動形象，對比鮮明強烈，抒發了詩人流落不遇的心境，所以，「孤」字應爲「狐」。

第 30863 頁《夜坐》：「竹風疏疏雨打篷，松風湯湯水赴洪。道人聞塵掃未空，不如杜老前月聾。山齋夜坐僧趺同，團蒲細軟方爐烘。燈花開落縱匆匆，我今無害斯無凶。」詩中「縱」字，四庫本同，殿本作「從」；「害」字，四庫本同，殿本作「喜」。古代「縱」與「從」通假，所以，二字皆通。不過，該詩抒發詩人夜裏孤坐時對佛教教義的頓悟（筆者注：道人是對僧人的稱呼），最後兩句應理解爲任燈花匆匆開落，而詩人內心波瀾不驚，所以，「無喜」與「無凶」相對，即「害」字應爲「喜」字；「縱」字在現代漢語中寫作「從」更好。

第 30864 頁《立春前三日雪，明日猶未已，詩簡子進、彥博昆仲示成父四首》之二：「人貧只如舊，天意欲呈新」中「天」字，四庫本同，殿本作「大」，詩中「人貧」與「天意」對舉。顯然，「天意」正確，即四庫本與《全宋詩》本正確。該詩之二：「衾冷方高臥，窗明誤攬衣」中「方」字，四庫本同，殿本作「妨」，詩句說因爲被子

很薄不暖和，詩人無法安然睡覺（高臥），所以「方」字應爲「妨」。

同上頁《施進之見過二首》之一：「君來能破悶，雨至更躅愁。舊識廬山道，長懷鸚鵡洲。相從今十載，一飯未成謀。俱作江西去，君車我具舟。」詩中「飯」字，四庫本同，殿本作「飽」，從字面來看，二字皆通。詩中說自己與密友施進之相處已十年，因爲彼此生活貧苦，所以很少能吃上飽飯，因此，「一飯未成謀」應爲「一飽未成謀」，即「飯」字應爲「飽」。

第 30867 頁《去多過新喻得前四句，因見全眞行足以成篇》：「雨裏過新喻，風前憶舊遊。凄涼孤鶴化，寂寞兩羊裘。屢雪交遊涕，無驚鬢髮秋。君歸應有感，榮謝各悠悠。」尾聯中「榮謝」，四庫本同，殿本作「索謝」；「多」字，四庫本同，殿本作「各」。該詩敘述與友人歐陽全眞之間的交遊，抒發窮愁感慨與堅定的隱逸情懷，「榮謝」喻指人世的興衰，而「索謝」不通，顯然，作「榮謝各悠悠」通。

第 30870 頁《訪白鶴山祥雲觀》：「步屐欣逢勝，題詩愧不文」中「屐」字，四庫本同，殿本作「屧」，屧爲木板拖鞋，屐是木製的鞋，二字皆通。

第 30872 頁《雨入丈七坳》：「千崖懸盡斗，萬石列皆攢」頷聯中「千」字，四庫本同，殿本作「于」，「千崖」與「萬石」對舉，顯然，應爲「千崖」，即四庫本與《全宋詩》本正確。

第 30873 頁《懷甘叔異曲江庵寄叔異》，一是詩題中「曲江庵」，四庫本同，殿本作「曲江磯庵」，該詩首聯爲「夢寐曲江磯，磯頭隱墅扉」，顯然，殿本作「曲江磯庵」正確。二是詩中「志士泣蘭芷，高人甘蕨薇」句中「泣」字，四庫本同，殿本作「立」，志士爲蘭芷的不幸遭遇傷懷，而「立蘭芷」不通，顯然，應爲「泣蘭芷」，即四庫本與《全宋詩》本正確。

第 30878 頁《同兒曹步月寺門作》：「溪風亂林影，林月漾溪光。宿鳥無安止，飛鳥爲斂芒。」末句中「飛鳥」，四庫本同，殿本作「飛螢」。考此詩，詩人在月下漫步時，螢火蟲發出的光，在月光下顯得

暗淡了許多，所以，詩人說「飛螢爲斂芒」，且與上句「宿鳥無安止」對仗。因此，「飛鳥」應作「飛螢」。

第30879頁《雨後對月懷斯遠》：「旱後雖逢月，方憂未覺佳。雨餘當委照，此趣孰能加。」首聯上句中「後」字，四庫本同，殿本作「際」，首聯與頷聯對照，首聯說乾旱時節，雖遇月仍不覺好；頷聯說雨後乾旱解除了，心情很高興，所以，「旱後」應爲「旱際」，即「後」字應爲「際」，殿本正確，二字蓋因字形相近誤寫。

第30880頁《對月懷秉文》：「有此佳風月，溪上更復奇。山陰應接際，赤壁誦歌時。恨子不同載，寫懷聊作詩。平生三五夕，咫尺又乖期。」首聯上句，四庫本同，殿本作「有地皆風月，溪山更復奇」，二者皆通。從與下文「恨子不同載」句的呼應來看，四庫本作「溪上更復奇」更恰當。

同上頁《月夜懷成父》：「尙缺佳已許，既圓明若何。」上句中「已許」，四庫本同，殿本作「幾許」。此聯借月亮圓缺的變化起興，抒發對弟弟趙成父的思念之情，而且起句即對仗，「幾許」對「若何」，同時「已許」於意義上不通，所以，「已」字應爲「幾」。

第30881頁《過潼川之飛鳥縣見餘干丞相題驛舍詩有感次韻》：「道學元無僞，標名徒爾勞。孤忠天不管，一死世尤高。未洗邊庭血，先焚董腹膏。亂離元有自，拊壁爲三號。」尾聯中「拊壁」，四庫本同，殿本作「拊壁」。「拊」字意爲拍、擊或撫摩的意思，該詩悼念蒙冤被害的丞相趙汝愚，詩人看見趙汝愚的題詩而拊壁哭號，所以，殿本作「拊壁」，正確。

第30883頁《秋雨感懷》尾聯「山中隱玄豹，江上失輕鷗」，上句「玄豹」，四庫本同，殿本作「充豹」。據劉向《列女傳·陶答子妻》載：陶大夫答子貪富務大，不顧後禍，其妻勸說道：「南山有玄豹，霧雨七日而不下食者，何也？欲以澤其毛而成文章也，故藏而遠害」，後以「玄豹」爲遁世全身之典實，且「玄豹」與「輕鷗」對仗，因此，四庫本和《全宋詩》本作「玄豹」，正確。

　　同上頁《寄秋懷》之十，尾聯「尤欲護吾竹，及此夏初時」中「尤欲」，四庫本同，殿本作「尤當」，二者皆通，但是從聲律上來講，「尤當」與其後的「護」字平仄相間，音律更和諧優美，所以殿本作「尤當」更好。

　　第 30885 頁《眞遊覓唐德輿題詩不見，有懷其人八首》之五，首聯「時論歸臺閣，交情異笠車」中，「時論」，四庫本同，殿本作「讜論」，時論指當時的輿論，讜論意爲正直之言、直言，二者皆通。

　　第 30887 頁《懷秉文》頷聯「紅葉專秋色，青銅慨古心」中，「專」字，四庫本同，殿本作「傳」，因「傳」通「專」，所以二字皆通。在現代漢語中，如考慮與下句「青銅慨古心」對應，寫作「傳」字更好。

　　第 30888 頁《寄處州李侍御二首》之二：「已上湘祠請，猶須漢臘期。側聽惟此鴈，發興在南枝。」第三句中「此鴈」，四庫本同，殿本作「北鴈」。考此詩意思，北鴈爲候鳥之一，因其每年秋分後由北南飛，故稱。如明代馬巒有詩云：「父老幾回悲北鴈，風雷長是傍南枝」（《過岳鄂王墓》）；且詩中「北鴈」與「南枝」對仗工整，所以，「此」字應爲「北」。

　　第 30889 頁《送張王叔孝曾二首》之二：「接壤渠陽郡，咸歌別駕賢。薦書曾列上，除日聽爭傳。」末句中「除日」，四庫本同，殿本作「除目」。除目是除授官吏的文書，薦書是推薦人的文書或信件。如此，則「除目」與「薦書」在內涵上相呼應、形式上對仗。所以，「日」字應作「目」。

　　第 30891～30892 頁，《寄送於去非三首》之三：「歸心擢章貢，遠目溯沅湘。」上句中「擢」字，四庫本同，殿本作「濯」。趙蕃詩集中有九首與於革唱和的詩歌，從中可知，於革字去非，江西豐城人，曾與趙蕃一起在湖南爲官，曾任武陵尉。這三首詩爲送別於革卸任武陵尉回江西豐城縣家鄉，趙蕃說於革「三載尉雖卑，諸公競已知」（《寄送於去非三首》之一）。詩後趙蕃又有注釋云：「章、貢水過豐城縣下」。

「歸心濯章貢，遠目溯沅湘」，意思是於革將回到江西章貢流域的家鄉，自己仍在沅湘之地目送。所以，「擢」字應爲「濯」。

第30892頁，《送李仲詩二首》之二：「今代知名士，君家萃一門。不惟文獻在，政是典刑存。臺閣期平步，沅湘莫斷魂。平生翰墨事，茲可壯期源。」尾聯中「期」字，四庫本同，殿本作「其」。「壯期源」的「源」字與上聯中「沅湘」呼應，此句以「其」指代「沅湘」，所以「其」字恰當。

第30893頁《送周袁州赴鎮三首》之二：「家住青源下，宜春起作州。」上句中「源」字，四庫本同，殿本作「原」。青原爲山名，在江西廬山東南。「源」通「原」，所以二字皆可。

第30894頁《九月十三日雪》：「徑路高低滑，炊煙遠近青」中「徑路」，四庫本同，殿本作「征路」，二者皆通。

第30896頁《二十八日雪，二十九日未已，賦詩凡五首》，該詩題目，殿本作《雪五首》。其一：「霰集瓦跳鳴，風橫窗竹聲。陰來由有漸，落地勢難平」中，「窗竹」和「落地」四庫本均同，殿本分別作「窗打」和「落去」。「窗打聲」應爲「打窗聲」的倒裝，詩人在屋裏聽到狂風打擊窗戶的聲音，這是符合生活實際的描寫，而聞聽窗竹聲不太符合生活的實際；「落去」句與「陰來」句呼應，指陰天從逐漸積纍而來，但是陰天離去很慢，這也符合詩題中「二十八日雪，二十九日未已」的含義。所以，「窗竹」和「落地」應分別作「窗打」和「落去」。

第30897頁《教授以憶梅韻賦雪詩，蕃同之五首》之二：「兔狡猶迷窟，禽逼詎立枝？」下句中「逼（偪）」字，四庫本同，殿本作「僵」。上句寫大雪後狡兔難覓洞穴，鳥兒被凍得僵硬地立於枝頭，且上下句相對仗，所以，「逼」字應爲「僵」字之誤。

第30898頁《春雪四首》之二：「隴麥茁尚短，畦蔬栽未匀。」下句中「裁」字，四庫本同，殿本作「栽」。詩人寫所見麥苗短小，蔬菜也沒有全部移栽完，所以，「裁」字應爲「栽」。

　　第 30904 頁《過秉文》:「相過每飲必論詩,濕吻沫濡眞自癡。」
詩中「吻」字,四庫本同,殿本作「呴」。該句語出《莊子·天運》:
「泉涸,魚相與處於陸,相呴以濕,相濡以沫」,呴的意思是嘘氣、
哈氣,呴沫、濡沫指用唾沫來濕潤,「濕呴沫濡」比喻同處困境、相
互救助,現在常用作「相濡以沫」。趙蕃有多首詩用此典故,如《留
別成父弟以貧賤親戚離爲韻五首》之四:「雖爾敢或忘,呴濡期沫濕」
〔註5〕;《呈嚴造道主簿》:「一見互興歎,呴濡胡足仁」〔註6〕,抒發
對窮愁潦倒境遇的慨歎。所以,「吻」字應爲「呴」字之誤。

　　第 30908 頁《自宜興過溧陽》:「須臾又報一舍過,轉盼應無百
里難。」詩中「轉盼」字,四庫本同,殿本作「轉眄」,「轉盼」與
「轉眄」相通,均有轉眼的意思,比喻時間短促。所以二者皆可。

　　第 30911 頁《頃與公擇讀東坡雪後北臺二詩,歎其韻險無窘步,
嘗約追和以見詩之難窮。去歲適無雪,春正月二十日乃雪,因遂用
前韻呈公擇》之一:「梅添鑿落元同色,竹擁參差半入簷。」第二
句中「竹擁」,四庫本同,殿本作「竹影」,竹影參差不齊,所以,
「竹擁」應爲「竹影」。之二:「處士只今宜姓賈,壁間但沒掛錢叉。」
下句中「錢叉」,四庫本和殿本均作「錢義」。錢義是廁神名,如宋
代周密《齊東野語·都廁》云:「錢義廁神,李赤廁鬼」,因此,「錢
叉」應爲「錢義」。

　　第 30912 頁《張涪州出詩數軸,皆紀用兵以來時事,有感借其
韻》:「感時賦詠屬英遊,又向涪江說去秋。兵甲未休須壯士,閭閻
乃敢問封侯。頻年青阪陳陶恨,到處陽春白雪留。誰道東歸窮徹骨,
驪書落落照書舟。」末句中「驪書」和「書舟」,四庫本同,殿本
分別作「曬書」和「扁舟」。考曬書的含義,據《世說新語·排調》
記載:「郝隆七月七日出日中仰臥。人問其故,答曰:『我曬書。』」

〔註5〕　《留別成父弟以貧賤親戚離爲韻五首》之四,《全宋詩》第 49 冊,
　　　　第 30471 頁。
〔註6〕　《呈嚴造道主簿》,《全宋詩》第 49 冊,第 30847 頁。

郝隆自稱滿腹詩書，後來，曬書即作爲仰臥曝日的典故，如杜牧詩云：「曬書秋日晚，洗藥石泉香」（《西山草堂》）。可見，「驪書」應爲「曬書」，即「驪」字應爲「曬」字之誤。同時，從「又向涪江說去秋」句，可推知詩人當時正在回鄉（東歸）的小船上，因此，「書舟」應爲「扁舟」。

第 30917 頁《客中遇雪，不勝家山之思，催晦庵寫詩及書》：「旅枕驚疑風徹屋，曉窗還見雪填渠。梅花未放臘前藥，鴈足渾無別後書。故意誰其哀范叔，倦遊身自困相如。贈言故愈綈袍賜，載路何須駟馬車？」該詩頸聯上句中「故意」，四庫本同，殿本作「故態」。詩中范叔與綈袍的典故，指戰國時魏國人范雎：魏國派須賈、范雎出使齊國，齊王重范雎之才，賜給他銀子，而沒有給須賈。須賈誣范雎暗通齊國，范雎被迫害而逃往秦國，改名張祿，拜爲丞相，使秦國稱霸天下。後來，須賈出使秦國，范雎穿著破衣拜見須賈。須賈看他可憐，送給他綈袍。當須賈知范雎是秦國丞相時，大驚失色。而范雎念他贈綈袍一事，免其一死。「故態」指舊日或平素的舉止神態。趙蕃感慨長期倦遊，猶如范雎、司馬相如曾經的困境，顯然，「故意」應作「故態」，即「意」字應爲「態」。

第 30921 頁《留衢州王彥博周欽止徐審知》，詩題中「留衢州」後，殿本有「寄」字。根據趙蕃詩歌，王彥博、周欽止、徐審知不是衢州人，趙蕃滯留衢州時，作詩寄與王彥博等友人，所以「留衢州」後應有「寄」字。

第 30922 頁《懷玉山舊遊寄王彥博徐審知》之四：「王郎家近石田溪，溪上行人古路迷。王郎家苦了無事，自溝溪水灌蔬畦。」第三句中「家苦」，四庫本同，殿本作「家居」。從詩題可知，王郎即指詩人的好友王彥博，也是一位隱逸詩人，顯然，「家苦」應爲「家居」，即「苦」字應爲「居」字。

第 30922 頁《己亥十月送成父弟挈兩戶幼累歸玉山五首》，詩題中「兩戶幼累」，四庫本同，殿本作「兩房幼累」。幼累指年幼的兒女。

「房」有房親、房族、近支宗親的含義。再看該組詩之二:「去歲歸營丘嫂葬,今年那復以家行。挽鬚無用只嗔喝,念我只兒同短檠」。成父此行是帶著兄弟兩家孩子前往,因此,「兩戶」與「兩房」皆通。

第 30925 頁《送智門祥師便呈斯遠兄》,詩題中「智門祥師」後,四庫本同,殿本作「智門禪師」,顯然,「祥」字應爲「禪」。

第 30926 頁《賦道傍菊》,一是詩題,四庫本同,殿本作「賦道傍菊六首」。二是其一:「園亭種菊只須多,名實相求半已訛。紫蔓弱莖眞此物,顧埋林莽雜蓬萊」中「蓬萊」,四庫本同,殿本作「蓬窠」,蓬窠、蓬萊都有蓬蒿草萊的意思,所以,「窠」、「萊」二字皆可。但是,由於第二句韻腳是「訛」,此句要押韻,只能取「窠」字,因此,殿本作「蓬窠」正確。

第 30929 頁《自桃川至辰州絕句四十有二》之六:「夷望山前幾釣篷,不惟能雨又能風。吾身故作魏王瓠,愛此沿洄敏似鴻。」詩中「吾身」,四庫本同,殿本作「吾舟」。魏王瓠,語本《莊子・逍遙遊》:「魏王貽我大瓠之種,我樹之成,而實五石。以盛水漿,其堅不能自舉也。剖之以爲瓢,則瓠落無所容。非不呺然大也,吾爲其無用而掊之」,後以魏王瓠比喻大而無用之物。「沿洄」意爲順流而下或逆流而上,詩人目睹船行時「沿洄敏似鴻」的情形,歎息自己漂泊動蕩、一無所成的際遇,所以「吾身」正確。

第 30933 頁《正月二十二日晚過袁父》,詩題中「袁父」,四庫本同,殿本作「遠父」。「遠父」爲詩人好友王彥博的字,其《將行示遠父秉文四八弟》詩題後,詩人注釋云:「遠父,王彥博所改字。」因此,「袁父」應作「遠父」,即「袁」字應爲「遠」。

第 30934 頁《午過無錫明日五更到平江門外》:「百里風帆日未中,惠山紫翠忽重重。姑蘇城外楓林寺,夜半已過聞曉鐘。」詩中「楓林寺」,四庫本同,殿本作「楓橋寺」。考寒山寺古又稱楓橋寺,始建於梁武帝天監年間,初名「妙利普明塔院」。唐太宗貞觀初,有詩僧寒山子「來此縛茆以居」;唐玄宗朝,著名禪師僧希遷於此,創

建伽藍，題額曰寒山寺；唐末，曾改名封橋寺。北宋太宗太平興國初，節度使孫承祐重建佛塔七層；仁宗年間，郇國公王珪因為張繼的詩而易封橋為楓橋，至南宋紹興年間寺名仍名楓橋寺。從寒山寺的名稱沿革來看，可知「林」字應為「橋」。

第 30935 頁《孤鴈三首》之三，後兩句：「凶年未必稻粱足，巧中更防罹繳憂」中「罹繳」，四庫本同，殿本作「羅繳」。繳是繫在箭上的生絲繩，「罹繳」即遭遇捕獵，「羅繳」是捕鳥的網與箭，二者皆通。但是，如果考慮與上句中「稻粱」一詞對應，顯然「羅繳」更好。

第 30938 頁《次韻斯遠去秋八月十三日午睡既醒登山遠望見懷》之二，前兩句：「數行書裏兩章詩，坐誦行哦晝屢移」中「晝」字，四庫本同，殿本作「晝」，詩句說詩人坐誦行哦之時，時光不必不覺地流逝，顯然四庫本和《全宋詩》本作「晝」字，正確。

第 30939 頁《梅花十絕句》之五：「桃李紛紛倚市門，豈知幽谷有佳人。莫嗟玉粒終無偶，人物誰知溫太真。」詩中「玉粒」，四庫本同，殿本作「玉立」。玉立比喻堅貞不屈或姿態修美，詩人把幽谷中的梅花比作東晉時品質高潔的溫嶠（字太真），而玉粒指米、粟或仙藥，顯然，殿本作「玉立」，正確。《梅花十絕句》之九：「梅花佳處是孤影，月落參橫真見之。幾欲煩我為摹寫，卻愁才盡不能支」，第三句中「煩我」，四庫本同，殿本作「煩詩」，二者皆通。但是，「煩詩為摹寫」與「才盡不能支」不但相呼應，而且韻味雋永，所以，殿本作「煩詩」，更恰當。

第 30939 頁《梅花絕句五首，要明叔仲威同作》之二：「誰能當此風霜面，政要渠儂鐵石心。我亦苦吟羞不足，願從千古覓遺香。」詩中「羞不足」和「遺香」，四庫本同，殿本分別作「嗟不足」和「遺音」。考該詩意思，趙蕃苦吟梅詩而感歎不足，所以「羞不足」應為「嗟不足」；「願從千古覓遺香」是詩人因「苦吟嗟不足」轉而上與古人為友，尋覓古人吟詠的佳音，且「音」與上句「心」押韻，所以，「香」字應為「音」。

參考文獻

B

1. 《敝帚稿略》，〔宋〕包恢著，《四庫全書》本。

2. 《抱經堂文集》，〔清〕盧文弨著，上海：商務印書館，1937年，第188頁。

3. 《北宋詩文革新研究》，程傑著，內蒙古：內蒙古教育出版社，2000年版。

C

1. 《楚辭補注》，〔戰國〕屈原著，〔宋〕洪興祖補注，白化文等點校，北京：中華書局，1983年版。

2. 《陳子昂集》，〔唐〕陳子昂著，北京：中華書局，1960年版。

3. 《成唯識論校釋》，〔唐〕玄奘譯，韓廷傑校釋，北京：中華書局，1998年版。

4. 《重訂新校王子安集》，〔唐〕王勃著，何林天點校，太原：山西人民出版，1990年版。

5. 《赤城集》，〔宋〕林表民輯，《四庫全書》本。

6. 《詞學論叢》，唐圭璋主編，上海：上海古籍出版社，1986年版。

D

1. 《杜詩詳注》，〔唐〕杜甫著，〔清〕仇兆鼇輯注，北京：中華書局，1979年版。

2. 《大唐中興頌》，〔唐〕元結著，〔宋〕祝穆《方輿勝覽》，北京：中

華書局，2003 年版。

3. 《戴復古詩集》，〔宋〕戴復古著，金芝山點校，杭州：浙江古籍出版社，1992 年版。

4. 《戴復古全集校注》，〔宋〕戴復古著，吳茂雲校注，北京：中國文史出版社，2008 年版。

E

1. 《二刻拍案驚奇》，〔明〕淩濛初著，西寧：青海人民出版社，1981年版。

G

1. 《古詩海》，王鎮遠等編著，上海：上海古籍出版社，1992 年版。

2. 《國學備覽》，趙敏俐、尹小林主編，北京：首都師範大學出版社，2006 年版。

H

1. 《漢書》，〔東漢〕班固等著，上海：中華書局，2005 年版。

2. 《後漢書》，〔南朝宋〕范曄著，北京：中華書局，1964 年版。

3. 《後漢書》，〔南朝宋〕范曄撰，北京：中華書局，1964 年版。

4. 《鶴林玉露》，〔宋〕羅大經撰，王瑞來點校，北京：中華書局，1983年版。

5. 《花庵詞選》，〔宋〕黃昇編，上海：上海古籍出版社，2007 年版。

6. 《黃庭堅全集》，〔宋〕黃庭堅著，鄭永曉整理，成都：四川大學出版社，2001 年版。

7. 《黃庭堅和江西詩派資料彙編》，傅璇琮等彙編，北京：中華書局，1978 年版。

8. 《黃庭堅與江西詩派》，王琦珍著，南昌：江西高校出版社，2006年版。

J

1. 《晉書》，〔唐〕房玄齡等撰，北京：中華書局，1982 年版。

2. 《稼軒詞編年箋注》（增訂本），〔宋〕辛棄疾著，鄧廣銘箋注，上海：上海古籍出版社，1993 年版。

3. 《劍南詩稿校注》，〔宋〕陸游著，錢仲聯校注，上海：上海古籍出版社，1986 年版。

4. 《江湖小集》，〔宋〕陳起編，《四庫全書》本。

5. 《江湖後集》，〔宋〕陳起編，《四庫全書》本。

6. 《儉腹抄》，程千帆著，鞏本棟編，上海：上海文藝出版社，1998年版。

7. 《江湖詩派研究》，張宏生著，北京：中華書局，1995年版。

8. 《江西詩派研究》，莫礪鋒著，濟南：齊魯書社，1986年版。

9. 《江西詩派諸家考論》，韋海英著，北京：北京大學出版社，2005年版。

K

1. 《克齋集》，〔宋〕陳文蔚著，《四庫全書》本。

2. 《客寓意識與唐代文學的漂泊母題》，李德輝撰，《社會科學研究》2006年5期。

L

1. 《列子譯注》，〔戰國〕列禦寇著，嚴北溟、嚴捷編著，上海：上海古籍出版社，2006年版。

2. 《論衡》，〔東漢〕王充著，陳蒲清點校，長沙：嶽麓書社，1991年版。

3. 《劉禹錫詩集編年箋注》，〔唐〕劉禹錫著，蔣維崧等箋注，濟南：山東大學出版社，1997年版。

4. 《陸游集》，〔宋〕陸游撰，北京：中華書局，1976年版。

5. 《冷齋夜話》，〔宋〕惠洪撰，陳新點校，北京：中華書局，1986年版。

6. 《論語正義》，〔清〕劉寶楠撰，高流水點校，北京：中華書局，1990年版。

7. 《禮記正義》，李學勤主編《十三經注疏》標點本，北京：北京大學出版社，1999年版。

8. 《禮記》，錢玄，徐克謙，張採民等注譯，長沙：嶽麓書社，2001年版。

9. 《兩宋文學史》，程千帆、吳新雷著，石家莊：河北教育出版社，2000年版。

10. 《兩江郡守易替考》，李之亮撰，成都市：巴蜀書社，2001年版。

11. 《論〈詩經〉「行役詩」的審美特質》，李清文，李志輝撰，《學術交流》2003年11期。

12. 《論鮑照詩歌中的羈旅行役主題》，張喜貴撰，《湖北師範學院學報》（哲學社會科學版）2010 年 1 期。

M

1. 《漫堂文集》〔宋〕劉宰著，北京：文物出版社，1982 年版。
2. 《孟東野詩集》，〔唐〕孟郊著，華忱之等校點，北京：人民文學出版社，1984 年版。
3. 《梅堯臣集編年校注》，〔宋〕梅堯臣著，朱東潤編校，上海：上海古籍出版社，2006 年版。

N

1. 《南宋館閣錄》，〔宋〕陳騤等撰，張富祥點校，北京：中華書局，1998 年版。
2. 《南澗甲乙稿·附拾遺》，〔宋〕韓元吉著，北京：中華書局，1985 年版。
3. 《南宋文範》，〔清〕莊仲方編，任繼愈主編《中華傳世文選》，長春：吉林人民出版社，1998 年版。
4. 《南宋中後期上饒——玉山詩人群體研究》〔碩士學位論文〕，張惠菊著，石家莊：河北師範大學，2008 年。
5. 《南宋的學術發展與詩歌流變》〔博士學位論文〕，孔妮妮著，復旦大學，2004 年版。

P

1. 《平園續稿》，〔宋〕周必大著，《叢書集成三編》，臺灣新文豐出版公司，1999 年版。

Q

1. 《全唐詩》，〔清〕彭定求等編，北京：中華書局，1979 年版。
2. 《錢鍾書作品集》，錢鍾書著，銀川：甘肅人民出版社，1997 年版。
3. 《全宋詩》，傅璇琮等主編，北京大學古文獻研究所編，北京：北京大學出版社，1998 年版。
4. 《全宋詞》，唐圭璋編著，北京：中華書局，1986 年版。
5. 《全宋文》，曾棗莊、劉琳主編，上海、合肥：上海辭書出版社、安徽教育出版社，2006 年版。
6. 《全元文》，李修生主編，南京：江蘇古籍出版社，1998 年版。

7. 《淺論張元幹愛國主義詩詞的藝術審美特質》，鍾偉蘭撰，《福建論壇》（人文社會科學版）2006 年專刊。

R

1. 《容齋隨筆》，〔宋〕洪邁著，夏祖堯、周洪武點校，長沙：嶽麓書社，2006 年版。

S

1. 《世說新語校箋》，〔南朝宋〕劉義慶著，徐震堮校箋，北京：中華書局，1984 年版。

2. 《詩品集注》，〔南朝梁〕鍾嶸著，曹旭集注，上海：上海古籍出版社，1991 年版。

3. 《神仙傳》，〔晉〕葛洪著，上海：上海古籍出版社，1990 年版。

4. 《詩人玉屑》，〔宋〕魏慶之撰，上海：上海古籍出版社，1978 年版。

5. 《蘇軾文集》，〔宋〕蘇軾著，孔凡禮點校，北京：中華書局，1986 年版。

6. 《蘇東坡全集》，〔宋〕蘇軾著，北京：北京燕山出版社，2009 年版。

7. 《蘇軾詩集》，〔宋〕蘇軾著，〔清〕王文誥輯注，孔凡禮點校，北京：中華書局，1982 年版。

8. 《蘇舜欽集》，〔宋〕蘇舜欽著，沈文倬校點，上海：上海古籍出版社，1981 年版。

9. 《詩法家數》，〔元〕楊載撰，〔清〕何文煥輯錄《歷代詩話》，北京：中華書局，1981 年版。

10. 《宋史》，〔元〕脫脫等撰，北京：中華書局，1985 年版。

11. 《詩藪》，〔明〕胡應麟撰，郭紹虞編《清詩話續編》，上海：上海古籍出版社，1983 年版。

12. 《四溟詩話》，〔明〕謝榛撰，北京：中華書局，1985 年版。

13. 《說詩晬語》，〔清〕沈德潛撰，〔清〕丁福保輯錄《清詩話》，上海：上海古籍出版社，1963 年版。

14. 《詩經》，〔清〕方玉潤評，朱傑人導讀，上海：上海古籍出版社，2009 年版。

15. 《詩三家義集疏》，〔清〕王先謙撰，吳格點校《十三經清人注疏》本，北京：中華書局，1987 年版。

16. 《宋會要輯稿》，〔清〕徐松編輯，北京：中華書局，1957 年版。

17. 《宋詩鈔補》，〔清〕呂留良、吳之振、吳自牧編選，上海：上海三

聯書店，1988 年版。

18. 《宋元學案》，〔清〕黃宗羲等著，上海：中華書局，1986 年版。

19. 《尚書正義》，《十三經注疏》標點本，李學勤主編，北京：北京大
    學出版社，1999 年版。

20. 《宋學與宋代文學觀念》，李春青著，北京：北京師範大學出版社，
    2001 年版。

21. 《宋代詩學通論》，周裕鍇著，上海：上海古籍出版社，2008 年版。

22. 《宋代詠梅文學研究》，程傑著，合肥：安徽文藝出版社，2002 年
    版。

23. 《聖哲的智慧》，林語堂著，西安：陝西師範大學出版社，2002 年版。

24. 《宋人別集敘錄》，祝尚書著，北京：中華書局，2004 年版。

25. 《宋詩話全編》，吳文治主編，南京：江蘇古籍出版社，1998 年版。

26. 《四時意象最愛秋：柳永羈旅行役詞秋意象統計及分析》，孫小梅
    撰，《山西師大學報》(社會科學版)，2011 年 1 期。

27. 《詩教與社會和諧》，梁東撰，《中華詩詞》，2005 年第 10 期。

28. 《上饒二泉其人其詩簡析》，花志紅撰，《文教資料》，2007 年 32 期。

T

1. 《陶淵明集校箋》，〔南朝宋〕陶淵明著，龔斌校箋，上海：上海古
   籍出版社，1996 年版。

2. 《桐山老農集》，〔元〕魯貞著，《四庫全書》本。

W

1. 《文選》，〔南朝梁〕蕭統編，上海：上海古籍出版社，1986 年版。

2. 《文獻通考》，〔宋〕馬端臨撰，北京：商務印書館，1936 年版。

3. 《魏源全集》，〔清〕魏源著，魏源全集編輯委員會編輯，長沙：嶽
   麓書社，2004 年版。

X

1. 《新唐書》，〔宋〕歐陽修、宋祁撰，北京：中華書局，2003 年版。

2. 《西山題跋》，〔宋〕真德秀著，北京：中華書局，1985 年版。

3. 《西山先生真文忠公文集》，〔宋〕真德秀著，北京：商務印書館，
   1937 年版。

4. 《新校編辛棄疾全集》，〔宋〕辛棄疾著，徐漢明校編，武漢：湖北
   人民出版社，2007 年版。

5. 《先秦漢魏晉南北朝詩》，逯欽立輯校，北京：中華書局，1983 年版。

Y

1. 《楊萬里詩文集》，〔宋〕楊萬里著，南昌：江西人民出版社，2006年版。

2. 《楊萬里集箋校》，〔宋〕楊萬里著，辛更儒箋校，北京：中華書局，2007 年版。

3. 《永嘉四靈詩集》，〔宋〕趙師秀、徐照等著，陳增傑校點，杭州：浙江古籍出版社，1985 年版。

4. 《瀛奎律髓彙評》，〔元〕方回選評，李慶甲集評校點，上海：上海古籍出版社，1986 年版。

5. 《義陵弔古》，〔元〕劉壎著，《四庫全書》本。

6. 《藝概》，〔清〕劉熙載著，上海：上海古籍出版社，1978 年版。

7. 《越縵堂詩話》，〔清〕李慈銘著，由雲龍輯《越縵堂讀書記》，北京：中華書局，1963 年版。

8. 《俞正燮全集》，〔清〕俞正燮著，安徽古籍叢書編審委員會編，合肥：黃山書社，2005 年版。

9. 《永樂大典方志輯佚》，馬蓉，陳抗，鍾文，樂貴明，張忱石點校，北京：中華書局，2004 年版。

Z

1. 《莊子集釋》，〔戰國〕莊子等著，郭慶藩集釋，北京：中華書局，1961 年版。

2. 《朱子全書》，〔宋〕朱熹著，朱傑人，嚴佐之，劉永翔主編，上海：上海古籍出版社，2002 年版。

3. 《眞西山先生集》，〔宋〕眞德秀著，北京：中華書局，1985 年版。

4. 《曾國藩文集》，〔清〕曾國藩著，長沙：嶽麓書社，1989 年。

5. 《周易正義》，《十三經注疏》標點本，李學勤主編，北京：北京大學出版社，1999 年版。

6. 《中華大典・文學典・宋遼金元文學分典》，曾棗莊主編，南京：江蘇鳳凰出版社有限公司，2000 年版。

7. 《中華傳世文選・駢文類纂》，任繼愈主編，長春：吉林人民出版社，1998 年版。

8. 《中國理學》，潘富恩、徐洪興主編，上海：東方出版中心，2002

年版。

9. 《中國通史》，范文瀾、蔡美彪等著，北京：人民出版社，2008 年版。

後　記

　　在進入南京師範大學攻讀博士學位後，我在圖書館看到了程傑老師的博士論文《北宋詩文革新研究》一書，頓時被書中弘富精深的理論、縱橫寬闊的視野和細緻深透的論證藝術等震懾了，暗下決心一定認真完成一篇高質量的博士論文。可是，由於工作和家庭的原因，我的研究工作進展很慢，一是邊工作邊讀書，繁忙的教學工作耗費不少時間；二是家庭上有老下有小，頗費心神；三是因為我之前曾經在企業工作七年，學術研究中斷過很長時間，一時銜接上有困難。最重要的原因是因為我心理上的壓力很大，總想把《趙蕃研究》的每一個細節都研究充分後再動筆，總想把趙蕃的每一句詩、每一個詞語都搞懂後再寫。要不是程老師多次催促，我還不知道自己何時才敢動筆。

　　《趙蕃研究》的寫作、修改與完成，首先要向我的導師程傑教授表示衷心的感謝。他總是不厭其煩、語重心長的教導我，指導我研究的思路、方法與內容，還經常把自己研究的心得體會教給我。事實上，我從程老師身上學到的，不僅是治學的方法和態度，還有很多做人的道理。他經常鼓勵我：「你讀碩士的時候，和我還同屆呢！」我知道程老師指的是我上個世紀九十年代初在南師大讀碩士

時，他在職讀博士的事。那時候，中文系的研究生不多，經常在每周例會時一起開會，程老師雖然是南師大的老師，他也堅持參加研究生的例會，從沒有因為自己是老師而不參加研究生的活動。他的為人和治學態度，就像對待開會這件小事一樣，一貫兢兢業業，對學生既嚴格要求，又關懷備至。

我要感謝南師大的各位老師，是你們共同鑄就了南師大嚴謹、勤奮、認真的治學精神，我每次走進南師大校園，都有一種自豪、神聖的感覺，百年文化的傳承和積澱，實在是太厚重了。

實際上，從我在南師大攻讀碩士學位時，就先後得到很多老師的指導，正是他們共同的辛勤教育，才有了我今天的進步。鍾振振老師在我參加《毛澤東詩詞大典》一書的撰稿時，幫我認真修改稿件，他嚴謹認真的治學態度和卓越的學術造詣，給我莫大的教益。張採民老師曾擔任我們研究生的班主任，他不但教育我如何做人，在科研上也給予我循循善誘的指導。

其中，我的碩士生導師鍾陵教授，為人熱情和氣，治學一絲不苟，是他把我領進了文學研究的大門。至今，二十多年過去了，我仍然清晰地記得他給我授課的情景。那時候，1991 年級唐宋文學專業的碩士生只有我一個，在文學院的古代文學教研室裏，鍾老師與我隔桌而坐，他用和風細雨、同時又充滿激情的語言，向我娓娓敘述唐宋詩詞的眾多典籍，傳授治學方法，在他身後放著的小黑板上，寫滿了條理清晰、字跡瀟脫的板書。在《趙蕃研究》的寫作中，鍾老師也給我提出了很多指導意見與具體幫助。不幸的是，在 2012 年春天，突然襲來的病魔奪去了他的生命，不過，他的音容笑貌，早已深深的刻在我的腦海中，成為永遠的回憶……

《趙蕃研究》博士論文完成後，首先要參加文學院中國古代文學學科專家組的預答辯，在預答辯時。鍾振振、程傑、張採民和鄧紅梅教授在肯定論文成就的同時，也提出了不少修改意見。在本人修改完成後，按照學校規定，由校外專家盲審。事後，校研究生院

把專家盲審意見反饋給每位博士生。從「盲審評閱書」中得知，南京大學、華東師範大學和東北師範大學三位教授（均爲博士生導師）都給予較高的評價，南京大學的專家肯定了論文的選題和文本分析等，認爲「總的來看，論文選題既有理論價值亦有實際意義，建立在文本細讀基礎之上的對趙蕃其人其詩的頗爲全面的論述，加深了對趙蕃的理解，也豐富了對南宋詩歌史的認識」，「論文對趙蕃詩歌之研討是相當全面的，不僅詳細分析了趙蕃詩歌的題材內容與主題，而且對趙蕃詩歌的各體特色與風格技法，皆有分類論述，條理井然，舉證極爲細密」。

　　華東師範大學的專家肯定了論文「思慮周詳，結構完整，邏輯嚴密，有始作俑即終結之意」，「是一篇優秀的博士學位論文」。東北師範大學的專家也認爲論文「研究方法守正平實，研究結論多言之有據，非空泛之論」，「論文整體思路清晰，構架合理，語言準確，行文規範，資料翔實，是一篇優秀的博士學位論文。」

　　其後，在論文答辯時，答辯委員會主席是南京大學的莫礪鋒教授，成員有許結、程傑、鍾振振、徐克謙、黨銀平教授，答辯委員會也一致認爲本文是一篇比較優秀的博士學位論文。

　　當然，三位盲審專家和論文答辯委員會的專家也指出了《趙蕃研究》存在的問題與修改意見，我大都吸收並作了相應的修改，還有部分意見限於本人的研究水平，只能在以後的研究中繼續消化吸收。在此，我衷心感謝上述各位專家的熱情鼓勵和幫助！

　　在《趙蕃研究》的寫作中，我還得到了許多師友的幫助，在此一併致謝。

　　南京師範大學圖書館古籍部的吳家駒老師，耐心細緻地指導我查閱古籍和工具書，讓我收穫頗豐，也非常感動。我還要感謝我的同學王三毛、蘇芃、任群和我的同事陳聖宇四位博士，他們在我寫作本書時，提供了很大的幫助。王三毛與陳聖宇還給我提出了許多意見與修改建議，指出了不少錯誤。南京師範大學的蔣永華先生，

在我寫作期間給予諸多積極建議和精神鼓勵。各位師友的熱情幫助，讓我受益匪淺。

最後，要特別感謝花木蘭文化出版社的各位同仁，你們對學術事業的大力支持與幫助，你們專業的工作和嚴謹的作風，讓我肅然起敬！

2013 年 3 月於南京